知の旅は終わらない

僕が3万冊を読み100冊を書いて考えてきたこと

立花 隆

文春新書

1247

はじめに

僕は、毎日毎日移動しつづけることや、屋根がないところで一晩過ごすこと、今日寝るところと明日寝るところが違う場所であることには、なんの驚きも感じないし、むしろそのほうが心理的にはしっくりくる。どこか一定の場所にしっかり腰を落ちつけた状態というのは、あまりなじめない。

どこかに生活の拠点をかまえて、あまり変化のない生活が一定限度つづくと、なにかこれは変だ、こういう状態がつづくのは、人間の精神にとって健全な状態であるはずがないという思いにかられてくる。そして、一刻もはやく、違うところ、あるいはちがう状態に移るべきだと思いはじめる。そして、実際にそうしてきた部分があるのです。

大学に入るとすぐに家を出たし、家を出てから、四十代半ばに二度目の結婚をして子どもができるまでの二十数年間、二年以上の定住をしたことがありません。ほぼ二年おきに引っ越しをつづけていたし、引っ越しはある意味で楽しみでした。引っ越しをするたびに、自分の生活をまったく新しくすることができたからです。

同じ理由で、せっかく就職した会社（文藝春秋）も二年半で辞めてしまったし、フリーになってからも、仕事の関係先を固定しないで、流動的にしておきました。あるいはまったく違う分野にすすんで身を置くといったこともその延長線上にあるのでしょう。いってみれば、僕はいまでいう現代哲学的な意味での〝ノマド（遊牧民）〟であるし、当時は珍しかった〝フリーター〟の走りなのです。

考えてみれば、書くという仕事も、まさにノマドそのものであるともいえます。山ほどの好奇心を抱えて、その好奇心に導かれるままに仕事をしてきた。それが僕の人生なんですね。

◎目次

知の旅は終わらない
僕が３万冊を読み１００冊を書いて考えてきたこと

【第一章】　北京時代と引き揚げ体験

■記憶のはじまりは北京

僕が生まれたのは長崎市ですが、二歳のときに、先乗りしていた父親に呼び寄せられるかたちで中国の北京に渡ります。鮮明な記憶のはじまりというのは、断片的ではあるけれども、この北京に子どもとしていた二歳の終わりから五歳の終わりまでの時代、つまり、西暦でいうと一九四三年から日本が終戦を迎えた翌年の一九四六年までの間のことです。

そもそもなぜ北京なのかを説明するには、父親・橘経雄の話をしなければなりません。ちなみに、僕の立花隆という名前はペンネームで、本名は橘隆志といいます。

父は、僕が生まれたころ、長崎にあるミッション系の活水女学校で国語と漢文を教える教師をしていました。しかし、一九三七年に日中戦争が勃発し、一九四一年には太平洋戦争がはじまります。活水女学校はアメリカ人が創設し、アメリカの補助金を受けていた学校ですが、日米の国交は断絶されますから、当然、そのお金も届かなくなります。そして、この学校に通っていた先生も生徒も、非国民の誹《そし》りを受けるようになります。様々な意味で、学校の存立基盤が大きくゆらいでしまうのです。父は経済的な理由で学校を辞め、自分の力で糊《こ》口《こう》をしのぐ手立てを見つけていくしかありませんでした。

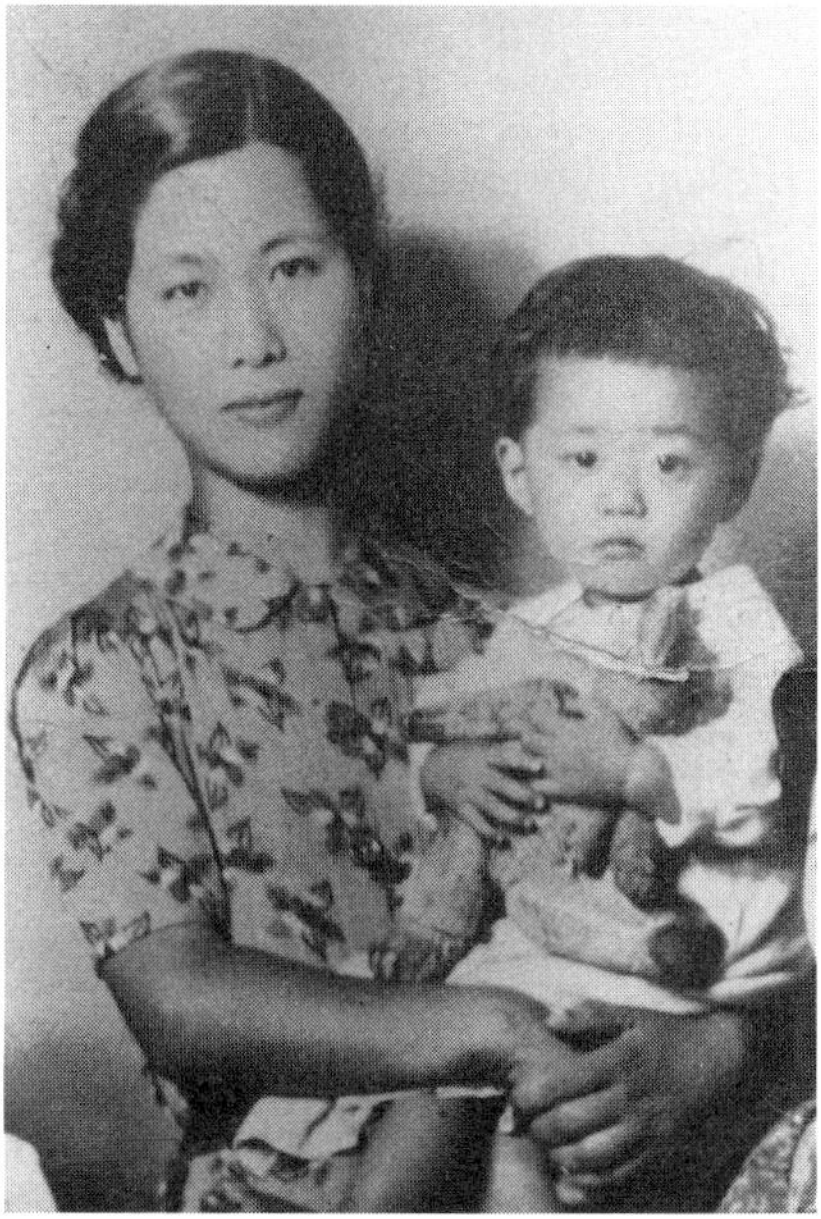
母親の龍子さんと。1歳のころ。

そのときの詳しいいきさつはわかりませんが、父はなんらかの伝手《つて》を頼って、北京にある学校で教官の働き口を見つけるのです。

一九三七年、日中戦争が開始され、その年のうちに南京が陥落すると、北京には中華民国の臨時政府が作られます。その臨時政府を通じて日本軍が北支（華北）を間接統治するという体制ができたわけです。

その体制下で、北京にいる日本人には、さまざまなチャンスがめぐってくるんです。そうしたチャンスにありついて一旗あげようとする日本人が、そのころ続々と中国に渡っていきました。僕の父はといえば、家族を日本に残した状態でやむにやまれずに中国に行ったのでしょう。

取り残された母親は仕方なく、二歳上の兄の弘道と僕を連れて、長崎から茨城県水戸市近郊の実家に戻って、父親からの連絡を待ちました。僕はまだ乳飲み児だったわけですから、母親はたいへんな苦労をしたそうです。

一年くらいたつうちに、なんとか暮らしが立つようになったと、父から連絡が来て、僕たち家族三人は、神戸から船に乗って天津経由で北京に入りました。

■本家は水戸で五指に入る大資本家

もう少し父の話をつづけます。

父はもともと早稲田の国文科の出身で、長崎の活水女学校は大学を卒業して最初の就職先として選んだところで、生まれ育ったのは茨城県の水戸ですから、長崎は故郷でも何でもありません。

父の本家筋は、江戸時代からつづく大きな染物屋で、水戸藩御用の格式の高い家だったそうです。かつて水戸唯一の染物屋だったので経済的にも大成功をおさめ、水戸で五指に入る大資本家になり、三十町歩の土地を持ち、蔵にはつねに二、三年分の米、味噌、醬油、木炭がたくわえられていたといいます。父の家は分家筋にあたり、染物屋ではなくて材木問屋兼土建業を営んでいました。はじめは、本家から大きな資産を受けついだものの、父の父（僕の祖父）が大酒飲みだったために、急速に散財してしまった。

僕たち一家が北京から帰ってきたときには、先祖伝来の資産などかけらもなく、とっくに人手にわたっていた昔の大豪邸の庭の隅にあった小さな隠居所（そこだけは祖母が長く住んでいたために所有権を残していたらしい）に住まわせてもらうことになった。

一家は、北京から引き揚げた一九四六年から一九五七年に千葉に引っ越すまで、十一年間そこに住むことになります。

戦後は尾羽打ち枯らした状態になっていたものの、父が子どものころ（大正時代）はまだ大金持ちだったので、父も父の兄も東京の大学に行きました。父の兄は東京で出版社を興し、大宅壮一（一九〇〇〜一九七〇年、ジャーナリスト）の若いころに本を出したこともあるといいます。戦後は、改造社に迎えられて専務となり、後に教育産業に進出して、英語の会話学習用テープの販売会社を作ったりしました。父の姉は、教育畑に一生いた人で、最後は、東京の十文字学園という女学校の副校長になっています。それぞれに人生をきちんと全うした人々なんですね。

中国から引き揚げた父は、水戸に家族と一緒にいても食えないから東京に出ます。全国出版協会の事務局に入って、そこで出している機関紙の「全国出版新聞」の編集長になるんです。それが後に「読書タイムズ」になって、そのときまで彼は編集長をやります。その後、「読書新聞」と合併して「週刊読書人」になったとき、巌谷大四（一九一五〜二〇〇六年、文芸評論家）が編集長になり、父は営業畑にまわって、営業関係の専務というかたちでずっと勤めることになります。

■両親は無教会主義のキリスト教徒

父の人生に、母の龍子がどうやって登場してくるかといいますと、活水女学校に話は戻ります。父が早稲田を出てその採用試験に受かったときに、きつくいわれたのは、長崎に赴任するまでにちゃんと結婚しなさいということなんです。女学校ですから、生徒との間に問題を起こさないようにというわけです。

で、さきほどの父の姉は当時、水戸の女学校（現在の水戸二高）の先生をしていた。その教え子の中でいちばん出来がよくて、先生にかわいがられて、姉の家によく遊びに来ていた子がいました。その娘に密かに想いを寄せていたのが、先生の弟、当時早稲田の学生だった親父なんだね。結婚しなきゃ就職できないってことになって、心当たりはその子しかないから（笑）、一緒になるわけです。

付け足しておくと、両親はキリスト教徒でした。父は早稲田の学生時代に洗礼を受けていますが、母は結婚後、活水女学校のチャペルで受洗しています。無教会主義のキリスト教者として知られる内村鑑三《かんぞう》（一八六一～一九三〇年、キリスト教思想家・文学者）の影響を受けて無教会派になった湊川孟弼という先生が活水女学校にいたんです。その人の影響を強く受けて、うちの両親は後に無教会派になります（無教会派には洗礼はないので、洗礼を受けたのは無教会派になる前）。念のためにいっておくと、僕はキリスト教の影響を強く受けてはいますが、無教会派でも、クリスチャンでもありません。

北京から引き揚げてくると、母は内村鑑三の高弟だった塚本虎二が主宰した「東京聖書研究会」には通っていたようですね。それは後に、「丸の内無教会基督教講演会」となって、日曜ごとに開催されていたのですが、それにも出ていたようです。

戦後になると、彼女は羽仁もと子（一八七三～一九五七年）の信奉者になります。自由学園をつくり、雑誌『婦人之友』をつくった、あの羽仁もと子です。羽仁もと子の信者になった母は、「友の会」の熱心な活動家として、生涯を送ることになります。ちなみに、戦中の北京では、住まいから歩いて五分の距離のところに、自由学園の施設があって、彼女はそこに顔を出したこともあったようです。

■北京の住居はまさに『金瓶梅』の世界

ここで、ようやく北京の話に戻れます。

さきほど述べたように、北京に行った父は、日本で女学校の教師をしていたというキャリアを生かして、当時、北京市の中学や師範学校などに日本政府が配属した教官の職にありつきました。いずれにしても父は日本政府の役人になったわけで、終戦時は大東亜省所属の教育職公務員だったことになります。北京中国人学校で日本語と日本文化の教授もしていました。

父が北京に渡って最初の数年は生活も安定していたらしく、そう悪くない生活の諸相がフラッシュのごとく断片的な記憶として僕の中に残っています。僕が北京に渡ったのは、大東亜戦争（太平洋戦争）が開始された翌年の一九四二年だったわけだから、日本ならびに日本人はまだ意気揚々としていた時代で、臨時政府につとめる日本人公務員もかなり恵まれた生活をしていました。

僕がよく覚えているのは住居なんですが、中国人の要人が昔住んでいた四合院《しごういん》と呼ばれる古典的様式の大豪邸だったのです。方形の中庭を囲んで、一棟三室で東西南北の四棟が単位となる家屋建築です。そこに日本人の七、八家族が、すし詰め状態で住んでいました。その四合院というものは、ずっと後に得た知識によれば、ほぼ『金瓶梅《きんぺいばい》』の世界そのものだったんですね。

明代の官能小説として知られる『金瓶梅』は、大金持ちで色事師の主人公が、六人の夫人や数多くの女中や芸者たちと情欲の限りを尽くす物語です。主人が住む巨大な屋敷があり、それぞれの夫人と愛人が住むいくつもの棟が廊下で結ばれている構造です。おそらく通常の四合院よりも大規模だったんでしょう。

そうした建築の一角に僕たち一家は住んでいました。

ずっと後年のことになるんですが、北京を再訪したときに、案内人に頼んで豆腐《とうふ》池《いけ》胡同にあるこの家を訪ねてみました。ちょうど道を挟んだ向こう側に、やっぱり同じように立派な屋敷があったんです。で、案内人がいうには、そこに毛沢東が妾を住まわせていたというんです。だから、その一角は、中国人のそれなりの金持ちが屋敷を構えて軒を連ねている地域だったんでしょう。

僕は子ども心に、自分の遊び場として、四合院の全体やその地区のことを捉えていたんですね。大きな屋敷がいくつもあって、そこかしこに中国人の豪族的なお爺ちゃんやお婆ちゃんが住んでいるという世界です。

■中国人にいわれた「バカヤロウ！」

よく食べていたのは、中国人のコックさんが作ってくれたロウピン（肉餅）とか饅頭とかです。そのミートパイとかお好み焼きみたいな肉餅をストーブの上で片側ずつ焼いて食べたことをよく覚えています。

それから北京の街は、その辻々に市場が立つんです。各家庭の主婦や、何家族かが共同で雇っていたお手伝いさんが、市場に毎日買い出しに行くわけです。僕も中国人のお手伝いのアマさん――クーニャン（姑娘）と呼んでいたと思うんだけど――にくっ付いて行ってたんですよ。だから今でも時どき、単語レベルでいろんな中国語が出てくる。例えば、肉餅に塗ったりするツーマージャン（芝麻醤）とかね。

四合院の内部を別にすれば、中国人のアマさんと市場にしょっちゅう行っては帰ってくるということが、外部との接触のメインパートということになります。

あるとき、どうしてそういうことになったのか分からないんですが、家の門から自由に外部空間に出て、街を歩いたことがあるんです。そしたら、出会った若い中国人にいきなり、「バカヤロウ！」っていわれたんですよ。彼にしてみれば、普通の中国人ですから、日本人はバカ野郎なんですね。その日本語のひと言が、ものすごいショックで、今でも記憶に残っています。中国人が正面切って日本人に対して「バカヤロウ！」っていうことは、そんなにあることじゃないでしょ。だから、向こうも、こっちが子どもだったからいったんでしょうね。

考えてみれば当時の北京というのは、まさに当時の中国と日本の関係の微妙さの上に置かれた街でした。日本政府は汪兆銘の国民政府とは手を握り合っていましたが、蔣介石の国民政府とは対立していた。全体状況としては、日本軍が北京を支配しているんだけれども、完全に支配しているわけじゃなくて、中国社会は厳然としてあったわけです。居住者のレベルでは、北京の中で日本人と中国人が毎日、喧嘩しているわけでもない。だから、僕がいわれた「バカヤロウ！」は、まさしくそうしたフラストレーションの表れで、日本人に対してそうした気持ちを秘めていたんでしょう。

■引き揚げの強烈な体験

八月十五日の玉音放送ですが、四合院に住んでいた日本人一同が一角に集まってラジオを聞いたという漠然とした記憶はありますね。そのわけはわからないけれども、独特の緊張感をもって、住民が集まっていたなというぼんやりとした記憶です。

僕の最初のまとまりのある記憶は、終戦後の引き揚げのときのものです。僕は五歳になっていましたから、強烈でした。二歳上の兄の弘道と僕は、大きな大人用のリュックをかつがされて、まず貨物列車に乗りました。そしてトラックに乗せられたり、えんえんと歩かされたり、収容所みたいなところに入れられたりして、明日はどこに行くのか分からない、ただひたすら歩いていく。そういう幼少時の体験は鮮烈なもので、潜在意識に残っているものなんですね。

父の引き揚げの覚え書きを見ると、昭和二十年十月五日に北京市郊外の西苑というところに民間人が一堂に集められて、翌二十一年の二月二十八日までそこに留め置かれます。帰還許可が出て西苑を出発するのが翌日の三月一日でした。

一家全員が一緒だったんだけれども、妹の直代がまだ生まれてほどないころで、病気で半分死にかかっているみたいな状況で、母親はそっちにかかりっきりだった。大人用のリュックといいましたが、それはもうほとんど地面に引きずるほどの巨大なリュックだったんです。あるときは置いてきぼりにされたりした。あの引き揚げの行程を思い出すと、一歩間違えば、まさしく中国残留孤児になっていました。

とはいえ、後々知ったところによれば、同じ引き揚げといっても、満州と北京ではまったく違っていたようです。満州や朝鮮からの引き揚げ者は、殺されたり強姦されたり、ほんとうに悲惨な目にあった人もいたんですが、北京からの引き揚げ者には命の危険なんかはなかった。というのは先に北京を制圧した国民党の蔣介石が、軍に対して「暴を以て暴に報ゆるな」と厳しいお触れを出して特別な計らいをしてくれたからだといいます。ウチの母親なんかは、「蔣介石様々でした」と述懐していました。

あの体験の影響がすごく大きいと思うのは、その後の人生で、どんな大きな状況変化に出合っても、平気なんですよ。何が起きてもあわてない。明日どうなってもまったく平気っていうことがあるんですよ、昔から。

後年、三十代で二度の放浪旅行をしたんですが、インドですごい高熱を出して病気になったときも、ベッドに横たわって天井を眺めながらこのまま死ぬのかなあなんて思ったりね（笑）。そのとき、芭蕉の死の直前の病床での絶吟、「旅に病んで夢は枯野をかけ廻る」

の句がしきりに思いだされた。いろいろヤバいこともあったが、今度こそ本当にヤバいのかもしれないと、死を意識しました。しかし、べつに心理的パニックなんてまったくなかった。要するに、幼少期の引き揚げ体験をもっている人は、わりと放浪癖があるとか、わりとなんでも淡々と受け入れるとか、そういう部分があります。

それで、北京から天津まで百二十キロぐらいの距離をなんとか移動して、引揚船（米軍の上陸用舟艇だったらしい）に乗ります。天津出発が昭和二十一年三月二十日とあります。日本に着いたのは三月二十二日、山口県の日本海側の仙崎港で、小さな漁村がありました。その光景をよく覚えているのですが、到着したのは夜でした。上陸は船が接岸したものではなく、村の人がハシケの上で出迎えてくれて、下を見れば黒い海のところを、船の上から村人に手で渡された記憶があります。

上陸地点の近くで検疫的なこともやったんです。ノミ・シラミが体じゅうにいたから、頭にグワッとＤＤＴをかけられて、全身が真っ白になりました。そのことは鮮明に覚えています。

そこでは二泊しただけで、翌々日から列車に列車を乗りついで、母の実家がある茨城県の田舎の村まで帰っていきました。青海島から茨城県まで、何日かかったのか、列車を何度乗り換えたのか、判然としませんが、ギュウ詰め列車の連続だったことは確かです。

これも先のインド旅行のときの話になるのですが、金がないのでよく鉄道のいちばん安い切符を利用しました。インドの鉄道の安い席は驚くほど安いけれども、そういう切符でいくと信じがたいほどの殺人的なギュウ詰め列車に乗ることになる（列車の車体の上にも外にも人がへばりついていて、車内では人の上に人がいて、アミ棚の上にも人がいる。車内の移動はできないので、乗り降りは手近な窓が利用される）。外国人旅行者で利用する人はほとんどいません。しかし僕はそういうギュウ詰め列車にもすぐに適応できたのでよく利用したんです。その適応力は、あの引き揚げ体験で身についたものなのでしょう。

■「ノマド」と「デラシネ体験」

このときの引き揚げ体験が僕にもたらしたことが二つあります。

〝はじめに〟で僕は次のようなことを書きました。

「毎日毎日移動しつづけることや、屋根がないところで一晩過ごすこと、今日寝るところと明日寝るところが違う場所であることには、なんの驚きも感じないし、むしろそのほうが心理的にはしっくりくる。どこか一定の場所にしっかり腰を落ちつけた状態というのは、あまりなじめない。／どこかに生活の拠点をかまえて、あまり変化のない生活が一定限度つづくと、なにかこれは変だ、こういう状態がつづくのは、人間の精神にとって健全な状態であるはずがないという思いにかられてくる。そして、一刻もはやく、違うところ、あるいはちがう状態に移るべきだと思いはじめる」

こういう種類の人間はいつも、「ここではないどこか」に行きたいと思っているし、「昨日のようではない明日」に出会いたいと思っているわけです。一つ目は、〝はじめに〟に書いたように、そういうノマド（遊牧民）というか漂流者的な生き方です。

二つ目は、引き揚げて仙崎から水戸まで列車で見る風景というものが、初めて見る日本の風景だったということです。物心がついたのは北京であったから、それ以前の日本の風景の記憶がないわけです。つまり、二歳から五歳までに自分の中に張った中国での原体験という〝根っこ〟（フランス語でラシーヌ）、それをむりやり剝《は》がされる体験――デラシネ体験をするわけですね。僕の同世代には、満州から引き揚げてきたとか同じような体験をした人間が一定数いたんです。

■「オッカムの剃刀」で切る

ちょっと横道にそれますが、僕が『文藝春秋』の巻頭随筆に書いたことについて話しておきます。最終回には次のように書きました。

《哲学概念の中で、私が今も文章を書く際に指針にしているものが「オッカムの剃刀《かみそり》」である。

オッカムの剃刀とは、中世最大の哲学者・論理学者といわれるウィリアム・オッカムが発見した思考上の大原則「不要で非合理的な概念はすべて剃刀で切り落としてしまえ」という不要概念切り捨て法のことだ。オッカムの剃刀でわからなければ、一九八六年の有名映画『薔薇《ばら》の名前』（ウンベルト・エーコ原作、ジャン＝ジャック・アノー監督）の中でショーン・コネリーが演じた主人公の修道僧のモデルがウィリアム・オッカムその人だった。あの映画の中で、主人公が謎の殺人事件の真犯人発見にいたる推論過程（真犯人発見法）が不要概念切り捨て法そのものだった。

中世以後、すべての哲学的議論はオッカムの剃刀を通した上で整理された形でなされている。というと、こむずかしく聞こえるかもしれないが、実はオッカムの剃刀は、むずかしい哲学推論過程というよりすべての人が日常不断に用いる、ごく当り前の推論過程である。オッカム以後、西欧では政治でも経済でも、社会現象でも、くどい議論をする人はすべて敗けるようになり、スッキリした議論をする人が勝つようになった。

　オッカムの剃刀は、私に哲学の面白さを教えてくれた概念の一つだが、それは同時にものを書くときの要諦ともなった。論理的にわかりやすくスッキリがそれだ。》（二〇一九年五月特別号）

　もう少し説明すると、「オッカムの剃刀」とは、本当にその存在が必要とされるということが、明らかになっていないものは、剃刀で切るみたいに切り捨てろと。イエスであるものは残し、ノーであるものはカットする。人間が立てる論というのは、論理の積み重ねの上でつくられる構築物ではない。本当に必要だという当てがなければ、すべて切り落とすのが正しいというのが、「オッカムの剃刀」の論理なんですね。

　だから、あの『薔薇の名前』の場合は、自殺とも他殺ともつかない妙な死に方をした修道士がいて、次々と不審な死をとげる修道士が出てくるわけですが、その死に方の原因を辿るときに出てくる事実が、本当にそれが殺人事件につながるものなのかどうかを、繰り返しあでもない、こうでもないとやっていくうちに、本当の原因と真犯人が解明されるという話が『薔薇の名前』の全体像なんです。

何がいいたいかというと、つまり、僕がこれから自伝的に話していく過程で、自分の構成要素は何なのかを考える場面も出てくるはずです。そのとき、残すべきものと切り捨てるべきものを腑分けするには、まさにこの「オッカムの剃刀」の論理が役に立つということをいいたいわけです。

剃刀で切って、捨てずに残したもの。それはこのデラシネ体験であったり、知的なものもふくめたノマド＝漂流者的な生き方であったり、母親譲りのキリスト教という西欧思想の根っこみたいな部分であることは確かなことのようです。

■従弟叔父の人道主義者・橘孝三郎

水戸に引っ越して間もなくですが、本家が火事になるんです。そのお見舞いに行って、そこではじめて、親父のいとこで、僕のいとこおじ（従弟叔父）に当たる橘孝三郎（一八九三〜一九七四年）に会うことになります。本家は水戸の隣の赤塚というところにあって、歩いて行けるんですよ。

この人は一高（旧制一高）文科乙類に三番で受かったようです。一高に入って死に物ぐるいで勉学に打ち込み、卒業する直前にやめた、といって水戸に帰ってきて、自ら開墾して文化村という農村青年のための施設をつくった。農民を中心とする理想社会を実現するためのものです。それを一族が総支援するようなかたちになった。それは後に、愛郷塾《あいきょうじゅく》となります。

もともと孝三郎は農本主義思想の流れの人で、初期はそうでもなかったんだけれど、天皇主義がプラスされて、その要素がどんどん強くなっていくんです。そのことは彼が『神武天皇論』『天智天皇論』『明治天皇論』のいわゆる「三大天皇論」を書いたことでもわかります。しかし、その根本思想にあるのは人道主義で、右翼から極左までじつに幅広い人々が水戸の文化村にいる孝三郎を訪ねていたようです。三島由紀夫（一九二五〜一九七〇年）も彼に会いに行っています。

そして昭和七（一九三二）年の五・一五事件のときに、愛郷塾の中の決死隊的な連中が参加します。孝三郎は民間指導者として逮捕され、無期懲役の刑を宣告されます。

五・一五事件は、海軍の若手将校と民間右翼が連携して起こしたテロ事件で、海軍将校グループが首相官邸を襲って、犬養毅首相を殺害したことはよく知られています。橘孝三郎は海軍の計画は知らされていなかったようで、愛郷塾はまったく別の行動を起こします。

現場で指揮はとっていませんでしたが、農民決死隊は海軍と同時に決起して、田端など六カ所の変電所を襲って東京中の電気を止めようとするんです（いわゆる「帝都暗黒化計画」）。孝三郎の意図は、「東京の電気を消して、農村の農民たちがどれほどの苦しみの中にあるか、一晩東京の市民にじっくり考えてもらう」ところにあったようです。農民決死隊は、愛郷塾の塾生七人で構成されていました。

事件後、孝三郎は牢屋に入るんですが、国家そのものが右翼側に行っちゃうわけですから、後に減刑されて、一九四〇年に出獄します。牢屋の中でも、図書館係かなんかをやって、特別待遇だったようですね。

で、本家の火事の話に戻りますが、それは相当な大火事でした。その光景をよく覚えているんですけれども、火事の直後ですから、もうすごい量の本が焼け焦げてひっくり返って転がっている。見たこともないような分厚い本だらけでした。なぜか、分厚い本で『大日本正史事典』や『新撰姓氏録』という書名を覚えていますね。でも、僕も子どもでしたし、叔父さんの孝三郎と会話を交わしたというような記憶はないんです。

実はその後もずっと、彼の書いているものや、彼の右翼思想に興味を持ったことはありませんでした。第一、彼の本が家になかった。彼の本をまとめて読むようになるのはずっと後年のことで、『文藝春秋』に東大論を連載して、日本がどのようにして右傾化し大東亜戦争に突入していったかを調べるために右翼関連の文献を丹念に読み込んでいったときになります（一九九八年にはじまったこの連載は『天皇と東大（全四巻）』〈文春文庫〉となった）。

【第二章】 幼少時代から高校まで

■ＩＱテストで校内一番になる

そうこうするうちに、小学校に上がるんですが、それは茨城師範学校女子部附属小中学校というところでした（すぐ後に茨城大学茨城師範学校附属愛宕小中学校と改称され、間もなく茨城師範学校自体が新制茨城大学教育学部となるに伴い、その附属愛宕小中学校となり、僕の卒業後には最終的に茨城大学教育学部附属の小学校と中学校になった）。いまでいうと、お茶の水女子大附属小学校みたいなエリート校だったんですね。

よく覚えているのは、一年生のときに、全国的に知能検査が行われたんです。当時は「田中ビネー式知能検査」として知られていたものですが、僕が学校で一番になっちゃう。試験そのものは、何らかの知識を問うようなものではなくて、反応試験みたいなもの、いわゆるＩＱテストだったんですね。終戦直後のことですから、それが占領軍が行ったアメリカ型の教育のスタートだったのでしょう。

で、あるときフッと気がつくと、廊下に全校の先生がたが来ていて、授業中の教室の中を覗くんだけれども、僕のことを見ていたという記憶があります。なんか、とんでもなく高い数字を出した子どもがいるってことだったらしい。

そのころの読書についていいますと、親父が国文科卒業ということもあって、家には小説家の全集なんかがありましたが、本というものは、いつの間にか自然と読みはじめていました。

小学生のときに何を読んでいたかといえば、以前、中三のときに書いた文章を本に載せたことがあります（「僕の読書を顧みる」、『ぼくはこんな本を読んできた』〔文春文庫〕所収）。

《僕が最初に本を読み始めた時、といっても絵本類の段階を抜きにして考えると、小学校入学の少し前からだったと思う。最初は（中略）童話の類にとりついた。坪田譲治、小川未明、グリム、アンデルセン、イソップ物語、アラビアンナイト等、今思い返しても楽しい話が沢山ある。（中略）まもなく童話に対し物足りなさを感じ出し童話から次の段階へ進んだ。そこで読んだのが、マークトゥェンの「トムソーヤーの冒険」「ハックルベリイフィンの冒険」、デフォーの「ロビンソンクルーソー」、メーテルリンクの「青い鳥」、バーネットの「小公子」、アミーチスの「クオレ」、ストウ夫人の「アンクルトムズケビン」、コロディの「ピノキオ」、スティーブンスンの「宝島」等だった。（中略）

（小学）三年になった頃、（中略）家にあった山本有三全集を読んだ。同じ家にあった志賀直哉全集が面白くなくて読めなかったのに比べ、山本有三のはどれもスラ〳〵と読んでしまった。「路傍の石」「真実一路」「風」「波」「生きとし生けるもの」戯曲等を読んだ。（中略）貸本屋では大衆小説的なものを読むようになった。富田常雄の「姿三四郎」、吉川英治の「太閤記」「三国志」等がそれである。これ等は、いわば以前に熱中していた冒険物の親分格ともいうべき書で、この親分を読んでからは、子分格の本には手を出さないようになった。（中略）「太閤記」と、「三国志」では、僕は「三国志」の方が好きだ。第一にスケールが大きい。広い中国を舞台に実に沢山の人物が登場する中でも孔明は好きだ。彼の底知れぬ頭脳から出る考えはまったく素晴らしいものがある。
（中略）

僕にとり（小学）四年の中期から六年にかけては読書力の最も盛んだった時代の一つに数えることが出来る。（中略）読んで最も読みごたえのあった本として「キュリー夫人伝」が挙げられる。これは娘のエーブキュリーの書いたもので、今読めといわれても一寸読む気の起らない程の大冊だ。僕が文学と共に科学に興味を持つようになったのも一つはこの本のためだろう。小学卒業まで図書館で主に読んだのは世界文学だった。

（中略）どうせ読むなら本物をと思い、河出書房から出ていた世界文学全集を読んだ。スコットの「アイバンホー」、ポーの「黒猫」「黄金虫」「モルグ街の殺人事件」、スイフトの「ガリバー旅行記」、デフォーの「ロビンソンクルーソー」、デュマの「モンテクリスト伯」「三銃士」、モリエールの「守銭奴」「人間ぎらい」、ホーマーの「イーリアス」「オデッセイア」、中世叙事詩の「ローランの歌」「ニーベルンゲンの歌」、ドーデーの「月曜物語」「風車小屋だより」、シュトルムの「白馬の騎士」「みずうみ」、ユーゴーの「レミゼラブル」等だった。（中略）愛する者のために、自ら生命を断った男の話、ディッケンズの「二都物語」を読んで深く心を動かされたのもこの頃だった。この一作ですっかりディッケンズが好きになり、「オリバーツイスト」「クリスマスカロル」「英国史」を読んだ。》

小説だけじゃなくて、マンガも読みましたよ。よく覚えているのは、僕が小学校の高学年のころに連載がはじまった手塚治虫の『鉄腕アトム』です。あのころは、漫画雑誌をみんなが各家庭で買って読むということは貧しくて出来なかった。だから、みんなで一冊を手に入れて、みんなで読むんです。一冊をみんなが囲んで、紙芝居みたいに一人が声を出して読んでページをめくるんです。その読み手の役目は僕がやりました。

■中学で加速する読書熱

中学時代は陸上競技に熱中していたんです。ハイジャンプと三段跳びの選手。中学三年のとき、ハイジャンプでたしか一メートル六十四センチ跳ぶんです。その年の全国記録は一メートル六十五だったかで全国二位の記録だったはず。三段跳びのほうはたしか十三メートル三十三跳んで、水戸ではトップでした。だから中学選手としては有名だったんですよ。

学校の名称が変わって、茨城大学附属中学校となって、クラスは一学年に二つしかなかったんだけど、陸上競技部があったんです。僕が四代目の部長かな。そのころは織田幹雄（一九〇五〜一九九八年、陸上選手、アムステルダムオリンピックの三段跳び金メダリスト）の伝記なんかを一生懸命読んだ。バネを鍛えるために、何年間か踵をつけないで歩いたと書いてあったので、それを真似してずうっと爪先だけで歩いたりした時期がありました。でも、あれは効くね、確かに。

中学に入っても読書熱は醒めずに、むしろ勢いは加速します。先の「僕の読書を顧み

中学校の入学式での筆者。

ハイジャンプでは全国2位。

る」の中学時代の部分を引用してみます。

《中学に入って一年から二年にかけては、多読濫読の時代だった。この時には学校図書館、（水戸）市立図書館、県立図書館と利用出来る限りの所から借りて読んだので、その数は尨大なものだ。学校図書館には世界文学はほとんどないので、もっぱら日本文学、歴史、哲学の項を読んでいったが、挙句のはてにはこの図書館の本を全部読んでやれという無謀な計画を立て、それを始めた。最初は順調に進んだが、偉人伝文庫を半分位読み進んだ時、何だか急に馬鹿らしくなりやめてしまった。（中略）

日本文学でこの時期に読んだのは樋口一葉の「たけくらべ」、二葉亭四迷の「浮雲」、国木田独歩と芥川龍之介の大半の作品、森鷗外の「山椒《ママ》太夫」「雁」「高瀬舟」、堀田善衛の「広場の孤独」、啄木の「一握の砂」「悲しき玩具」「雲は天才である」、武者小路実篤の「愛と死」「真理先生」、志賀直哉の諸作品、川端康成の「舞姫」、漱石の「三四郎」、野間宏の「真空地帯」、井上靖の「闘牛」、獅子文六の「てんやわんや」、吉川英治の「宮本武蔵」、その他源氏鶏太のサラリーマン物語や、大衆小説といわれるものを沢山読んだ。ここで僕が好きになったのは芥川龍之介、石川啄木、井上靖だ。（中略）

世界文学では、キップリングの「キム」「ジャングルブック」、ゴーゴリの「タラスブーリバ」、クーパーの「モヒカン族の最期」、アーヴィングの「リップヴァンウインクル」、スティブンスンの「ジキルとハイド」、オルコットの「若草物語」、カミュの「ペスト」、ヘルマン・ヘッセの「車輪の下」、ローリングズの「子鹿物語」、レマルクの「西部戦線異状なし」、アンデルセンの「即興詩人」、佐藤春夫の訳で「水滸伝」、それからルパンものシャーロックホームズもの等も読んだ。（中略）

次の時期、すなわち、二年から現在に至るまでは、再び文学書一点張りに戻った。現代日本のでは、田宮虎彦の「足摺岬」「落城」梅崎春生の「日の果て」井上靖の「猟銃」「比良のシャクナゲ」「黯い潮」三島由紀夫の「潮騒」谷崎潤一郎の「蓼食う虫」「春琴抄」小林多喜二の「蟹工船」徳永直の「太陽のない街」林芙美子の「放浪記」「めし」伊藤左千夫の「野菊の墓」大仏次郎の「帰郷」等である。ノーベル文学賞候補という「蓼食う虫」には「これがねえ」と思った程だ。それ程とは思えなかった。（中略）

世界文学ではチョーサーの「カンタベリイ物語」フローベルの「ボヴァリイ夫人」ゲーテの詩と「若きウェルテルのなやみ」「ファウスト」メリメの「カルメン」小デュマの「椿姫」エミリ・ブロンテの「嵐ケ丘」シャーロット・ブロンテの「ジェーンエア」

ドストエフスキーの「罪と罰」イプセンの「人形の家」「民衆の敵」ジイドの「狭き門」スタンダールの「赤と黒」O・ヘンリーの短編集、シェークスピアの「ハムレット」「ロミオとジュリエット」「オセロー」「リヤ王」「マクベス」ロマン・ロランの「ジャンクリストフ」等がある。(中略)

欧米の文学を読む上に忘れてならないのはキリスト教の事である。キリスト教を理解できないと、作品を全く理解し得ないものが沢山あるが、ジイドの、「狭き門」等はその代表的な例だ。あれをキリスト教の何たるかを知らない人が読んでも、おそらくその真意は解るまい。だから僕にも解らない。今の僕の読書は上すべりのものであるかも知れない。然しそれが故に無駄であるとは決して思っていない。例え《ママ》解らない所があっても、この次読む時には理解できる様になるだろうし、それでも解らない時には又その次に解る様になるだろう。やがて愛やキリスト教について良く知る事が出来た日には、更に深い意味が解るだろう。》

■湯川秀樹博士への熱烈な憧れ

この引用の冒頭に、「図書館の本を全部読んでやれ」という箇所が出てくるけれども、考えてみれば、このころから僕の中には、何かを読みつくすとか、調べつくすという欲望があるんですね。三つ子の魂じゃないけれども、それはその後の人生においてもずっとそのままでした。トータルにものを摑みたいという欲望なんでしょう。

　高校は茨城県立水戸一高に進むんですが、千葉県柏市にできた公団住宅の抽選に当たるんです。父親は当時、東京・御茶ノ水の全国出版協会に務めていて会社に寝泊りしていたんですが、家が当たったおかげで一家は茨城県から引っ越すわけです。僕は都立高校の臨時入学試験を受けて、都立上野高校に転入します。当時、上野高校は毎年、東京大学の合格者を三十人ぐらい出す進学校でした。僕の学年も三十三人の合格者が出ました。

　これだけ文学作品を読んでいて、意外と思われるかもしれないけど、僕は高校一年までは一貫して理科へ行くつもりだったんです。非常に強烈な印象を受けたのは、小学校のときに読んだ『現代科学物語』という二巻本。けっこう大人向けの本で、分子とか原子とかの最新の知識がのっていた。物質をどんどん細分化していくと原子になるなんてことを読んで仰天しましたね。この本はなんと竹内均（一九二〇〜二〇〇四年、東京大学名誉教授・地球物理学者）さんが書いたんです。竹内さんに会ったとき、こういう本の記憶がありますかって訊いたら、彼はびっくりして、自分が大学院生のとき、最初に書いた本だっていうの。

もう一つは『エジソン伝』という本で、けっこう面白かった。それから『子供の科学』という雑誌をずっと読んでいました。雑誌の後ろのほうに通信販売の案内があって、鉱石ラジオとか手製の望遠鏡とかをつくるのに熱中した。中学になると黒色火薬とか真空管のラジオなんかをつくったりしましたね。

そして何よりも、一九四九（昭和二十四）年に湯川秀樹（一九〇七〜一九八一年、理論物理学者）がノーベル物理学賞を受賞したことの影響が大きかった。

当時の日本人にとって、そのニュースはきわめて鮮烈なもので、僕は九歳でしたが、それに魅了された一人だったわけです。日本は戦争に負けて、ほんとうにペシャンコになっていた状態でした。スポーツでいえば、トビウオが二匹いたでしょう。戦後の水泳界で次々と世界記録を打ち立てた〝フジヤマのトビウオ〟古橋廣之《ひろの》進《しん》と橋爪四郎の二人。そして科学の世界では湯川秀樹ですね。彼らの存在は、焼け野原に射した一筋の光明のように燦然と輝いていたわけです。

大学の理系に行って何をやりたかったかというと、それはもう素粒子物理学なんです。湯川秀樹は憧れの的でしたからね。それなのに、上野高校の進路指導の先生に、「キミは色弱だから理科には行けない」といわれるんです。いまの時代なら色弱でも理科に行って問題はないんでしょうが、その当時は進路指導の先生の権力というのは絶対的なものがありましたからね。僕はそれで茫然自失してしまうわけです。

で、当時、旺文社の「大学入試模擬試験」がはじまったばかりだったんですが、その模試で僕は全国で一番になっちゃうんです。進路指導の先生にしてみれば、当然、東京大学の文科Ⅰ類しか頭にないわけです。文Ⅰは法科で官僚を目指すわけですが、そんなものには興味がなかった。すると、僕の進路は、東大の文科Ⅱ類しかなくなります。僕が「理科がだめなら、じゃあ、文Ⅱにします」といったものだから、それはものすごい意外な顔をされましたね。現在は文Ⅰが法学部、文Ⅱが経済学部、文Ⅲが文学部ですが、当時は文Ⅰが法学・経済で、文Ⅱは文学・教育でした。

「こんなに点数を取ってるのに、文Ⅱに行くバカがいるか」みたいな感じだったね（笑）。

文学への興味というのは、両親の影響もあるわけです。父は長崎でも北京でも教師をやっていましたから、教育者という硬いイメージかというと、それだけではない。実は、引き揚げ体験を描いた『西苑』という小説の真似事みたいなものを書く人でもありました。男も女も出てきて、大衆小説の道具立てはちゃんと揃っていてそれなりに面白い。家族には隠してあったんですが、後々、母も兄も妹も盗み読みしていたみたいです（笑）。そういうロマンティックな文学青年の側面のある人でもあったようです。

母は母で、童話の延長みたいなものを書いていたんですね。一回ぐらい活字になったんじゃなかったかな。だから、うちの両親は文学青年と文学少女の結婚みたいなところがありまして、あの二人はどっちもいずれは作家になろうと思ったんじゃないかという気がする。家庭内においても、文学や作家の話が出るわけです。僕の中に、そうした影響は間違いなくありますね。

【第三章】　安保闘争と渡欧前夜

■安保闘争前年に東大入学

僕が東京大学に入学した一九五九年というのは、安保闘争の前年でした。安保闘争で何十万、何百万という人間が動員されるようになるのは六〇年のことで、五九年というのは、そういう大闘争に向けて、運動が準備されていった年だったんです。

あのころは大学生が安保に反対してデモに行くなんて、まったく当たり前の話で、行かないほうが珍しかった。だいたい駒場では、どこのクラスでも自分たちのクラス名を書いた旗を立てて、クラス単位でデモに行っていた。五九年の秋からそうなっていたと思います。

僕は一年生のときに駒場自治会の常任委員になっていました。委員を決めるときなんかには、「誰かやる人いますか」っていわれたら、僕は「はい」って手を挙げちゃう。あのころは、次から次へといろんなことをやりたい時期だったのでしょう。住んでいた寮の食堂の委員ってのもやっていて、食事のタダ券をもらったりしました（笑）。割となんでもやっちゃう人間だったんだね（笑）。

自治会の常任委員ですから、一般の学生に比べると、運動には積極的に関わっていたといえるかもしれないけど、あの時代、安保反対は全学生の常識だった。

あのころ学生運動を中心的にやっていた連中は、みんな特定のセクトに属していたんだけど、僕はどこにも属していなかった。そこがちょっと変わっていたといえば、変わっていましたね。

当時の学生運動の説明をしておくと、日本の平和運動や学生運動というのは、戦後長らく共産党がヘゲモニーを握っていたんです。ところが一九五八年に警職法（警察官職務執行法）の改正案が国会に提出される。これに対する反対運動が爆発的に盛り上がって、共産党のコントロールがきかない大きな運動になってしまった。それをあくまでもコントロールしようとする共産党が、共産党の枠をはみだした全学連の幹部

駒場に住んでいた大学1年のころ。ネコは近所から拾ってきた。

たちを除名してしまった。除名された人たちが結成したのがブント（共産主義者同盟）という組織です。これがいわゆる新左翼運動の始まりです。

つまり前の世代の学生運動は、すべて共産党と一体になってやっていたんだけれど、僕が大学に入ったときには共産党はすでに運動のヘゲモニーを失っていました。たしか駒場の自治会は常任委員二十人に委員長一人を加えた二十一人のなかで、共産党系が十人、ブントその他の新左翼が十人で、勢力が拮抗していたような記憶があります。どのセクトにも属していなかったのが僕で、意見が対立すると僕のところにやってくる（笑）。対立する両派の折衷案を僕が出すと、それが通る感じでした。

当時の東大生が左翼一色だったかというと、そうでもないんです。官僚の息子たちなんかは保守系だし、後の土曜会（学生研究会土曜会、六〇年代から七〇年代にかけて東大法学部学生有志で創立された読書会）につながっていくような右翼的な組織もそれなりにあったんです。で、学生同士がいざ議論すると、保守系や右翼系の連中も、そっちはそっちでかなりの論客がいて、ぜんぜん黙っていなかったですからね。

■羽田空港ロビー占拠事件に参加

大学一年の一九五九年十一月二十七日、国会を取り巻いて反安保集会があったんですが、デモ隊が国会構内に突入するんですね。警察が装甲車なんか並べていて、その屋根に登ったりしました。国会のまわりに植え込みと塀があるんだけれども、簡単にひょいっと越えられて中に入れるんです。それで、僕も中に入っちゃいました（笑）。

これはいまでも年表に載っているほど有名な出来事でしたが、防衛する側の警察にしてみれば、ショッキングなことだったんですね。それ以降は絶対に防止するぞということで、防衛体制が強化される。あの有名な唐牛《かろうじ》健太郎（一九三七〜一九八四年）はすでに全学連委員長でしたから、僕はこのときに彼の姿を見ています。彼はこの防衛ラインを乗り越えようとして、運動はさらに熱気を帯びていくんですね。

年が明けた一九六〇年一月十六日に羽田空港ロビー占拠事件というのが起きます。岸信介首相らが安保条約調印のために訪米するのを、ブントが全力をあげて阻止するという方針を打ち出したんだけれど、結果的には失敗に終わるんです。訪米団の出発が、前日になって午後十時から午前八時に急にくり上げられたからです。前日の十五日は祝日（成人の日）ですから、キャンパスに通学生はいない。大衆動員をかけられるのは駒場寮と、あと二、三の大学の寮しかなかったんです。

だいぶ以前に、駒場の寮生大会で岸首相の渡米に反対するという決議が通っていました。だから、そのとき寮にいた寮生の大部分は参加したと思います。当時は寮生大会の決定には従うという寮自治の意識が非常に強かったからね。僕の親しかった空手部の友人や、完全なノンポリの連中もみんな参加しました。

かなり早い時間帯にバスを六台チャーターして羽田に乗りつけたら、警察側の対応がまだできていなかった。バスを空港の入り口の橋のところで止めて歩いて行ったら、警官が百人くらい現われて阻止しようとした。こっちはバス六台分もの人数がいるから、簡単に突破した。何人かは運悪くつかまって、足払いをかけられたりしたんですが、その一人が僕だったんです（笑）。ステンとひっくり返されて頭を打ち、一瞬気を失いました。ハッと気づいたら、空が見えて、警官たち二、三人が覗きこんでいる。それからなんとか警官たちを振り切って、一目散に走ってみんなに追いついたという記憶があります。

その後、七百人くらいがロビーを占拠したんだけれど、僕のまわりはみんな駒場寮の連中で、空手部の人間が空手の型を披露したりして（笑）、あまり緊張したようなところはなかった。結局、ロビーのなかの食堂に立てこもったところを包囲されて、一人ずつゴボウ抜きにされていったんです。

一人ずつ引っ張りだされたあと、警官が二列に並んでつくっているトンネルの間を歩かされるわけです。公安が一人一人の顔を見て、「こいつは逮捕」「こいつはヨシ」といった具合で、ブントの幹部だけを見分けて検挙していった。唐牛健太郎はこのときに逮捕されます。僕たちみたいなザコは、何十発も殴られたり蹴られたりしながら、トンネルを歩かされた。最後は警官二人が両腕をつかんで、そこから二キロ近く歩かされて、空港の外で放されました。

　もう夜明け前でしたが、一人でトボトボと歩いていました。すると右翼が、日本刀を振り上げてウォーと叫びながらこっちに走ってきた。もう必死で走って逃げました。ものすごい恐怖でしたね。あの日は左翼に対抗して、右翼も全国動員をかけていたみたいです。あのころの右翼の主流派は児玉誉士夫《よしお》一派なんかですから、半分暴力団みたいな連中で、本当に日本刀を振りまわしていた。

　あの事件でブントの幹部が全員逮捕されたので、その後、彼らが四月に出所してくるまで、学生運動は火が消えたようになってしまいます。そんなロビー占拠事件から二週間後の一九六〇年一月三十日に、イギリスから一通の手紙が届きました。

■渡航禁止の時代に欧州を周遊する壮大な計画

その手紙について説明する前に、僕が大学に入学して間もないころに立てた壮大な計画について話さなければなりません。

当時の若者たちが誰でもそうだったように、僕もまた、とにかく一度でいいから外国へ行きたくてたまらなかった。しかし、六〇年当時、そもそも一般の人は外国へ行けなかったし、パスポートを取ることすらできなかった。取れたとしても外貨を入手できない。飛行機も船もチケットは全部外貨でしか買えなかったから、必然的に日本人は外国へ行けなかったのです（一般人の外国観光旅行が自由化されるのは一九六四年から）。

敗戦以来、日本は貿易赤字の連続だったから、外貨は全部日銀が管理していて、日銀の許可がないと外貨を入手できなかったのです。商社やメーカーの人が外国に行く場合でも、条件はその会社自体が外貨を稼いでいて、その稼ぎの範囲内で行くというのが大前提でした。

それと飛行機代がまた、とんでもなく高かった。僕が買った東京からロンドンへの切符は一人分の往復で二十五万円しましたから、現在の貨幣価値にすると十倍の二百五十万円くらいになるでしょう。そのころの大卒初任給はおそらく一万円程度だったはずです。周囲には大学の先生を含めて外国へ行ったことのある人などほとんどいなかった。戦前に留学した経験がある先生をのぞいては、事実上いなかった。戦後しばらくの間の渡航経験者はほとんどゼロといっていい。海外で学会があっても行けなかったんです。

そういう時代に、僕たちのような貧乏学生がヨーロッパ旅行を計画するなど、ほとんど実現可能性のない、夢のような話だったんです。

そこで思いついた計画が、原爆関係の映画を上映しながらヨーロッパの各地を転々とするというものです。現地のいろんな団体と一緒に、核兵器反対のための集会を開いて、そこで日本から持っていった映画を上映する。そのかわりに、滞在中の宿や食事、次の上映地への移動などすべては現地の人たちに面倒をみてもらうという、ほとんど無銭旅行に近い形の旅でした。

■原水禁運動にのめりこむ

どうやってこのアイデアを思いついたかというと、日本人は、原爆のもたらす被害のひどさ、非人道性をよく知っているから、原水爆を禁止すべきだということは、すぐわかる。原水爆禁止は、日本の国論といってよい。しかし、それは世界の共通認識ではないんです。

核兵器が自分の国を守るために必要だと考えている人たちのほうがむしろ多いといってもいい。

彼らとわれわれの違いがどこにあるかといったら、原爆の被害をリアルに知っているということ、それだけです。それなら彼らにも、われわれ日本人が知っているいろんな情報を運んでいってやればいい。基本はそういうことです。

考えてみれば、われわれだって、最初からそれを知っていたわけではなくて、いろんなメディアを通して被害の実態を知ったわけです。終戦直前、広島と長崎に「原爆」が落ちたという事実は終戦直後から知っていたけれども、その被害の実態は、占領軍が記録写真や映像をすべて接収して秘匿していたので一般には伝わっていなかった。一九五二年四月に占領が終わり、その約三カ月後に『アサヒグラフ』が「原爆被害の初公開」号（八月六日号）を出し、すさまじい被害の実態をはじめて明らかにしたんです。その号は、五十二万部を即日完売し、さらに増刷分は次から次へと完売したといいます。

僕も当時、この雑誌を見ました。無残に焼け焦げた少年の死体。被爆して顔に火傷した女性の写真。手の皮が剝げ、水疱に埋め尽くされた皮膚。草木一本なくなった焼け野原。言葉が出ませんでした。それはあまりに劇的な体験で、いまでもそこに掲載された写真の数々をすべて思い出すことができるほどです。そのとき僕は十二歳ですけれども、自分の生まれた故郷の長崎で、こんなことがあったのかと、このときから僕は原爆に対して非常に強い感情を持つわけです。僕が生まれた長崎大学の大学病院は、ほとんど爆心地そのものなんです。ですから原爆に関しては、他人事ではない、自分もあのまま長崎にいたら確実にやられていたという思いがずっとあったんです。

昭和二十九（一九五四）年にビキニ環礁沖で、日本の漁船、第五福竜丸は水爆実験のために被爆し、死の灰を浴びた船員が治療の甲斐もなく亡くなりました。この後、一挙に日本全国に原水爆禁止運動が広がるわけです。あのころの爆発的な原水禁運動の盛り上がりは、いまとなっては想像もつかないものだと思いますよ。

翌年から原水禁世界大会も毎年開かれるようになります。第一回は広島で、第二回が長崎で開催され、東京で二年つづけて開催された後、再び広島で第五回が開かれます。それが昭和三十四（一九五九）年で、僕が大学に入った年です。僕は第五回原水禁世界大会に出席するために、東京から広島まで鈍行列車に乗って行きました。そのころ鈍行列車で何時間かかったかというと、二十三時間です（笑）。

大学に入った僕は、原水禁運動にのめりこんだわけですが、当時、運動に対する世界の反応は鈍く、日本以外の国の理解はほとんどないに等しい状況でした。そこで僕は大学で友人になった同じ駒場自治会常任委員の駒井洋（後の筑波大学名誉教授）君に、「こういう状況じゃどうしようもないから、もっと世界のあちこちをまわって、原水爆禁止運動をアピールする活動をしよう」と誘って、「原水爆禁止世界アッピール運動推進委員会」を結成したんです。といってもメンバーは二人だけでしたが（笑）。

そしてまず、この委員会を肩書にして名刺をつくり、活動の趣旨を記した英文の趣意書のビラをもって広島に乗り込んだのです。そして、大会に来ていた世界の代表団に強引に配ってアピールしました。

■ロンドンから届いた招待状

その趣意書というのは、〝我々は原爆の悲惨さを伝え、核兵器の禁止を訴えるために、ヒロシマ、ナガサキの惨状を記録した写真、映画などを持って貴国を訪問したい。ついては訪問中の宿泊、交通などの便宜をはかってもらえまいか〟というような厚かましい内容でした。

そのころの「反核」運動は、まだ共産党系、非共産党系といった偏狭な党派的対立はなく、むしろ草の根的な市民運動だったんですね。

それまではもっぱら日本中心の運動だったのが、一九五八年から、バートランド・ラッセル（一八七二〜一九七〇年、イギリスの哲学者・論理学者・数学者）らの呼びかけで、イギリスで運動が盛り上がり、オールダーマストンから八十キロメートル以上も離れたロンドンのトラファルガー広場までの道のりを、数万人の市民が核廃絶を訴えながら行進する「オールダーマストン・マーチ」が催されて、それにヨーロッパ各地の代表団が参加するようになり、世界的に話題になっていました。

イギリスは一九五七年に初の水爆実験を行い、アメリカ、ソ連に次いで三番目の水爆保有国になりました。これを機にイギリスで設立されたのが、核軍縮キャンペーン（ＣＮＤ）という反核運動団体です。オールダーマストン・マーチもＣＮＤによって組織されています。なぜオールダーマストンかというと、そこにイギリス空軍の基地跡に設置された核兵器研究機関があったからです。

イギリスには、核兵器反対の声を上げる文化人が相当数いました。参加者の中で有名なのは、先に挙げたバートランド・ラッセルです。彼はイギリスがソ連からの核攻撃を避けるためには、「一方的な核武装放棄（ユニラテラル・ディスアーマメント）」しかないとする考えの代表的な論者でした。

僕らの世代の人間にとって、ラッセルは特別な人でした。もちろん哲学者としてもすごい人だったのですが、哲学者としてというより、社会運動家としてです。ラッセルは熱心な反戦反核の運動家で、九十代になっても街頭に出て、デモ、集会、座り込みの先頭に立ち、警察に逮捕されることをも辞しませんでした（八十代で一週間投獄されていたこともある）。

少し後の一九六二年に出た『人類に未来はあるか』（理想社）は、反戦反核運動家ラッセルのマニフェストのような本ですが、これには「日本の私の読者へ」という特別の序文がついていて、その冒頭にはこうあります。

「広島と長崎の市民を大量虐殺したことは無法きわまる罪悪行為であった。西洋人の一人一人が責任があり、それと関係がある。なぜならば、それがわれわれの共通の名において行なわれたからである。どんなに敬虔なまつりをしたとて、またどんなに抗議をしたところで、この殺戮の残虐行為をつぐなうことはできない」

ここまではっきり、あの原爆投下を自己批判した西欧知識人はラッセルひとりだったと思います。

ヨーロッパで湧き起こっていた反核機運のせいか、僕らが渡した趣意書はかなり好意的に受け止められたようです。原水禁大会のあと、いくつかの国からは、受け入れOKの返事がきたんです。

そうこうするうちに、さきほど述べた羽田空港ロビー占拠事件の直後の一月三十日にイギリスから意外な手紙が舞い込んだというわけです。

四月にロンドンで「国際学生青年核軍縮会議」というものが開かれる、ついてはこれに参加されたい、という招待状だったのです。

主催者は、イギリス、ドイツ、オランダの大学連合となっていました。おそらく、僕らが広島でまいた趣意書が、どうにかして主催者の目に触れたんでしょうね。だけども、にわかには信じられず、確認の手紙を出して、その返事を見てからようやく信用するという具合でした。この会議への参加を軸にして、ヨーロッパ諸国をまわることができます。こういう正式な会議からの招待状があれば、渡航許可が得られるのではないかと、駒井君と大喜びしました。

■アルバイトと月賦の学生生活

そのころの僕の学生生活を概観しておきますと、まず、生活費を稼ぐためのアルバイトがあります。当時の日記を読むと、金がないという話がしょっちゅう出てきます。あのころ家からの仕送りが月に六千五百円ありましたが、月々の生活費がどうしても一万二千円くらいかかりました。それでいちばん効率がいいのはやはり家庭教師です。週二回で、月三千円というところでした。それを二つやれば、まあ食えるわけです。

しかし、週二回の家庭教師だけでは、かつかつの生活です。ろくに本も買えません。日記の中には、倹約するために食事を抜いたとか、電車賃を節約するために、何駅分歩いたといった記述がさかんに出てきます。本当に金がなかったんですね。

ちょっと大きな買物は、みんな生協の月賦でした。おかげで生協の月賦係の女の子と仲良くなったほどです（笑）。「ちょっと大きな」といってもそんな大したものではなく、たとえば、靴一足でも月賦でした。それなのに、「靴の月賦を払う予定で千円持って出たが、本の売出しをやっていたので、本を買ってしまった。待望のラッセルの『哲学史』と、マルエン（マルクス・エンゲルス）選集の『反デューリング論』」なんていうくだりが日記に出てきます。

そんなわけで、しょっちゅう金欠でピーピーしていて、それを補うために、臨時バイトをよくやりました。家庭教師以外のバイトを臨時バイトといったんです。アルバイト委員会の部屋の前に、ズラッと求人票が貼ってあって、早い者勝ちで、申し込めば仕事をもらえました。そのころ一日仕事でどのくらいもらえたかというと、三百五十円かそこらだったと思います。安いことは安いけど、そのころラーメン一杯が三十五円くらいですから、そんなに悪くはない。

臨時バイトは仕事の内容が千差万別で、それ自体面白いので、よくやりました。面白いというのは、仕事の内容が面白いということではなく、それまでやったことがない仕事をするということそれ自体が面白かったという意味です。仕事があれば、何でも片端からトライしました。

ビラ配り、引っ越しの手伝いといった定番のものから、スチール家具の組み立て、労働組合大会の記録係、企業の資料室の資料整理、書店の棚卸しの手伝い、変わったところでは、医学人体実験の被験者なんていう仕事もありました。正確な内容は覚えていないんですが、あるクスリを飲まされて、三十分おきに小便をしてコップに取るというのが仕事内容でした。途中で過呼吸してみろとか、いろんな注文が出ましたが、別に危険なことはなくて、割とラクで、ペイもよかったという記憶があります。広告取りなんていうのもあったし、世論調査の調査員もやったし、某団体の集金係もやりました。ある女子大に行っている金持ちのバカ娘のレポートの代筆なんていうのもありました（笑）。

ちょっと先の話をすると、学生時代の後半は、アルバイトで技術文献の翻訳をやっていて、これがいい実入りになりました。

ある翻訳会社の下請けで、特殊な技術文献の翻訳の仕事があって、たしか、人造ダイヤの製造法だったか、特殊な合金の製造法だったかの文献でした。渡されてパッと見たら、何のことだか全然わからない。「これ、できるか？」と聞かれて、とにかく金が欲しかったから、調べりゃわかるだろうと思って、「できます」と安請け合いで引き受けた。やってみたら、これが大変だったんですが、一所懸命調べて持っていくと、向こうは、「あ、そうか」なんていって感心しちゃうわけです。技術翻訳というのは慣れれば大丈夫で、一度ちゃんとした評判が立つと、次から次へと注文が来るんです。

そのうちだんだんお金に困らなくなり、やがて仲間うちではいちばん金があるやつとみなされて（といってもみんな貧乏人だったから大したことはない）、ときには、皆におごらされるようになりました。大学三年からは彼女を見つけて同棲し、彼女は向こうの家から追い出されたので、僕が家計の主たる担い手だったのですが、その分も含めて楽に食えていました。

いまにして思えば、その後、『宇宙からの帰還』（中公文庫）にしても、『精神と物質　分子生物学はどこまで生命の謎を解けるか』（文春文庫）にしても、取材の下準備として英語の学術論文や文献を山のように読むことになるわけですが、この技術翻訳のアルバイトによってその下地ができていたということなんです。

■ドストエフスキーとベルジャーエフ

入学してすぐ入ったのが、運動部では陸上部、文化部では文学研究会でした。このころ熱心に参加していたのが、ドストエフスキー研究会（通称、ドス研）という読書会でした。ドストエフスキー（フョードル・ミハイロヴィチ・ドストエフスキー。一八二一～一八八一年、ロシアの小説家）が描く妖しい世界にグーッと惹かれたんです。

彼の作品の中には、人間の澱《おり》というか、闇みたいな部分があって、その奥はどうなっているんだろうという面白さがありますよね。『悪霊』という不思議な小説があるでしょう。

セクトというか秘密結社みたいなものの中で、人間がどんどん狂っていくわけですね。僕が学生運動のセクトに所属しなかったのは、ドストエフスキーなんかを読んでいたことが抑止力として働いていたんだと思いますね。

ここでマルクスについてもひとこと触れておきます。僕らの学生時代はマルクス主義の全盛期で、マルクス主義は、科学的社会主義を自称していました。マルクス主義系の人文科学、社会科学だけは科学的学問で絶対の真理だが、マルクス主義以外の系統の学問はそうではないという立場に立っていました。

僕はマルクスの基本的文献はもちろんフォイエルバッハ（ルートヴィヒ・アンドレアス・フォイエルバッハ。一八〇四〜一八七二年、ドイツの哲学者、ヘーゲル学派の左派）やレーニン（ウラジーミル・レーニン。一八七〇〜一九二四年、ロシアの革命家）も読んでいますし、マルクス主義の影響は受けましたが、いつも相当の距離を置いていた。それを科学的に絶対の真理などと思ったことはありません。それは、マルクス主義に接する以前に、もっと強い影響を受けたものとして、キリスト教があったからです。

両親がクリスチャンで、それも無教会派という、教会の権威を否定する日本独特の教派だったことはすでに述べました。教会だけでなく、牧師司祭など職業的指導者も不要とし、洗礼などの儀式もいっさい否定する独特のセクトでした。無教会派は、カトリックともプロテスタント正統派の信仰とも距離を置いていました。だから、僕も中学高校までは日曜学校に行った程度で、洗礼を受けて信者になるなどのことはなかったのです。ただ、本はいろいろ読んでいたから、キリスト教の思想的影響は強く受けていました。

当時流行《はや》りの実存主義哲学者のジャン＝ポール・サルトル（一九〇五～一九八〇年）を受け容れられなかったのも、同様の理由になります。

さて、ドス研のなかには、やはり独特な連中がいるわけです。顔を見ただけで、いかにもドス研の主みたいな奴がちゃんといて、それなりに魅力的なものの言い方、考え方、論理の立て方をする。それは独特な存在を間近に見る体験でもありましたね。とてもナイーブで理想主義的なことを熱心に語りつづける『カラマーゾフの兄弟』のアリョーシャとか『白痴』のムイシュキン公爵のような人で、マルクス理論を信じきっているような先輩がいました（かと思うと、学生運動をやっている人間の中には、『悪霊』のスタヴローギンのようにというか、レーニンやスターリンのような、ナイーブさのかけらもなく冷徹に恐るべき陰謀や裏切りをたくらんで平然と遂行していく連中もいました）。

そうしてドストエフスキーをめぐって議論したり解釈したりしていくうちに出会ったの

がロシアの思想家ベルジャーエフ（ニコライ・アレクサンドロヴィチ・ベルジャーエフ。一八七四〜一九四八年）です。僕は誰か一人の作家に熱中して、それだけ読むということはあまりしないんです。いろんなものを片っ端から読みます。あえてこの人のものは全部読もうという感じで読んだのは、ベルジャーエフかな。当時、彼の著作集が出たばかりでした。

ベルジャーエフへの入り口は三つあります。一つはドストエフスキーで、数多くあるドストエフスキー論のなかで、ベルジャーエフのものが最もすぐれていた。書名をあげれば、『ドストエフスキーの世界観』です。もう一つの入り口は実存主義ですね。当時、実存主義が大流行だったんだけど、僕はサルトル流の無神論的実存主義にはなじめなかった。むしろ、キェルケゴール、ドストエフスキー、ベルジャーエフという系譜のキリスト教的実存主義に共感していました。

■仲間とはまったくちがう時空に生きる

ベルジャーエフへのもう一つの入り口は、マルクス主義です。ベルジャーエフは若いときにはマルクス主義的革命運動にかなりコミットするんですが、やがてその最も激烈な批判者になる。マルクス主義が目指すものは、結局、ドストエフスキーの『カラマーゾフの兄弟』で描かれた「大審問官」(十六世紀セビリヤのカトリック教会の大審問官は数多くの異端者を殺していた。その彼が再臨したキリストに三つの問いかけをする)が目指すものと同じだということを見抜くからです。

僕らの時代は、六〇年安保のまっただ中で、みんな多かれ少なかれマルクス主義の影響を受けていた時代だから、それを批判していくための視点を得たいという気持ちもあったわけです。

『ドストエフスキーの世界観』は、ベルジャーエフがドストエフスキーを、小説家というよりも「偉大な思想家、偉大な預言者、ロシア最大の形而上学者」ととらえ、「その精神の底を究める」ことをめざして書いた本で、それ自体が一つの哲学書でした。「ドストエフスキーにおけるあらゆる観念は、人間の運命、世界の運命、神の運命とむすびついている」として、ベルジャーエフ自身の「人間の運命、世界の運命、神の運命」論を展開していくのです。

ベルジャーエフを知ったことで、ものごとを考えるスケールがまったく変わりました。

空間的には日本社会の日常空間をこえて、世界全体、宇宙全体まで視野に入ってくるし、時間軸では、近未来、近過去だけでなく、百年単位、千年単位の過去と未来、あるいは

「神の運命」すら考えるわけだから、永遠という時間すら考慮のうちに入ってきます。ベルジャーエフを読んだことを契機として、僕は文学仲間、学生運動仲間などが考えている時空とはまったくちがう時空に半分生きるようになったわけです。

ベルジャーエフはこう述べます。ロシア革命は政治権力の奪取には成功したが、その過程で社会主義の理念を根本的に破壊してしまった。そして、社会主義の根底にあったはずのヒューマニズムはいつのまにかその反対物に転化し、人間性の否定、冷酷と残忍に向かってしまったと非難しました。ロシア革命が実現したものは人間的ユートピアではなく、「悪魔的原理によって生み出された獣的集団化社会」だといいました。ロシア革命が実現していく過程でたちあらわれたのは、ドストエフスキーの『悪霊』の世界であり、ロシア革命が作った社会は結局「大審問官」がつくった社会と同じだったではないかというわけです。ベルジャーエフはロシア共産主義のいちばん激しい批判者だったといっていいのです。

学生運動をやっていた連中の多くは、日本でもロシア革命をモデルとする革命をと考えていましたから、このあたりで、僕は彼らとは相当ずれてしまったわけです。

ベルジャーエフを一読して、その本がいちばん、マルクス主義にもサルトルにも違和感を抱いていた自分の立場に近いと感じました。

ドス研が開かれたのは、大学構内のサークル室だったり、渋谷の喫茶店だったり、とにかくしょっちゅうやっていました。これらの活動に加えて、アルバイトに大学自治会の常任委員ですから、僕の大学生活はたいへん忙しかったんですね（笑）。

さらに、イギリスからの手紙が届いたその日から、渡航準備一色の生活になっていきます。

新聞

学生青年核軍縮会議へ

原水爆禁止 東大生二人が世界行脚

来る四月九日ロンドンで開かれる学生青年核軍縮国際会議から、日本の二人の学生に招請状が舞いこんだ。その人は東大教養学部一年駒井洋君と橋隆志君。

両君は原水爆禁止を訴える世界行脚を計画、去年八月の原水爆禁止世界大会の外国代表と話し合ったり、外国の人たちと文通したりしてきた。こんどの招請状はその努力が実ったもの。ロンドンの会議はイギリス、西ドイツ、オランダの学生の手によって開かれるもので、バートランド・ラッセル、ラパツキー、マンテス・フランス氏なども出席する予定だ。両君はロンドンの会議後はサハラ原爆実験の焦点の地、アフリカもまわってくる予定。「第五福竜丸」「生きていてよかった」などの映画や写真などを持参して、大いに原水爆禁止を訴えてくるといっている。

ただ悩みはその資金。作家阿部知二、朱牟田夏雄東大教授、清水幾太郎学習院大教授、写真家土門拳、評論家中島健蔵氏らが発起人になって両君の派遣費百万円を目標にカンパ運動を起こしている。

駒井洋君　橋隆志君

二人の計画を伝える記事（「朝日新聞」1960年2月10日付夕刊）。

■渡航資金カンパ集めに奔走

渡航の最低条件として、現地での受け入れ、渡航許可、渡航費用の三つがあったわけですが、ロンドンからの手紙で最初の二つはクリアできそうだということで、このあとは渡航費用を捻出するためのカンパ活動に専念することになったんです。

飛行機代が二人で五十万円で生活費が五十万円、最低でも百万円はなんとかしなくてはならない。現在の価値でいえば、一千万円くらいになるという巨費で、しかも期限は二カ月です。僕たちはそのお金を集めるために、いろいろ画策したんですが、まず最初は資金カンパを呼びかけてくれる発起人の依頼です。

結果的に名前を貸してくれたのは十四名の方々でした。原水協の安井郁《かおる》氏、キリスト教の平山照次氏、清水幾太郎先生や、写真家の土門拳氏……。陸上運動部の顧問だった加藤橘夫先生、文学研究会の顧問だった山下肇先生なども名前を貸してくれました。

それでつくられた「資金カンパのお願い」は次のようなものです。

「来る四月九日から十四日にかけ、ロンドンにおいて、学生青年核軍縮国際会議が、イギリス、西ドイツ、オランダの学生諸君の手によって開催されます。この会議には、約五〇

○人ほどの各国の学生青年が集まり、バートランドラッセル氏の開会式辞があり、また、ポーランド外相ラパッキー氏や前仏首相マンデスフランス氏等により基調演説が行われます。日本に対しては、かねてから諸外国の平和団体と連絡をとり、原水爆禁止運動を献身的に行ってきた、東京大学教養学部の駒井洋君、橘隆志君に、この会議への招請状がまいりました。（中略）

もちろん会議に参加する為には、種々の困難が予想されます。そのうち、もっとも大きな問題は資金面でありまして、最低限どうしても一〇〇万円は必要だという計算になります。我々はこの会議の重要性にかんがみ、両君に対する資金援助を提唱します」

この文書を持って、僕たちは資金集めに走りました。東大生二人の〝壮挙〟は、新聞やラジオが好意的に報道してくれたおかげで、かなりの反響があって、女子大生が手紙に百円同封してきてくれたり、高校、大学の友人たちがカンパ帳をもって走り回ってくれたりしました。しかし、百万円というお金が巨額すぎた。カンパ開始から一カ月たった三月なかごろ、五十万円に少し欠けるくらいしか集まらなくて、どうも行けそうにないなという雰囲気になってきた。

そこで、奥の手というわけで、当時の茅誠司東大総長のところへ、なんとか助けてもらえまいかとお願いに出向きました。茅総長はその場で、読売新聞社の誰か上層部の人に電話をかけて、残り五十万円の負担の約束を取り付けてくれました。読売新聞の独占ニュースにするという約束のもとに、お金の世話をしてくれたのです。

　結果的には、二カ月間で資金の目標額に到達することができました。しかし、それは能力があったからでも集中力があったからでもないんです。少々困難に思えるようなことでも、とにかくまずやってみようと思う。そしてとりあえず第一歩を踏み出してみる。それだけの話なんですね。あとはその場その場の状況のなかで、どれだけバタつくかということだけです。人間、水のなかに放り込まれたら、必死になって泳いで向こう岸にたどり着くでしょう。それと同じことですね。

【第四章】はじめてのヨーロッパ

■土門拳さんの写真と三本の映画

ロンドンの国際学生青年核軍縮会議に参加するにあたって、僕たちは何を持っていったのか。

僕らが渡航する二年前、写真家の土門拳さんが『ヒロシマ』（研光社）という写真集を出していました。広島で何があったかを世界の人に知ってもらうには、この写真集を見てもらうのがいちばんだと思ったので、僕らは土門さんの家にアポなしで訪ねて、写真を貸してほしいとお願いしました。土門さんはそれを快諾してくれたばかりか、発起人の一人にもなってくださったんですね。

土門さんの写真以外に、映画も三本持っていきました。新藤兼人監督の『原爆の子』（一九五二年公開）、関川秀雄監督の『ひろしま』（一九五三年公開）、ドキュメンタリー作家の亀井文夫監督の『世界は恐怖する　死の灰の正体』（一九五七年公開）です。それを十六ミリに焼きなおして持っていったんだけど、フィルムがぎっしり詰まったトランクというのは、本当に重いんです。

こんな綱渡りをへて、四月六日、ついに羽田から搭乗します。飛行機は世界最初のジェット機でコメットという、以前に金属疲労による空中分解事故を起こして有名になったイギリス製のジェット機でした。香港、カルカッタ、カラチ、ベイルート、フランクフルト、ロンドンと給油のためにあちこちの空港に寄りながら、南回りの空路で三十三時間もかかりました。着いたころにはもう二人ともへとへとで、はじめてヨーロッパに降り立った感慨にふけるどころではなかったですね。

　宿は向こうの主催者が用意してくれたボランティアの家でした。はじめは、ハンガリーから亡命したカメラマンのところでした。そこに一週間いて、次にはイギリス人の学生の姉弟が住むフラットに泊めてもらいながら、「学生会議」に参加したんです。以後は、ずっとそんな具合に、ヨーロッパ各地を現地の反核運動の組織の世話で、あちこちのボランティアの家にやっかいになりながら、約半年の旅をつづけていきました。

　はじめての外国暮らしで一番ショックだったのは、とにかく英語が通じないことでした。英語に関してはかなり自信を持っていたんですが、これは見事に打ち砕かれました。発音がダメなんですね。カメラ屋にフィルムを買いに行っても、「film」のひとことが何度言い直しても通じなくて非常なショックを受けました。「l《エル》」の音が通じないんです。その一方で、会議の席では、日本で盛り上がりつつあった安保反対運動についての声明を英文でまとめて発表したりしていました。話すのと読み書きの間に、随分と大きなギャップがあったんですね。

■印象深い読売新聞の欧州総局長

　そのとき、ロンドンには読売新聞の欧州総局長として、嬉野満洲雄《うれしのますお》氏が赴任していました。外交問題や国際情勢について一時、活発な評論活動を展開していた人です。僕らは、読売新聞の援助を受けていたこともあって、到着早々に嬉野さんのところへ挨拶に行き、以後、一カ月間の英国滞在中はいろいろと世話になりました。寡黙ななかに、一種独特な雰囲気を感じさせる、印象深い人でした。

　余談になりますが、のちに『文藝春秋』で「日本共産党の研究」の取材をしていたとき、資料の中に嬉野さんの名前を見つけて、はっとしたことがあります。昭和初期、共産主義に染まった若いインテリのうち、良家の子女は、運動の挫折後、ヨーロッパに留学するというのが一種のパターンになっていたようです。外国へでも行って頭を冷やしてこい、という親の意向もあったのでしょう。

　嬉野さんもそうしたひとりで、そのまま長くヨーロッパに住むようになったようです。

戦後間もない時期は、新聞社も自前の特派員を養成する余裕がなかったので、そういう経歴の人々を支局員にスカウトしていたらしい。

彼は昭和初期のころに学生運動に参加して逮捕されたりしました。そういう前歴があるせいか、面白がって、学生の青臭い議論にずいぶんと熱心に付きあってくれた。ロンドンには一般の日本人がほとんどいなかった時代だから、珍しくもあり、若い学生に会うのが嬉しくもあったんでしょう。ほとんど一日おきにメシを一緒に食べていたような気がします。いつもおいしい中華料理をごちそうしてくれました。

■学生会議とオールダーマストン・マーチ

「学生会議」には、世界各地から代表がきていて、主として西ヨーロッパからなんですが、中近東や東ヨーロッパの学生も来ていました。印象的だったのは、会議の進め方です。まずその日の基調演説があったあとに、いくつものセッションに分かれて、そこで議論を戦わせる。その議論をもとに、さらに全体会議を行って一日のスケジュールが終わる。

日本の平和会議などでは、だいたい出席者が一堂に会して、それぞれの立場からただ一方的に演説をする。情緒的なアジテーションのための演説をして、それで終わり。議論を

ロンドンで「オールダーマストン・マーチ」に参加する筆者。80キロを歩いた。

戦わせるなんてことはなかった。何かを本当にまとめていこうという発想に根本的に欠けている。

　ところがこの会議では、個別のセッションの中の議論でも、ある人物の発言をもとに別の人間が発言し、具体的に議論を積み上げていくわけです。さらにその日の全体会議でとりあげ、最終日には正式なコミュニケにまとめて発表した。そういう会議のスタイルを僕らはまったく知らなかったので、非常に感心したことを覚えています。日本の平和運動の政治主義的スタイルが国際的にはかなり異様なものだということがわかりました。

僕はヨーロッパから帰ると、平和運動からも、あらゆる政治運動からも身を引いてしまうんですが、それはヨーロッパのそういう運動の実態を知って、日本の運動の左翼政治主義的引きまわしがたまらんと思ったからなんです。

会議が終わった翌日には、先に述べた平和行進「オールダーマストン・マーチ」に参加しました。僕たちが参加した一九六〇年の行進は、マーチの歴史の中でも、非常に盛り上がりをみせた行進で、最終的な参加者は四万人、全長九キロにも及びました。五日かけて八十キロを歩くんです。

日本の新聞に僕と駒井君の連名で送った記事で、この行進を次のように描写しています。

《今年はオールダーマストンに最初から七千人が集まった。昨四月十五日のことだ。そして今日二日目は一万人に増えている。私たちは各国の代表が行進している国際部門にいる。前にはフランスの代表団。あごひげ豊かな偉丈夫と、赤いベレー帽をかぶったしわくちゃのおばあさんを中心とする人々だ。その前にはアイルランド、私たちのうしろにはアラブからの代表団がいる。フランスの代表団たちは、ラ・マルセイエーズを繰り返している。

私たち二人は、日本の代表として、このオールダーマストン・マーチに先立つ五日間、ロンドンの国際青年核軍縮会議に出席し、その翌日、すなわち昨日オールダーマストンに自動車でやってきた。もちろん日本人は初参加である。

四つ辻にさしかかると、トランペットやトロンボーン、クラリネット、なべやドラムを持ち出しているグループがある。彼らはにわか編成の楽団なのだ。曲目はジャズとロカビリー専門で、われわれの行進を元気づけようと顔を朱にそめて熱演している。私たちは敬意を拍手で表わして行進を続けた。》

僕らは国際部門の列にいたから、まわりにいたスウェーデン人やギリシャ人の女の子たちとずいぶん仲よくなった。知らない国の女の子と仲よくなるのは簡単なんです。あなたの国の言葉でアイラブユーは何というのかと訊くと、喜んで教えてくれる（笑）。そしたら、それをさっそくその相手に使ってやると、キャーキャーいって喜んでくれる。だから僕はいまでもギリシャ語でアイラブユーがいえます。サガポというんだけど、後にギリシャ語をちゃんと習ったときに、これはアガペー（愛）の動詞形一人称アガポに、二人称代名詞の目的形「S」を付けたもので、まさにアイラブユーそのものだとわかりました。

夜になると、その辺でみんなで草の上に横になったり、寝袋に入ったり、ヒザをかかえたままうつらうつらしたり、いろんなかっこうで野宿するんですが、基本はスリーピングバッグです。だけど夜遅くまでしゃべり合う人が多かった。先輩の人たちも一緒になって、なぜ自分がこの行進に参加したのかという個人的なバックグラウンドを話し合ったり、政治論や人生論をやったり、とても楽しかったです。日本の学生運動や大衆運動などとはまったく雰囲気がちがう世界です。

万人単位の大デモですから、いろんなことが起きます。しかし、よく組織されていて、医療救護隊がしっかりできていて落伍者の面倒もみてくれるし、軽い食事や飲料水の用意もありました。よく組織されているといっても日本的な官僚主義的統制はまったくなくて、自由そのものの雰囲気でしたね。

■上映会でのイタリア人たちの激突

オールダーマストン・マーチが終わった翌日から、映画の上映会と写真の展示会がはじまります。一カ月弱の間に、オックスフォード大学をはじめとする十五カ所で、核兵器反対のための集会を開いてもらいました。

原爆の被害について、欧米の人はリアルには何も知らないわけです。だから、写真や映画をいろいろ見せられて、そりゃあ、相当なショックを受けたんですね。とくに、亀井文夫監督の『世界は恐怖する　死の灰の正体』で放射能の恐ろしさを科学的に見せつけられ、土門さんの写真で、原爆のいちばん深刻な被害は、何年も何十年もつづく後遺症の問題だとわかると、これは他の兵器の問題と同列には考えられないということがわかってくるわけです。

映画では、新藤兼人監督の『原爆の子』が受けましたね。英語のスーパーが入っているからみんなわかるし、なんといっても、一つの映画作品としてよくできていて、説得力がありました。他のドキュメンタリー映画なんかは、わかりやすいところ、大事なところを部分的に抜粋して上映したりしたんですが、『原爆の子』は基本的にフルに上映しました。すると、上映が終わってから、純粋にこれはいい映画だという意味で拍手がわいたことが何度もありました。

イギリスの次はフランスで、パリ、マルセイユ、エクス・アン・プロヴァンスを回りました。その次がイタリアでした。イタリアでは、行く先々で公民館や学校を借りて上映をしましたが、イタリア人は映画好きということもあって、いちばん反響が大きかった。

こういう集会をして面白かったのは、見た人の間で必ず激しい議論が起きたことです。とくにイタリアでは激しかった。共産党系の人と、反共産党系の人が、ソ連の核兵器をどう見るかで激論になることが多かったようです。

ソ連の核兵器を脅威とする反共産党系が、ソ連の核兵器は平和のためにあるんだとする共産党系と激突していました。これは日本ではまるで見られない光景でした。この両者は主張がまるで正反対で、あの時代のヨーロッパでは、核軍縮運動の最大の争点はそこにありました。そして、ヨーロッパでは、平和運動や反戦運動に関しては、共産党の影響も強いけれども、反共産主義的な平和運動、市民運動がまた歴史的にものすごく強いんだということがわかりました。

東西の陣営がそれぞれの軍縮案を出し合って、駆け引きしている最中ですので、市民の間でも白熱した議論になる。共産党系の人間が、ソ連の核は平和のための核兵器だなどといった発言をすると、それに対してたちまちブーイングが起きて、猛然と反論する人間が出てくるんです。僕たちが関係をもった団体は、市民主義的な運動をやっているところが多かったので、反共産主義的な参加者が多かったです。

核兵器そのものの正当性を主張する人などもいて、とにかくそういう人たちが、次々に立ち上がって発言していく。そういうふうに立場がミックスした議論は、日本の運動ではあまり起きない。日本人は群れるのが習性だから、同じ立場の人間が集まって、マスターベーションのような議論をして喜ぶのが普通です。

日本の学生運動だと、ただデモをやって、警察官と押しあいもみあいの肉弾戦をやって汗だくになって自己満足して終わりといった具合で、議論の部分がほとんどない。先の会議の進め方もそうですけれど、ヨーロッパでこういう体験をつんでいくにしたがって、どうも日本の学生運動、大衆運動というのは、世界的にみて非常に異様な形態のものなのではないかという感をますます強めていきました。

■ヨーロッパの重みとキリスト教の実像

イタリアは、ローマ、ミラノ、ヴェネツィアなど、いろいろな街を巡り歩きました。とくにフィレンツェには長くいて、この街の美術館は徹底的に見ています。

このときの旅行全体を通じての最大の収穫のひとつに、名画をたくさん生で見た、ということがあります。とにかく金がないですから、どこへ行ってもできることといえば美術館や博物館に行くことぐらいしかないわけです（笑）。具体的にどの作品、というのではない。質かける量の、総体としての芸術体験ということです。芸術を介して、総体としてヨーロッパの重みのようなものを感じました。この感覚は実際に行ってみないと得られない。

とくにイタリアなんて、小さな町に行っても、驚くような美術品があるでしょう。また、それまでにまったく見たこともない、これは何だろうと思うような絵のテーマもある。それを知りたいと思って調べだすと、しだいにその背後にある巨大な文化の体系が見えてくる。一種、打ちのめされるような衝撃がありました。ヨーロッパ文化のそのような厚みを、自分はそれまでまったく知らなかった。なんてモノを知らないんだろうと思いました。

日本のちょっと政治かぶれした若造が見ている世界なんて、本当にちっぽけなものだ、われわれの知らない巨大な文化の体系が、この世界にはあるんだ、ということを早い時期に知ったことが、その後の僕の考え方に大きな影響を与えているように思います。

もうひとつ、キリスト教に対する見方が大きく変わったというのもこの旅行の成果でしたね。何度かこのことには触れましたが、両親が信者だったこともあって、僕は子どものころから、キリスト教には特別な思いがあった。しかし、それまで頭の中で描いていたキリスト教のイメージは、本場に行って完全に崩れてしまいました。

ひと言でいえば、日本人はキリスト教をあまりにも純化しすぎて見ている。おそらく明治・大正期の欧米の知識の移入の仕方に問題があったためでしょう。これに反して、ヨーロッパにおけるキリスト教というのは想像を絶するほど多面的なものなんです。たとえば日本で真言宗が担っているような土着的な信仰の性格も豊富に持っている。カトリック圏の聖人崇拝などは、ほとんど多神教の世界に近いものがありますね。

キリスト教のバックボーンが呑み込めていないとヨーロッパの文学は全然わからない。一見宗教的ではない作品でもそうなんです。西洋文学を論じる日本の文芸評論家で、はなはだしく読み間違えている人は、大抵この辺に問題があります。僕の場合、早くヨーロッパ体験をしたお蔭で、そうした誤読はまぬがれたと思いますね。

■カナダ代表ディミトリと世界政府

ヨーロッパ旅行で知り合った人たちの中で、とりわけ忘れがたい人物に何人か触れておきますと、まず、カナダ代表として学生会議に参加していたディミトリ・ルソプロスです。彼はイギリスに留学中の学生でしたから、ロンドンには詳しかった。体重は百キロを越えるという堂々たる体格で、年は二十代後半だったと思います。

三つ目の大学に通っているところだったんです。貫禄もあるし、弁舌もさわやかで、会議の参加者のなかでも非常に目立つ存在だった。その彼が、まだ十代の僕を非常に可愛がってくれたんです。ソーホーの一角にあった「パルチザン」という、イギリスの新左翼運動の活動家たちのたまり場だったコーヒー・ハウスに連れて行ってくれたり、いっしょにバレエを見に行ったり、日曜日にはギリシャ正教の教会音楽を聴くために、教会に連れて行ってくれたこともあります。

左からディミトリ・ルソプロス氏、駒井洋氏。

『パルチザン・レビュー』という雑誌を読めとすすめてくれて、その編集部にも連れていってくれました。当時のロンドンの街は、さまざまなカルチャーの坩堝《るつぼ》という感じで、新しい思想も生れようとしていた時期でもありました。もちろん、ロンドンだけではなくて、ヨーロッパのさまざまの都市で、新しい映画や演劇が生れようとしていました。

あとで考えると、一九六〇年という年は世界的にも思想や社会の大きなターニングポイントだったと思います。その中心部に入りこんだのですから、本当に刺激的だったわけですが、その案内役を買って出てくれたのがディミトリでした。何も知らない文化的田舎モノの僕にとっては、見るもの聴くもの、すべてが実に新鮮でした。彼はその名前のとおりギリシャ系でしたから、ギリシャ正教の教会を案内してくれたし、僕の中のギリシャ哲学への関心も、彼が植えつけてくれたものです。こうしてディミトリによって僕の中に入り込んだ文化の諸相は、やがて知らないうちに萌芽していくことになるのです。

　ディミトリは最初の大学では数学と哲学を学び、次は経済学と政治学、そのころはさらに生物学の勉強に挑もうとしているところでした。彼がなぜそんなに何度も大学に通っていたかというと、マルクスの革命理論はすでに破綻したとの認識のもとに、彼自身がいろんな学問を基礎から勉強して、それに代わる新しい革命理論を生み出そうという計画を立てていたからなんです。

　彼がいつも僕に熱心に語ってくれたのは次のようなことでした。現代の世界においてもっとも重要な課題は、ナショナリズムを克服することであり、そのための革命を起こすことである。その主張を、彼は「スープラ・ナショナリズム（超越・国家主義）」と名づけていました。いまはまだ、この世界は右から左までナショナリズムの潮流におおわれている。早くこれを克服しなければ基本的に国家間の戦争は不可避となる。核戦争の可能性をもつ現代においては、それは人類の絶滅につながる。

革命といっても、現在の国家をすぐに廃絶して世界政府を作るということではなく、とりあえず国家主権のうち、軍備と交戦権を放棄させることを目指せばいい。そして通信、移動、居住などの基本的人権が、国家の壁を越えられるようにする。イメージとしては、アメリカ合衆国を考えてほしい。そうすれば、現在のように、無数の主権国家が独立国家であるためにバカバカしいコストを払い続けるといった状況はなくなり、世界はいまの何倍もの豊かさを享受することができるだろうというのです。

ディミトリは、国家をなくすことを第一義的目標に革命運動を起こすなど、君は夢物語だと思うかもしれないということもいっていた。しかし、現在のわれわれが直面している問題、核戦争とその結果としての人類絶滅の可能性を考えれば、それは夢物語どころか、もっとも優先順位の高い現実的な課題であるというのが彼の主張だったんです。

僕はなにしろそのとき十九歳ですから、世界政府思想について語り合うだけで、充分に知的な刺激を受けていました。ただ、彼の革命運動の方法論も組織論も、あまり現実的なものではないということには、もちろん気づいていた。

■ディミトリとの五十四年ぶりの再会

後に日本に帰ってから、彼からの手紙を受け取ったことがありました。依然として彼の革命理論に現実性が感じられなかった僕は、「ディアー・ドリーミー・ディミトリ」ではじまるかなり挑発的な手紙を書いて送りました。国家は廃絶されるべきだという君の目的には全面的に賛成する。しかし、目的の正しさだけでは運動は起こらないし、起きても有効な運動たりえない。君の思想は相変らず、夢想論の段階にとどまっているようだと。

僕としては、その後の論争を期待するようなところもあったのですが、それっきり、ディミトリからの返事は来なくなってしまいました。

もう二度と会うことはないだろうと思っていたディミトリに、じつは、後日譚が加わります。二〇一五年二月十四日に放映されたNHK・ETV特集「立花隆　次世代へのメッセージ〜わが原点の広島・長崎から〜」という番組を制作する過程で、彼に再会することになるのです。NHKの広島放送局にいた山中賢一さんが、この番組を企画制作して、ディミトリの居場所を突き止めてくれたんですね。

番組は、僕が北京に行かずにそのまま住んでいたら被爆したであろう長崎を訪問するところからはじまります。学生時代に原水禁運動にのめりこんだエピソードと、国際青年核軍縮会議のために渡欧した話が紹介されたあと、広島の原爆資料館の前でディミトリと再会を果たすのです。じつに、五十四年ぶりのことでした。

僕はディミトリを批判するような失礼な手紙を書いたために、彼からの返信がパタッと途切れたことが、胸のなかに一種のシコリとして残っていました。だから、しばらく話したあとで、彼にそのことを聞いたのです。すると、彼は「いや～、違うんだ」といって、こう説明してくれました。

ロンドンからモントリオールに戻った彼は、大学で反核運動のリーダーとなり、さらには二十二の大学を束ねる組織のリーダーとなって、カナダ全土を駆け巡って核廃絶を訴える活動に没頭していたというんです。それに忙しくて返事が書けなかっただけなんだと。不義理をしたのは僕にだけじゃないというんですね。それを聞いた僕は、長年の胸のシコリが取れてホッとしました。

一九六三年にアメリカはカナダ全土に核ミサイルを配備します。核兵器を積んだソ連の爆撃機をカナダ上空で撃ち落とすためです。翌六四年からディミトリはカナダ政府に対する反対運動を展開し、徐々に世論を動かしていきます。スローガンは「ケベック（カナダ）をアメリカの楯にするな！」。核配備に反対する国民は、六一年当初は一九パーセントにすぎませんでしたが、六六年には四四パーセントと倍以上になり、六九年、ピエール・トルドー首相は核兵器撤去を決断する。七八年の第一回国連軍縮特別総会で、トルドー首相は「カナダは核を作ることも保有することも放棄した国です」と演説するんですね。五年の歳月をかけて核を撤去させたのがディミトリだったということを、僕はこのときにはじめて知ったわけなんです。いや、衝撃を受けました。番組のなかで、ディミトリとの対談は、次のようにはじまります。

《**立花**　振り返ってみると、ディミトリさんはずっと（僕が）Mentor（指導者・師）だと思っていた人で、半世紀ぶりにお会いして改めて本当に嬉しかったということをまず申し上げたいと思います。

ディミトリ　僕からもいわせてほしい。キミがそんなふうにいってくれるなんて本当に嬉しいよ。僕がキミの人生や人格形成にまで大きな影響を与えていたなんてまったく知らなかった。いやあ、心から感動したよ。》

そして、対談は次のようなくだりで終わります。

《**立花**　いちばん大きなことは、要するに、ピース（平和）の実現をいちばん妨げているのは何かというと、国家のみが〝sovereignty（主権・統治権）〟の権威を持っていて、国家だけは好きなことをやる、人を殺すことも、あるいは人を殺させることもできる、こういう世界の構造を変えない限り本当のピースは訪れない。いま、長崎や広島で起きていること、つまり日本の社会において中央がsovereigntyを独占しているなかで、この二つの市の首長だけは一貫して、場合によっては中央権力に対して異議を唱えることを何度もやってきたわけです。

　いま政治のやってる方向はおかしいということをローカルガバメントが堂々という。そのパワーを彼らに与えているのは何かといえば、あの六十九年前（注・収録は二〇一四年）に何十万という人が本当にあんな形で残虐な殺され方をした、その事実そのものだと思うんですね。その犠牲者の思いを体のなかにしょっているから、あの堂々とした行動がとれるんだと思う。

ディミトリ　キミはいま、じつに重要な指摘をした。広島や長崎などの都市が政府に対して大きな役割を担うだろうという視点は素晴らしい。僕たちはまったく同じことを考えているんだと気づかされた。君に命令だ。もっともっと長生きして、価値のある記事や本をたくさん書いてほしい。ベストを尽くすと約束してくれ。》

帰国するディミトリを空港まで送りました。ディミトリは僕をハグしながらささやきました。「元気でいてくれよ。また会いたいから」。

■ガンジーの弟子、ランザ・デル・ヴァスト

もう一人紹介しておきますと、ランザ・デル・ヴァスト（一九〇一～一九八一年）という人です。この人にはフランスのマルセイユで会いました。

彼はガンジーの弟子で、もともとはシチリアの貴族の家系に生まれたイタリア人です。インドでガンジーとしばらく生活を共にしたあと、フランスで「ラルシュ」（L'arche、方舟の意味）というガンジー主義的生活共同体を創設して、仲間たちと共に、自ら耕し、必要なものは何でも自分たちで作るという自給自足の生活を送っていました。

当時、彼らが暮らしていたマルセイユ近郊の生活拠点を訪ねて、ランザ・デル・ヴァス

ト本人とも一緒に食事をしました。非常に質素な食事だったけど、とてもおいしかった。自然食そのもので、たしかパンとスープだけだったけど、そのパンがたとえようもなくおいしかった。自然食そのもので、いまでいう全粒粉のフランスパン風のパンでした。

この人は日本ではあまり知られていないけれど、実は大変な人なんです。有名な『反暴力の手法』（新泉社）をはじめとして著書も二十冊以上あり、ヨーロッパでは二十世紀を代表する思想家と考えられています。哲学者であり、詩人でもあり、造形芸術家でもあったけど、何より若くしてガンジーのもとをたずねて弟子入りし、残りの一生をガンジーのごとく生きた人として知られています。

このラルシュというコミュニティもガンジーの作った自給自足生活共同体「アシュラム」に範をとったものです。これは非常に独特のものだったので、多くの信奉者を集め、フランスの田舎で信奉者に囲まれて、彼はガンジーのような生活を送ります。

ガンジーのような生活というのは、政治的にはあらゆる不正に非暴力主義で抵抗し、生活者としては、質素そのものといってよい自然に則した自給自足の生活を送ること。コミュニティの基本ルールはあらゆる意味での分かちあいと和解の精神とする。そして、余暇は思索と祈りにささげるというものです。

具体的に非暴力主義的抵抗活動を展開した対象として、一つは戦争と暴力の問題があり、古くはアルジェリア独立戦争、近くは、旧ユーゴスラビアをめぐる戦乱などがあります。核の問題にも熱心で、フランスの核武装、核実験に対して一貫してもっとも熱心な反対運動を展開してきた人として有名です。

といってもランザ・デル・ヴァストは本当はあまり政治的な活動が好きでなく、静かな生活を何よりも好み、事実、ときどき激しい抵抗運動をする以外は、ほとんど静謐《せいひつ》そのものの暮らしを送ったんです。会って話をしても、口数は少なく静かな人でした。ときどきもらす言葉にとても威厳があり、何とも存在感がありました。会った時間はおそらく三、四十分程度だったでしょうが、いまでも忘れられない人です。

特定の既成宗教の信奉者ではないけれど、宗教的精神を非常に重んじていた（ガンジーがそうだった）ので、ラルシュに参加しようとする者には何らかの既成宗教に属することを推奨し、ラルシュの共同体の中でそれぞれの宗教心を深め、宗教的な生活を送ることを求めていました。しかし、同時に、宗教心がかもしだす、対決心と憎悪の感情から暴力が生まれることを何よりも警戒していたので、自分の信じる宗教以外の宗教の価値体系を学び、それを重んずることをラルシュにおける絶対の原則としていました。

僕がどうしてそこに行けたかというと、彼らの仲間の一人が、ロンドンの会議に参加していたんです。マルセイユまで車に相乗りさせてくれた人も、ラルシュの支援者だった。ラルシュの人々はガンジーの生活スタイルをまねて、はだしで生活していました。思想的にも、ガンジーの「反暴力直接行動主義」という原理に立って、反戦、反原爆をはじめとするさまざまな運動に関わっていました。断食やデモといった行動は行うけれども、暴力を否定しているから、官憲とぶつかっても抵抗しない。そのまま平気で逮捕されてしまう。

ヨーロッパの平和運動には、こうした人たちのグループや、絶対平和主義の立場に立つクウェーカー教徒のような人たちが、いつも大きな勢力として関わっている。そして、デモの現場でも、驚くほどの強靭さを見せるのは、そういう個人の信念や信仰に支えられた人たちなんですね。日本の平和運動とはまったく違う土壌に立つ、驚くほど強い平和運動が連綿としてつづいている。そういったことに、だんだんと気づいていきました。

■セーヌ河河岸での幸せな体験

当初の計画では、アラブ連合やガーナなどのアフリカ大陸にも行くことになっていたし、できればアメリカやカナダにも行ってみたいと思っていました。でも、結局ビザもとれないし、何よりもお金がほとんど底をついてしまっていた。だから、ローマあたりで帰国の決意をしました。

　ローマから、パリ経由のオランダ行きの列車の切符を買い、経由地のパリに再び寄ったときは、もう映画の上映もないので、誰かの世話になるわけにもいかない。宿だけはタダのところを紹介してもらっていたけれども、その他のことはすべて、残った乏しいお金の中からやりくりしなければならなかった。

　ある日、いちばん安いワインとパンとチーズを買ってきて、それを昼食にしたんです。考えてみると、それまでメシは基本的に人に食わせてもらうばかりで、自分たちの金でレストランでメシを食ったことはなかった。しかし、どんな安レストランでも、店の前に出ているメニューを見ると、高くてとても入れない。そこで食料品店で買い食いすることにしたんです。

　全旅行をとおして、この日の食事ほど、貧しかったがおいしい食事もなかった。ワインはおそらく一本百円もしない、本当に水よりも安いワインだったと思います。それを、セーヌ河畔までぶら下げて行きました。

　いまは、セーヌ河の河岸は大きな自動車専用道路になっていますが、当時はあそこが遊歩道になっていた。そこに腰をおろして、のんびりと食べたんです。フランスパンと赤ワインとチーズというのは、フランスにおけるもっとも安価にして、最高の取り合わせなんですね。酒を飲みなれていなかったせいもあって、二人で一本あけたら、たちまち酔っ払ってその場にゴロリと横になってしまった。

セーヌ河を行きかう小船を寝ころんで見ながらね。これほど貧しい食事が、人間の気持ちをここまで幸せにしてくれるのかと不思議に思ったことを覚えています。

最後に訪れたのはオランダでした。いよいよ懐具合が寂しくなって、オランダでは、ほとんど絵を見ることぐらいしかできませんでした。

アフリカに足を延ばすというプランにも未練はありましたが、金がなくては動きがとれない。このあたりが潮時かと話し合い、帰りの船の切符を買いました。貨物船で、切符はかなり安かったと記憶しています。

僕らが乗った貨物船は、ロッテルダムの港を出発、ジブラルタル海峡を通り、ジェノヴァ、アレクサンドリア、スエズ運河を抜けてジブチに寄り、紅海からインド洋に出ました。インド、東南アジアの港にもいくつか寄って、最後は香港と上海にも寄りました。最終的には十数カ所の町に寄港しました。

ほぼ一カ月の旅を経て、船は名古屋に着きました。上陸したら、街頭で新聞の号外を配っているのに出会った。一部もらうと、社会党の浅沼稲次郎委員長が、山口二矢《おとや》という青年に刺殺されたという内容でした。六〇年十月十二日のことでした。たった半年間いなかっただけで、日本という国は、なんて変わってしまったんだろうと思いました。

■人生で最大の勉強

この旅行をしていた半年間は、人生で最大の勉強をしていたんだと思いますね。ことさら何かを勉強するという意識は何もなかったけれど、いつのまにか、日々に膨大な情報を吸収していて、わずか半年間の経験でしたが、この旅行から帰ってきたあと、物事がまったく以前と違って見えてきたことを、いまでもはっきりと覚えています。とくに出発前に関わっていた学生運動についてはそうでした。

僕たちがヨーロッパにいる間に、六〇年安保はすべて終わっていました。安保の主役だったブントは崩壊して、残っているのは共産党と、新左翼では中核、革マルという時代に移っていった。それぞれのセクト間で、活動家の激しい奪い合いが起きていて、僕らのことも帰国前から双方の話題に上っていたらしい。「今度、ヨーロッパからすごい奴らが帰ってくるらしい。早くこっちに引っ張りこまなきゃ」というような具合に（笑）。

僕も駒井君もその後、学生運動からは完全に離れてしまうんです。自治会の委員もやめてしまいました。日本の政治運動、とくに学生運動に対する興味が完全になくなってしまったんですね。

あのころ、大学に入学するとすぐに学生運動の活動家が「クラスまわり」といって、クラスを一つ一つまわってアジ演説をしていたわけです。

いま世界はこうなっている。世界はこういう状況にある。日本の政治構造はこうだ。経済が置かれている状況はこうだ。近未来の世界はこう動く。日本はこうなる。だから学生はいまこう考え、こう行動しなければならない。そういうことを滔々と述べたてて、だから、何月何日の反安保統一行動の日のデモに立ち上がれというようなアジを授業前のほんの短い時間を利用して、次々にやっていくわけです。同じような内容のビラも配られる。

アジもビラも、やる人、作る人によって内容の水準はいろいろでしたが、なかなかのものがありました。ほほう、なるほどと思わせるものが確かにあった。そういうことをやっていた連中の中から、後の政治家、経済学者、大学教授、著述家などが輩出してくるわけですから、事実、なかなかの連中がいたのです。

しかし、ヨーロッパでさまざまの人々に会って、いろんな会話を交わしているうちに、おかしいのは日本の学生運動のほうだと気がつくわけです。世界が見えていないし、歴史が見えていないのは、日本の学生運動の活動家たちだと思うようになった。それは学生運動に限ったことではなくて、日本の社会全体、日本人全体がそうなのだということがわかってきたのです。

日本の社会というのは、基本的にいまでも、数百年にわたってつづいた鎖国時代の延長としてあり、意識がぜんぜん開かれていない。外国の思想や文化にしても、翻訳でわかったつもりになっているだけで、じつはどこか本質において根本的な理解が欠けているということがわかってくるわけです。

安保反対のデモで走りまわるよりも大事なやるべきこと、なすべきことが、自分個人の問題としても、日本社会の問題としても、山のようにあるということに気がついたということです。

■ヨーロッパの政治思想の源流

それと、社会運動としては、こういうことがあるんです。僕らはヨーロッパで、いろんな活動家やグループと関わりをもったでしょう。一緒に会議をしたり、平和行進をしたり、協力して映画を上映したりした。その結果として、いろいろな政治思想の源流やその後の歴史が、もちろん精密にとはいえないけれど、だいたい全部「見えた」という感じがあったんです。しかもそれらが、一つ一つ具体的な顔をもって迫ってくる。

そういう個々具体的な担い手の記憶と結びついた形で、それぞれの運動や思想の諸源流が「見えた」と思った。それがこのときの体験のもっとも大きかった部分です。

世界政府思想を語ったディミトリや非暴力主義のランザ・デル・ヴァスト、彼らはそのなかのほんの一部にすぎないんです。共産党員にも沢山会っているし、労働党員にも会っている。アナキストやサンジカリスト、マルクスが過ごしたロンドンでは本物のマルクス主義者の末裔にも会っている。ヨーロッパの平和運動や反戦運動の伝統というのは、ものすごい層の厚み、日本人には想像を絶するような歴史の厚みに支えられている。

たとえば僕がオールダーマストン・マーチで会った五十代の男性は、胸に「ウォー・レジスター（戦争抵抗者）」と書かれたバッジをつけていました。鉄砲を両手でポキンと折っている図柄でちょっとかっこいいんです。「このバッジが何だかわかるか？」と聞くので、わからないといったら、説明してくれました。

「ウォー・レジスター・リーグ（戦争抵抗者連盟）」というのは、一九二三年に作られた組織です。それぞれの国で第一次世界大戦に抵抗した人々が集まって、また戦争がはじまるようなことがあったら国境をこえて断固抵抗しようということで作られました。それから十五年ほどで第二次世界大戦がはじまるんですが、各国のメンバーたちは本当にそれぞれの国で抵抗運動を繰り広げ、各国で数百人の人々が投獄されています。

ウォー・レジスターの組織はアメリカにも作られ、アメリカでベトナム戦争反対運動をもっとも熱心に繰り広げた組織の一つとして知られています。欧米の平和運動の歴史のなかには、こういう運動もあるんですね。

いろんな時代に、いろんな人々が、いろんな団体を作って活動を行っている。それらは必ずしも長続きするような性質のものではありません。しかし、それはそれでいいんです。あれほど大きな盛り上がりをみせたオールダーマストン・マーチだって、たった六年で終わっている。運動とはそういうものなんですね。

ある時期、ある問題に関して、ワッと燃えて集まって、組織を作って運動する。しばらくするとそれは、歴史のなかに消えていくんだけれども、消える一方で消えることなく歴史の底に積み重なっていく部分もある。新しい運動が起きるときは、そのなかからまた新しい力が引っ張り出される。そういう関係なんです。

■根本的におかしい日本の政治運動

たとえば第二次大戦中にナチスに支配されていた国では、ナチスに対する抵抗運動のなかで、親や兄弟が殺されたり、あるいは友人に裏切られたり、いろんな複雑な、われわれが文学の上でしか知らないような出来事が、現実に沢山起きている。一九六〇年といえば、ナチスへの抵抗運動などは、まだごく最近の出来事なわけでしょう。それを現実に体験した人たちがそこにいる。ホロコーストに遭ったユダヤ人の生き残りなんて、ヨーロッパのいたるところにいたんです。

僕がロンドンで最初に泊めたもらったハンガリー人の家もそういうホロコースト逃れのユダヤ人の家だった。そういう家だから、反核運動で突然ロンドンにやってきた東洋人が住むところに困っているというと、すぐに何泊かさせることを引き受けてくれたんです。

一人一人がそういう個人的な歴史をもった上で運動に参加している。具体的事実に支えられて運動が成立している。だから強いんだということが、実際に参加して、参加者と話してみるとわかってくるんです。

しかし、日本ではそうした歴史的な蓄積がないから、あらゆる運動を純抽象的に見てしまっている。それはキリスト教の理解も同じです。たとえば、僕とジュネーヴで出会った韓国の青年が、本来、宗教は歴史的存在であり多面的なものであってよいはずなのに、この青年の中で思い描かれた抽象的で純化されたモデルに合わないからといって、土着のキリスト教を腐敗堕落したものとして見ていた。それはやはり間違いなんです。

ところが日本の政治運動は、まさにそれと同じような形で、純抽象的な理論の流れだけを見て、こちらが歴史的に正しいとか、正しくないとかいう視点だけで争っている。運動への参加も、組織がバスをチャーターするといったような形で運んでしまうから、ひとりひとりの歴史的な体験知を交換し合う場がまったく存在しない。

そして、日本の政治運動というのは、口では民主主義を唱えながら、全然民主的じゃないんですね。共産党にしろ、中核、革マルにしろ、その組織の内部は、ほとんど戦前の天皇制に近いものになっていくようなところがある。ヨーロッパの伝統ある政治運動や市民運動とは、スタイルも人間も発想もまったく違う。日本の政治運動はどこか根本的におかしなところがある。あれほどのめり込んだ原水禁運動にしても、共産党系とアンチ共産党系に分派して、実にバカげたものになっていくわけです。それらを見ていても、僕の心の琴線にはまるで触れてこない。そう感じたので、その後の日本の左翼的な活動からは完全に切れてしまったんです。

■がむしゃらという若者の特権

その後、僕は七〇年代に『中核VS革マル（上・下）』（講談社文庫）や『日本共産党の研究（全三巻）』（講談社文庫）を書きましたが、あのころから日本の左翼運動をいっさい信じなくなっています。現実の政治運動の担い手を信じないし、その背景の政治理論も信じません。みんなどこか根っ子のところが狂っていると思う。あの一連の本では、その〝狂い〟を書きたかったということもある。

しかし、それは政治運動だけにかぎった話ではなくて、あらゆる点で、旅行の前と後で物事の見方が変わったからなんでしょうね。イタリアで美術を見まくったという箇所で話したように、総体としてのヨーロッパ文化の厚みを感じたことが大きかったんだと思います。

もちろんその時点では、まだそれほどはっきり整理できていたわけじゃないんですよ。でも、自分がまったく知らない、巨大な文化体系がこの世界には存在するんだということを痛感した。十九、二十歳の若造がわかったようなつもりになっていた世界など、本当にちっぽけなものにすぎない、どうやら自分が想像していたよりも、この世界というのはあらゆる意味で広くて大きくて深いようだ。そういう認識をあの時期に得たことの意味がとても大きかったと思います。

だからあのあとの十年以上、政治的なものへの関心がほとんどなくなって、もっぱら文化的なものに心を奪われていきます。文化のほとんどあらゆる領域に首をつっこんでは貪欲にむさぼり食い、むさぼり読むという感じの人生を送ってきました。

人間の知的な営みについてひとこといっておくと、人間はすべて実体験というものが先なんです。これは何だろうという驚きがまずあって、それを理解したいから、本を読んだり、考えたりするんです。これは外国文化だけの話ではありません。ひとつの文化体系を本で読むことだけで勉強しようとしても、基本的には無理なんです。それはとても勉強しきれるものではない。ある文化体系を理解しようと思ったら、そこに飛び込んでその中に身を置いてしまうしかないんですね。

理解とは、百科全書的な知識をただ自分の頭の中に移し替えて獲得できるという性格のものではないということです。自分の全存在をその中に置いたときに、はじめて見えてくるものがある。あるひとりの人が、ある具体的な人間存在として、あるときある場所で、ある具体的な世界を見ている。そういう具体的な事実関係抜きの認識なんてない。あらゆる認識は、その認識が成立したときの具体的事実関係に根ざした色がついている。無色透明の認識なんてないんです。

だから一般的な理解などというものはありません。それぞれの人がいろいろな場所で、いろいろな知識を吸収して、自らの世界観を形づくっていく。そして次に、どこかの段階で、一度作り上げたものを壊すという過程がはじまる。異なった文化体系にふれるということは、その重要な契機になるんです。ある知識体系が、その人の精神構造の奥深くに入っていればいるほど、それを壊すのは難しいしエネルギーもいるんだけれど、そういう過程を経なければ、自分自身の視点は生まれてこないし、底の浅いものになってしまう。何かひとつの論理体系のなかに簡単に取り込まれてしまって、外から見ると歴然とおかしなことでも、本人はまったく気づかないということになってしまうんです。

いま思い返すと、この旅行をしていたころの僕は、ひとことでいうなら大人になったつもりの少年でした。世界について、人間について、自分自身について、あらゆることをしたり顔で語ってはいたものの、本当のところは何もわかっていない少年でした。

しかし、それでいいのだと思います。したり顔というのは、若者の特権だからです。大人になったと勘違いして、背伸びしているうちに、人間は本当に大人になっていくんです。無知で傲慢で不遜でいながら、それに気づかないでいられること。それが若さの特権なんです。物事がわかりすぎて、考えすぎてしまったら、行動なんてできない。適当なところでわかったつもりになれるから、若者はがむしゃらに行動することができるんです。

　そうすると必然的に、恥多き日々を過ごすことになる。しかし、あとで振り返ってみて、自分がもうそのようながむしゃらな行動ができなくなったことに気づいたとき、初めてそれができた日々がいかに貴重なものであったかがわかるのだと思います。

　旅の途中で泊めてもらったエクス・アン・プロヴァンスの英語教師の家の庭で、手当たり次第にサクランボをもいで口のなかに放り込んでいたとき、これほどおいしいサクランボにその後六十年近くたっても二度と出会うことがないだろうと知っていたら、僕はおそらくあれほど気楽に味わうことはできなかったでしょう。二十歳前後というのは、あれこれ難しいことを考える前に、とりあえずかたっぱしから何でも口のなかに放り込んで食べてしまうべき年代なんだと思います。

【第五章】 文藝春秋時代からプロの物書きへ

■文学とイマジネーション

大学で専攻したのは仏文学です。卒論はメーヌ・ド・ビラン（一七六六〜一八二四年）といって、知っている人があまりいないような哲学者です。フランス革命時代の貴族で、デカルト（ルネ・デカルト。一五九六〜一六五〇年、フランスの哲学者）の「我思う故に我在り」を否定して、「我意欲す故に我在り」といい、意欲することこそが人間存在の根底に置かれるべきであるとした人です。「生の哲学」の開祖ともいわれていて、ベルクソン（アンリ＝ルイ・ベルクソン。一八五九〜一九四一年、フランスの哲学者）なんかがその系譜につながっていくわけです。

ちょうど僕が四年生のころ、フランスでも彼の全集がやっと完結して、仏文の研究室でも購入していたんだけど、誰も読んだ人がいなかった。というのは、ページがペーパーナイフで切られてなかったから（笑）。翻訳はまったくなかった。日本語で彼について書かれた本も、戦前のもの一冊しかなかった。

卒論は、全集の最終巻にあった、彼が最晩年に書きとめていた『ヨハネ伝注解（草稿）』をとりあげて分析しました。彼はその晩年、キリスト教的な神秘主義に傾いていくんですね。僕は「メーヌ・ド・ビランの『ヨハネ伝注解』に見る神秘思想について」というタイトルで書きました。卒論を読む教授たちも、誰ひとり原典を読んでいないというのがわかっていましたから、かなり勝手なことを書きました。教授のうちではモーパッサンなどを訳している杉捷夫先生に読んでもらって、一応、「優」をもらいました（笑）。

ついでに話しておくと、この新約聖書の中にある「ヨハネによる福音書」は、あの「初めに言（ロゴス）があった。言は神と共にあった。言は神であった」という謎のようなくだりではじまります。これは実に不思議な福音書で、言語哲学でもあり神秘思想そのものともいえるんです。だから、卒論のタイトルはそうなったわけです。自分があの年で書いた卒論というものを読んでみたい気持ちは今でもあるんだけれども、東大の仏文科というところは保存していないんですね。

この「ヨハネによる福音書」は、読んでいるといろいろと語りたくなってくるものなんだけれども、僕はいつかこの福音書について本を書きたいと思っています。

大学時代の読書については、『ぼくはこんな本を読んできた』（文春文庫）に出ています。

《大学に入ってからは、もっぱら二〇世紀の文学です。ジョイス、プルーストにはじまって、サルトル、カミュ、ボーヴォアール、カフカ、フォークナー、ヘンリー・ミラー、サン・テグジュペリ、デュアメル、モラヴィア、T・S・エリオット、ロレンス・ダレル、ヴァレリー、J・D・サリンジャー、などというところは、代表作を全部読んでます。一九七〇年くらいまでは、同時代の文学の動きをリアル・タイムでフォローしてます。フランスのロブ・グリエ、ナタリ・サロート、マルグリット・デュラスなどのアンチ・ロマン、アメリカのビート・ジェネレーション、イギリスのアングリー・ヤングメンの文学などもよく読んでました。（中略）

ぼくは大学二年のときにヨーロッパに行って、帰国するとき、一カ月半かけて貨物船で帰ってきた。そのとき何もすることがないので、ライブラリーの小説を片はしから読んだ。ネヴィル・シュート、ジェームス・ヒルトン、デイモン・ラニヤンといった通俗小説ですが、大量に読んだので、英語を読むのが苦にならなくなった。（中略）

それとこの時代に特徴的なことは、人があまり読まないようなものを好んで読んだことですね。たとえばシェークスピア以外のエリザベス朝演劇とか、聖杯伝説の周辺とか、ギリシャ・ラテンの古典とか、中世ペルシャの神秘詩人たちとかですね。》

こうした文学を読んだことが僕にどんな影響を与えたかというと、第一に、ものを書いて食っていくという仕事を選んだことが、すでにその影響ですよね。読まないと文章は書けない。まず消費者にならないと、ちゃんとした生産者にはなれない。それから、文学を経ないで精神形成をした人は、どうしても物の見方が浅い。物事の理解が図式的になりがちなんじゃないかな。文学というのは、最初に表に見えたものが、裏返すと違うように見えてきて、もう一回裏返すとまた違って見えてくるという世界でしょう。表面だけでは見えないものを見て行くのが文学ですから。

それから、もうひとつ文学を読むことで得られる大事なことは、それによってつちかわれるイマジネーションです。取材がダメな人間というのは、結局イマジネーションがないからなんです。はじめから全ての内容を自分からぺらぺら喋る人なんていないわけです。たとえば相手の過去の経験を聞こうとしても、喋っていない部分がたくさんあるわけでしょう。相手が何をまだ喋っていないかに気がつく能力、それがイマジネーションなんです。

■文藝春秋に入社

就職する直前まで会社勤めをするつもりはなかったんです。大江健三郎さんが東大の仏文で四年ぐらい上にいて、やっぱり大江さんみたいな存在に憧れますよね。在学中に物書きになって、食えるようになるのがいちばんだと思っていました。それでいよいよ就職しなければならなくなって、あ、ついに小説では食えなかったと思ったなあ（笑）。

だから、在学中は本気で小説を書いていました。東大新聞の懸賞に応募したりもしました。大江さんは銀杏並木賞で二席で、五月祭賞で一席でしょう。僕のはどっちかで佳作になっているんですよ。たしかそのときの選考委員は平野謙と寺田透ともう一人いて、平野謙が僕の作品を支持してくれたような記憶があります。

文藝春秋（当時の正確な名称は文藝春秋新社。文藝春秋の名称は一九六六年三月から）の就職試験を受けたのは、そもそも色弱のせいで大学の理科系に行けなくてサイエンスの道をあきらめたから、それ以外ではジャーナリストという選択肢だったんでしょう。（父親がそういう仕事をしていましたからね。親父っていうのは、自分の職業に価値があるということを、子どもに向かっては強がりみたいにいうでしょう。それがわりと頭に入っていた。それと、僕の兄貴が朝日新聞に入っていて、お前、新聞社だけはやめろよというのを、素直にそのまま聞いていたということもある。ほかにいい職業もないし、まあ出版社かなってことだったんでしょうね。

文藝春秋についてどれだけ知っていたかというと、僕が下宿していた家が『週刊文春』を毎週とっていたので、それを毎週読んでいました。創刊が一九五九年でまだ五年しか経っていません。あのころは今と違って、『週刊文春』を知っている学生なんかはいなかったですね。ほかに『文藝春秋』や『文學界』は知っていましたが、『オール讀物』は知らなかった。会社のイメージとしては、なんとなくインテリ学生が読むものではないという感じです。だけども、僕は『週刊文春』はおもしろく読んでいて、入社試験の面接で志望したのも、『週刊文春』編集部で働くことでした。当時は週刊誌で働きたいなんていう学生は珍しかったと思います。

一九六四年の四月に文藝春秋に入社すると、同期の三人のうち一人だけ『週刊文春』に配属されました。

このころの文春は、給料が週払いだったんです（六五年九月に月給制に戻る）。当時はアメリカが週給制だったはずで、それを真似たんでしょう。初任給が週給四千八百円か九百円で、ひどく安いなあと思った。というのは学生時代の後半は、アルバイトで技術文献の翻訳をやっていて、これがいい実入りになったことはすでに話しました。だから、サラリーマンになったら、アルバイトで食っていた学生時代よりも収入が減ったんですね（笑）。

入社した当時の文春は、銀座西八丁目にありました。ビルの地下にはバーカウンター付きのレストランがあって、それごと文春が買ったようです。晩飯には食券があって、地下のレストランはもちろん、周囲の何軒かの店で食べられたのをよく覚えています。実に贅沢でした。バーにはホステスさんに近い感じの係の女性がいて、彼女たちも文春が雇っていました。そこでよく飲んだくれている社員もいました。なんか、趣味人の延長でやっている感じの会社でしたね。翌々年の三月に社屋は千代田区紀尾井町に移転するんですが、一階のサロンと呼ばれる接客用の大広間の一角に、立派なバーカウンターがあるのも銀座時代の名残りなんです。

■ノンフィクションへの目覚めと退社

『週刊文春』の話をする前に、実は入社したときには、ある女性と同棲をしていました。入社試験に受かってから、興信所が自宅に調べにきたんです。別に隠すことでもないから、同棲は会社の知るところになって、あっという間に会社中に広まった。あのころは、学生の身分で同棲しているなんてことは稀でした。それが会社に露見したら、会社によっては入社が白紙になることもあるような時代でしたね。

それに関しては文春には自由な空気があって、入社早々の社内の何かの会のときに、当時専務だった池島信平（後の文藝春秋社長）さんが、「今年の新入社員の中には、なかなかのヤツがいるな」なんてことを皆の前で話したことを覚えています。

『週刊文春』で配属されたのは特集班でした。特集班は、長めの記事（四ページ以上）を一本まとめられる「書き」と呼ばれるライター兼司令塔を中心にまわっていて、新入社員は、アシ（足）と呼ばれる取材記者として、ライターの下につけられて、命じられるままに取材しては取材原稿を書きます。アシを半年くらいつづけると、ときどき一ページくらいのオムニバス形式の原稿を書かされるようになり、一年たつと、二ページから早い人は四ページの原稿を書かされるようになります。

僕がいちばん多くアシとして働いたのが、堤堯《ぎょう》さんでした（この堤さんとは後にロッキード裁判をめぐって激しく論争することになる）。最初にやった記事は、「日本にいる外人の目にうつった日本」という記事だったかな。堤さんはあんまり取材しないんだよね（笑）。だから、僕はやたらと電話をかけてアポを取って取材をさせられましたが、実は、取材というものはこういうものだという基本は、堤さんに仕込まれたんです。名刺の切り方や経費の精算の仕方まで、堤さんがやっているのを見て覚えていったんですね。一緒に出かけたときは、彼がもっぱら相手としゃべって、会社に帰ったら、お前、取材原稿（記事原稿の素材となる原稿）書いとけ、みたいな感じでした。

僕は半年目で偶然の売り込みネタに出会って、四ページを書くチャンスが与えられました。当時、編集部内に応接係というのがあって、それは外からの売り込み電話に対応する係なんです。たまたま僕がその係のときに電話を取ると、足抜けした大阪の若い元ヤクザで、「話を買ってくれ」というわけです。チンピラなんですが、ヤクザ内部で体験したリアルな話をするというので、会って聞くことになった。なかなかおもしろい話だったので、デスクの印南寛さんに相談すると、「書いてみろ」というわけです。それがまあまあの出来だったので、「やくざのあばいたやくざの内幕」というタイトルをつけて五ページで掲載されました（一九六四年十月二十六日号）。それからニュースコラム的なものを毎週一ページ書き、同時に「この人と一週間」というシリーズの五ページものを、四人交代で書くようになります。

一年たったころには、アシを一人つけてもらって、独自の事件ものの取材をするようになりました。「この人と一週間」と合わせると、ほぼ二週に一度は四〜五ページ以上書いていました。書かない週も取材があり、仕事に次ぐ仕事で毎週フル回転していました。それをエンジョイしていたので、この商売が肌に合っていたんでしょう。
「この人と一週間」で僕が書いたのは、山本富士子さん、入江美樹さん、三國連太郎さんなどですが、三國さんとは親しくなったし、小沢昭一さんとはかなり親しくなってその後も付き合うようになりました。寺山修司さんとも仲良くなった。僕が会社を辞めることになった直後に「俺んとこへ来い」っていわれました。彼が「天井桟敷」をはじめる直前だったと思うけど。

実は、入社して蒙を啓《ひら》かされたことが一つあります。デスクの印南さんに、「お前はどんなものを読んでいるんだ」と聞かれて、答えたのが小説ばかりだった。そしたら、「そんなものばかり読んでいるようじゃダメだ。ノンフィクションも読め」と言われた（笑）。ちょうど筑摩書房から『世界ノンフィクション全集』（全五十巻）が一九六〇年四月から毎月一冊のペースで刊行され、入社した一九六四年に全巻そろったところでした。「これなんかいいぞ」といわれたので、それを一巻目から読みはじめたんです。

第一巻に入っていたのが、Ａ・チェリー＝ガラードの「世界最悪の旅」、スウェン・ヘディン「さまよえる湖」、トール・ハイエルダール「コン・ティキ号探検記」など、どれもノンフィクションの歴史に残る傑作中の傑作です。あっという間にひきこまれて、一気に読み終わり、ノンフィクションというのはこんなに面白いのかと思った。それまで小説ばかり読みふけっていた自分の読書生活は何だったのだろうと深刻な反省を迫られました。文学偏愛者というのは、この世に無数に存在している価値ある書物群の大半をまったく知らない人ではないかと思った。

他の巻は、ジャン・デルベ「スエズ運河」、ウォルター・ロード「タイタニック号の最期」、T・E・ロレンス「砂漠の反乱」、ロバート・キャパ「ちょっとピンぼけ」などなど名作ぞろいです。五十巻を完読したわけじゃありませんが、面白そうなものだけ拾い読みして、読んだものはどれもこれも面白くて、一気にノンフィクションの世界にのめりこんでいったわけです。

いまにしてみると、文学ばかり読んで自分はバカだったなと思いますね。しかし、これ以降は、ピタッと小説というものをまったく読まなくなったことをみると、決定的な衝撃があったのでしょう。出かける本屋までが変わりました。大学時代は大江健三郎さんにあこがれて、小説家になろうとして作品まで書いていたわけですが、ノンフィクションがあまりにもおもしろかったばかりに、小説家という文字は頭から完全に消えてしまいました。そういう意味では、これも自分史としては、大転換のひとつになります。

一九六〇年というのは、安保闘争がもちろんありますけれども、この六〇年を挟んでその前後は、日本が激変した時期ですね。自分史の中でもこの周辺の時期は、はじめてヨーロッパに行ったり、文春に入ってノンフィクションに目覚めたりして、ものすごく大きな変化の節目だったといえるでしょう。

それから仕事の必要もあって、いろんな角度からの社会の実態について書かれたものを読むようになりました。学生時代はどうしても頭でっかちの抽象的知識がもっぱらで、現実を知らないわけです。経済にしても、経済理論、経済史についてある程度の知識はあっても、株式市場とか、個々の企業の経営問題とか、有名財界人の人間像とか、経済事件とか、何も知らないわけです。そこで、政治、経済、社会、あらゆる問題に関して、片端から読むようになりました。ドラッカー（ピーター・ドラッカー。一九〇九～二〇〇五年、経営学者）、ガルブレイス（ジョン・ケネス・ガルブレイス。一九〇八～二〇〇六年、経済学者）、ボールディング（ケネス・E・ボールディング。一九一〇～一九九三年、経済学者）、マクルーハン（ハーバート・マーシャル・マクルーハン。一九一一～一九八〇年、文明批評家）、E・フロム（エーリッヒ・フロム。一九〇〇～一九八〇年、精神分析学者）なんかを読んだのもこの時期です。

■文藝春秋を辞めた原因

文春をなぜ辞めたかというのは、原因がいろいろあるんです。ひとつはさっき話した収入の問題。もうひとつは、会社に入ると、三日、三月、三年で辞めたくなるっていうじゃないですか。たしかにその通りで、三日、三月、三年できちんと辞めたくなってね。三年目で辞めたくなったとき、ここで辞めなかったら一生ここにいるなと思った。

その一年ぐらい前だったかな、ある東大仏文出の先輩がいて、けっこう僕を可愛がってくれたんだけど、彼は博打が好きでね。二人で博打をやっているうちに、会社辞めるだか、辞めろだかという話になって、賭けをしちゃったんですね。僕は絶対三年で辞めるといって、何万円だったかな、とにかく無視できないほどの金額を賭けたんですよ。それもけっこう原因としては大きかった（笑）。

だけども、いちばん大きな理由というのは、いろんな意味で仕事が嫌になったんです。忙しすぎて読みたい本もろくに読めない。このままいくと、自分がどんどんバカになるような気がしたんですね。初めのうちは取材してものを書くことが楽しかったけど、自分が興味を持てるテーマはまだしも、たとえば野球とか何の興味もないテーマでも、命令となればやらなければならない。そうそう、野球の記事を書くのはイヤですと公言していたのがたたって、無理矢理やらされたことがあった。それは本当に苦痛で、それが辞めるきっかけの一つでもありましたね。

依願退職したのが一九六六年九月三十日です。で、文春を辞めて、東大の哲学科に学士入学するわけですが、なぜ哲学科なのかというと、僕はもともとが哲学的思考をする人間だったし、二年半の週刊誌記者生活の中で世俗的なことに首を突っ込みすぎたから、少し形而上的なことを考えたくなったということですね。二年半も週刊誌をやったら、ちゃんとした学問の世界に戻りたくなりますよ（笑）。

■荘子で叩き込まれたテキスト解釈

学士入学の試験は、ほぼ面接だけでいいから簡単なんだけど、試験のときに哲学科の教授から、「本気で哲学をやるなら、英語、フランス語、ドイツ語、それとギリシャ語とラテン語が必要になるけど、それは大丈夫だよね？」と聞かれたんですね。仕方ないから、「はあ、まあ大丈夫です」なんて答えてね（笑）。あわてて『ギリシャ語四週間』と『ラテン語四週間』を買い込んで、大急ぎで勉強した。あれはきちんとやると本当に四週間でできるんです。二カ月ぐらいで、一応、授業を受けられるまでにはなったんじゃないかな。
学士入学するのが、一九六七年の四月です。僕は最初の学生時代はあんまり授業に出なかったんだけど、サラリーマンの間にはその手の本がまったく読めなかったから知的意欲に燃えていて、今度は週に一、二回出ればいいゼミをたくさんとった。

ギリシャ語でプラトン（紀元前四二七～三四七年、古代ギリシャの哲学者）を読み、ラテン語でトマス・アクィナス（一二二五頃～一二七四年、イタリアの神学者）を読み、フランス語でベルクソンを読み、ドイツ語でヴィトゲンシュタイン（ルートヴィヒ・ヴィトゲンシュタイン。一八八九～一九五一年、ウィーン出身の哲学者）を読んだ。おまけに学科外の授業で、ヘブライ語の旧約聖書講読、漢文の『荘子集解内篇補正』講義もとっていた。それればかりか、アラビア語とペルシャ語とサンスクリットの授業もとっていた。どれも少人数の授業で、すぐに当てられるからさぼれない。毎日朝から晩まで勉強していました。

中国哲学の赤塚忠《きよし》先生のゼミは今でもよく覚えています。テキストは劉武編著『荘子集解内篇補正』（古籍出版社）という注釈本で、十文字あまりの荘子の本文の区切りごとに、過去の注釈がズラッと並んでいました。テキストに対する注釈なので、それを読めば本来、テキストの理解が深まるはずですが、何しろ注釈の文章自体が古い漢文で表記も簡略化されているので、簡単には読みこなせません。そこで、赤塚先生が注釈の注釈をしてくれるわけですが、その解説が驚くほど精緻なのです。

漢字の一文字一文字の故事来歴をたどりつつ解釈していくのですが、象形文字まで遡って議論されることがしばしばありました。そういう調子なので、一回のゼミで読むのは一ページくらい。このゼミが、僕のその後の物書きの職業に役に立ったことといえば、すごいものがありましたね。テキストの読みの徹底は、すべてここで叩き込まれました。

■人生を変えたヴィトゲンシュタイン

最初は中世とか古代とか、古いものへの興味が中心だったんだけれど、実際に授業を受けているうちに、現代哲学のほうが面白くなってきました。ヴィトゲンシュタインや記号論理学、分析哲学、数学基礎論、言語論といったほうに興味がうつっていったんです。

ヴィトゲンシュタインとの出会いは衝撃的で、彼と出会ったことによって、ある意味で、僕の人生が大きく変わったみたいなところがあるんです。その出会いは、一九六八年の哲学科の末木剛博教授の授業でした。

あのころ、ヴィトゲンシュタインなんて、日本ではほとんど知られていませんでした。

東大本郷の哲学科でも、あれがはじめての講義だったと思います。ヴィトゲンシュタインの翻訳もまだ一冊もありませんでした。六八年の講義がはじまってしばらくして、『論理哲学論考』の最初の翻訳が出たことを鮮明に覚えています。

ヴィトゲンシュタインを読むには記号論理学の知識が必要だということで、その講義がありました。教科書がないので、先生手作りのプリントによる講義でした。そのころ本郷の哲学科にはヴィトゲンシュタインや記号論理学を講義できる先生がいなくて、駒場の末木剛博教授がこの講義のために本郷に来ていたのです。同じ哲学でも、本郷は当時メインストリームだったドイツ哲学やギリシャ哲学が中心で、現代哲学の最先端ができる先生は駒場にしかいなかったのです。

僕は一九七六年に出した『文明の逆説』(講談社文庫)という本の中で、こんなことを書いています。

《ヴィトゲンシュタインにひかれて、私はそれまで見向きもしなかった現代哲学の講義を聞くようになった。そしてみるみるそれまでまったく知らなかった新しい広大な知的世界へひきずりこまれていった。ヴィトゲンシュタインを理解するためには、記号論理学の知識が必要である。記号論理学を学ぶことは、一方では論理学全体の学習に導き、他方では、数学基礎論から集合論を経て、現代数学の世界に足を踏み入れていくきっかけになった。そしてヴィトゲンシュタインを経ることによって、現代哲学のもっとも活動的な二側面である、科学哲学と言語哲学に興味をひかれていった。科学哲学を通しては、自然科学の諸分野の最先端が視野の中に入ってきた。

こうして私は、古代・中世への耽溺から突然わが身をひきはなして、現代文化の知的核心部分へ、のめり込むようにして入っていったのである。そしてその中で、震えるほどの知的興奮を味わっていた。それまで、なんたる退屈な時代に生まれあわせたのだろうと嘆いていた私は、うってかわって、なんと面白い時代に生まれあわせたのだろうと喜びを感じるようになっていた。》

■東大闘争の激化

古代・中世から一挙に現代に飛び、神秘主義哲学から一挙に科学最前線に飛ぶわけですから、この間の飛躍は大きすぎるほど大きかったわけです。

この飛躍の中で、後の仕事を考えると、この時点で記号論理学を学習したことが後々ものすごく大きな意味を持ってきます。なぜかというと、ちょうどこのあたりの時期がコンピュータ時代、情報化時代、デジタル時代のはじまりに重なります。僕の仕事の中でも、コンピュータ、情報関係の比重が増えていくのですが、記号論理学を学習していたおかげで、コンピュータというものを、基礎の基礎から理解できたわけです。コンピュータとはそもそも何なのかを知ろうと思ったら、本当は記号論理学の知識が欠かせないのです。

　こうして朝から晩まで勉強していた最中に、一九六九年になると、あのバカげた東大闘争が激化して、安田講堂事件が起きます。あれで授業がなくなり、僕は再び大学をやめちゃうわけですが、何が残念だったかというと、せっかくこれは面白いと熱中して聞いていた末木教授のヴィトゲンシュタイン講義が聞けなくなったことでした。

　あのとき「大学解体」を叫んで運動をしていた連中には本当に腹が立ちました。いま思い出しても、腹が立ちますね。だから、僕は東大全共闘の連中のことはまるっきり信じていません。あの連中が書いた本が何冊かあるんだけれども、真っ先に書くべきことは自分たちが何をやったかについてでしょう。しかし、彼らはそれについては何も書いていないんだよ。ひどいもんです（しばらく怒る）。

　あのころは、けっこう食うのが大変だったんですよ。それで授業もないから、『週刊文春』のピンク小噺みたいなページをやったり、講談社の女性週刊誌『ヤングレディ』のアンカー（特集記事をまとめる仕事）をしたり、お前ヒマだろうというんで書かせてもらったのが、僕の最初の本『素手でのし上った男たち』（番町書房）なんです。これはリクルートを創設した江副浩正やベニハナを創ったロッキー青木などの青年実業家たちにインタビューした立志伝ものです。立花隆というペンネームを使ったのもこれがはじめてでした。

そもそもこの『素手でのし上った男たち』は、『文藝春秋』のサラリーマンもの特集の臨時増刊号に書いたルポでした。ちょっと長いものだったので、無署名じゃ座りが悪いというので本名で書きました。そしたら、凸版印刷の出張校正室で、「本名じゃなくてなんかペンネームつけろや。こんなとこでどうだ」とデスクがいって、本名の橘隆志を赤ペンでパパッと消して同音異字の立花隆にしてしまったのです。いい加減な命名でしたが、それ以降、今にいたるまで使うことになりました（笑）。

■僕の無署名原稿時代

さっきピンクの小噺を書いたりアンカーの仕事をしたりしたといいましたが、実は、立花隆というペンネームを使って仕事をする以前に、匿名原稿を書いていた期間が相当あって、匿名で書いたものを全部合わせると、単行本にして何冊分にもなるんです。この部分を語っておかないと、本当の「自伝」にはなりません。

たとえば、ゴーストライターとして、他の人の名前で出版される本を書く仕事がありました。ゴーストライターの仕事は、事後的にであっても、その事実をバラさないのが仁義です。しかし、何十年もたってから、先方の了解を得た上でその事実をバラし、しかもそれを今度は立花隆の署名入りで再出版したという本があります。画家の香月泰男（一九一一〜一九七四年）さんの『私のシベリヤ』（筑摩叢書）です。それはいろんな段階をへて最終的に僕の著者名で、『シベリア鎮魂歌——香月泰男の世界』（文藝春秋）として出版されますが、詳しい話はずっと後にすることにします。

この時期にやっていた匿名の金稼ぎ仕事が、『ヤングレディ』のアンカーマンの仕事です。大学時代の同級生がたまたま『ヤングレディ』の編集部にいて、僕が文春を辞めたという話をどこかから聞きこんで、ライターをやらないかといってきたんです。『週刊文春』のライターのような仕事だったら、とてもきつくてできないので最初は断りました。

ところが、いろいろ話を聞いてみると、同じ「ライター」とはいっても、文春と講談社では、まったく意味内容が違うことがわかった。

文春の場合、「書き」といわれる取材班の司令塔が、「アシ」と呼ばれる複数の取材記者を従えます。「書き」は取材の方針を立てて、取材先を決定し、それぞれの「アシ」に割り振ります。取材中は方向の修正もあれば、さらに広がる取材先を把握して指示を出します。もちろん、メインの取材先は自分で取材することが多い。最後に「アシ」から集まってきた取材原稿をもとに、一本の記事まで仕立て上げます。

講談社の場合、雑誌作りのプロセスは細かく分業化されていて、取材記者、編集者、最終執筆者、割り付け構成者の仕事が完全に分離されています。ライターというのは、書くことだけに徹する最終執筆者で、アンカーマンともいいます。アンカーはまとめの専門家で、編集者から渡されるコンテと取材原稿の束をもとに原稿をまとめ上げるのが仕事なのです。女性週刊誌だから、まとめの文章のエモーショナルな調子が大事なんですね。

読者を泣かせたり、怒らせたり、笑わせたり、感情移入のテクニックが必要になります。アンカーはそういうテクニックを自由に使いこなす職業的な「文章のまとめ屋」です。与えられた材料を、与えられたコンテクストに従ってならべ、指示された調子、ムードで書いていくプロフェッショナルな「書き屋」です。

書き手の主体性がまったくないわけではありません。編集者の作ったコンテと文章のタッチの指示があっても、そこは編集者との話し合いでどうにでもなります。こちらも『週刊文春』で何ページも書いてきた実績があるから、この材料はこう料理すべきだと主張すれば、たいていこちらの言い分が通りました。それに、分業体制とはいっても、すぐに取材記者も含めてみんな仲間うちの関係になって、ナアナアの関係の中で記事を作っていくことになります。

そういう仕事をしていく中で、実にいろんな人と友達になりました。僕がアンカーマンをしているときに、下に取材記者としてついた人の中に、後にテレビのワイドショーで有名な芸能リポーターになる梨元勝がいたし、『自動車絶望工場　ある季節工の日記』などのルポで有名な社会派ノンフィクション・ライター、鎌田慧もいました。スポーツ評論家として有名になる谷口源太郎なんかもそうです。また、この時代に付き合った編集者たちが後にいろんな雑誌の編集長になっていきます。そういう連中が、毎週ワイワイガヤガヤやっていたわけですから、いま思い出しても実に楽しい日々でした。

講談社内の人事異動で、編集者が『ヤングレディ』から『月刊現代』や『週刊現代』へと移り、無署名の仕事がどんどんふえていって、暮らしには困らなくなっていきました。

■転機となった『諸君！』創刊

そうこうしているうちに、いま思えば、大きな転機となったのが、『諸君！』の創刊です。文藝春秋で『諸君！』が創刊されたのが昭和四十四年で、初代の編集長が田中健五さん（後に『文藝春秋』編集長、『週刊文春』編集長などを歴任。昭和六十三年から平成七年まで文藝春秋社長）でした。創刊号の目玉の一つとして、全共闘運動まっさかりの時代ですから、そのあたりを新しい視点でやってみようということで、田中さんが考えたのが、何人かの全共闘学生とその親を、両方別々に取材して両者の断絶ぶりを浮き彫りにしてみるという企画でした。それが「この果てしなき断絶――三派系全学連・父と子の記録」という記事です。その少し前にも、『文藝春秋』で書いた、「60年安保英雄の栄光と悲惨」とか「東大ゲバルト壁語録」（三本とも『立花隆のすべて』〈文春文庫〉所収）といった学生運動ものの記事もあります。

やっぱり食える食えないという問題がひとつありましたからね。それと関連して、東大のストライキ中の授業料を払え、払えないって悶着が大学当局との間にあったんです。こっちは苦学生ですから、授業もやってくれないのに、なんで授業料を払わなきゃならないんだという思いが当然ある。ところが向こうは、払えなければ退学です、という（笑）。

こっちはなんとか食えそうだと思ったから、じゃあけっこうです、やめます、となった。

こんなふうになし崩し的にもの書き稼業というものがはじまっていたんですね。一方で、大学に残って先生になるのもたまらんなという気持ちもあったんです。それは意味が二つあって、ひとつには東大のストで教師たちが示した無様な姿というのがある。もうひとつは、学者になるっていうのは、けっこう大変なんですよ。

学士入学をして哲学科を出て、そのまま大学院に行くつもりだったんだけれど、大学院の授業に出てみたりすると、つきあいきれない部分があった。そのまま大学にいたら、やがては地方の大学なんかで哲学でも教えることになったんでしょうが、日本の学界では、ボス的な東大教授が若い学者の人事を動かしていて、ボスといい関係にならないといい大学に行けない。これはとてもじゃないが、やってられないという感じになったんです。

■『諸君！』の仕事が立花隆をつくった

田中さんが『諸君！』の初代編集長になったころ、僕はしょっちゅう編集部に出入りしていました。編集部は手が足りなかったので、聞き書きのまとめとか、リライトとか、いろんな頼まれ仕事をしていたわけです。そしてときどき署名原稿を依頼されて、「これが世界最大のシンクタンクだ」、「宇宙船地球号の構造」、「石油のすべて」、「『少年マガジン』は現代最高の総合雑誌か」（最後の記事のみ『立花隆のすべて』〈文春文庫〉所収）とか数多くの記事を書きました。

いろんな頼まれ仕事の一つが、田中さんが取材にでかけるときの付き添いでした。田中さんは初代編集長としてすごく張り切っていて、毎日いろんな人のところに新しいプランのアイデアを練るために相談に出かけていました。田中さんは好奇心のかたまりのような人で、何ごとによらず、こういう新しいことがあると誰かに聞くと、すぐにその正体を探るために、話題の新しいことをよく知っていそうな人のところに出かけていくわけです。しかし、それが自分の得意分野ならいいけど、不得意分野のことになると、会ってもチンプンカンプンのまま終わってしまう恐れがあったので、介添え役を必要としたわけです。

基本的には編集部員がついていくんですが、手が足りないときにしばしば駆り出されたのが僕でした。手近にいて便利だったし、僕がその仕事を喜んでやったからでしょう。東大の哲学科にいたから、新しい思潮の動きには敏感に反応したたし、田中さんが特に弱かった科学技術方面に僕はけっこう強かったので、科学技術関係になると、よくついていきました。

そして、取材先でいっしょに話を聞き、わからないところは僕があとで説明するわけです。だから、取材先で僕は質問をどんどんしました。何だか面白そうだと田中さんが判断すると、「いまの話、○○ページぐらいにまとめてよ」ということになったりする。聞き書き形式で、ゴーストライター的にまとめたり、もう少し枠を広げた取材を加えて大きくまとめることもありました。

収入源の仕事はいろいろあったけど、この当時力を入れて書いた仕事は、『諸君！』のものが多かったですね。というのは、当時の『諸君！』というのは、休刊（二〇〇九年六月号）することになる晩年十年間ぐらいのそれとは違って（笑）、非常に知的に刺激的な雑誌でした。分子生物学や宇宙、環境汚染の話など、いろんな現代文明論的なテーマで、最先端の学者を次々に取材して、そのルポルタージュを書くということを好き勝手にやらせてくれたんですね。

なぜ講談社などの仕事よりもこっちの仕事を優先したかというと、これが署名原稿だったからです。

先に述べたような収入源にしていたいろんな仕事は、全部無署名原稿です。署名原稿を書くようになってすぐにわかったことですが、署名すると自分の原稿に対する意識が、まったく違ってきます。無署名だと匿名的存在でいられる。多少いい加減なことを書いてしまったり、間違ったことをいっても、「ま、いいか」になってしまう。署名だと、自分の名前を大事にしたいという意識、内容的水準を自分として恥ずかしくないレベルに高く保っておかなければという意識が働くわけです。

　このころは本当に大量の原稿を書いていました。さきほど触れた「石油のすべて」（『諸君！』一九七一年六月号）なんていうのは、四百字詰原稿用紙で約百二十枚もあります。これは「その化学構造から政治学まで」という副題が付いているくらい、石油という二十世紀社会を支配する最大の戦略物資について、ありとあらゆる角度から詳しく論じたものです。

　これを書いたときは、約一カ月間にわたって文春社内の小さな会議室を占領して、資料を山のように並べて、データマンを二人つけてもらって、あちこち取材した上、沢山の図表も制作して記事の中にはさみこみました。

　この手法というのは、考えてみれば、その三年後の「田中角栄研究」でやったこととそっくりなんです。「角栄研究」については、また詳しく述べることにして、僕にとっては『諸君！』時代が非常に大きな意味を持っていたのです。

一流の学者たちに直接話を聞きに行くことの面白さを、『諸君！』の仕事で知りました。そして、事前の準備をどれだけするかで、引き出せる話の質も量もぜんぜん違うということも学びました。学べば学ぶほど知の世界の広がりと深さが見えてくる。いわば一流の学者を個人的な家庭教師にして学んでいくわけですから、こんな贅沢な話はないですよね。その後を含めて、僕くらい沢山の一流の学者から直接の教えを受けた人間はいないんじゃないでしょうか。その後ずっとつづく取材して書くことを通じて、僕は現代最高の教育を受けてきたといってもいいでしょう。

■こっぴどく怒られた経験

この時代にやった『諸君！』『文藝春秋』の仕事のうちかなりの部分が、科学者や研究者相手の取材でした。うまくいくと、「取材する」「される」関係以上の人間関係を築くことができました。僕は基本的にサイエンスに深い関心があるので、サイエンスものの取材はたいていうまくいきます。サイエンスものの取材では、準備が欠かせませんが、準備さえしっかりやればうまくいきます。

しかし、準備をしっかりしておくことの重要性を痛感したのは、一九七〇年にやった仕事で、ある先生にこっぴどく怒られた経験があったからなんですね。それは、『潮』（十月号）でやった「人間としてのあなたの限界と可能性」という百枚以上の原稿の仕事でした。そのとき、井尻正二（一九一三～一九九九年）さんという地質学の先生のところに取材に行ったんですが、準備不足だったために、「キミ、そんなことじゃダメだよ」と激しく叱責されたんですね。

取材で何がいちばん必要かといえば、「質問力」です。サイエンス系の取材の場合、質問力はどれだけ準備したかに比例します。ところが僕はそのころまで、ほぼ一〇〇パーセント文科系カルチャーの中で生きてきた人間ですから、質問をするためにも準備が必要だという感覚がまるでなかったんです（笑）。文学、芸術、社会科学などの文科系マターの話題なら、出たとこ勝負で話を聞きに行っても、それまで何の問題もなかったからです。

その『潮』の記事では、もともとの企画が、人間というのはどこまでいろんな能力の可能性があって、どのあたりから限界がくるのかということをテーマにして、ちょっと面白い科学読み物ができればいいやくらいの考えで出発したものでした。最初に編集者、取材記者をまじえて、思いつきの質問をいっぱい考えました。それをいろんな専門家にぶつけて回答をもらってならべればいいだろうくらいのいい加減な気持ちではじめたわけです。

個々の取材にはぶっつけ本番で充分だろうと思っていました。五十問の質問リストを作った段階で、準備は充分と思ったわけです。

しかし、質問を受ける側になると、質問内容が確定していないと答えようがない。理系の人は一般に質問にちゃんと答えようとします。質問に曖昧なところがあったら、まずそこをはっきりさせようとする。だから曖昧でいい加減な質問にはすぐ反問がくる。「キミ、それどういう意味？　こういう意味？　それともこういう意味？」。井尻さんという人は特にそういう厳しいマインドを強く持っていた人でしたから、質問するたびに反問がくる。こちらがそれに充分に答えられないでいると、二の矢、三の矢でギュウギュウにしめあげられる。

インタビューというのは、質問を受ける側の知性が試されると同時に、質問する側の知性が試されることになるという側面があります。そのときも質問すればするほど、こちら側の無知が露呈して、とうとう井尻さんに、「キミ、そんなことじゃダメだよ」と叱られてしまったのです。

我々は井尻さんが実は高名な地質学者であることすら知らずにインタビューに出かけたのです。たまたま本屋で『ヒトの解剖』と『人体の矛盾』という二冊の本を見つけ、そのとき進行中の企画にピッタリと思われる内容だったので、その二冊の著者としてしか認識せずに井尻さんのところに出向いたわけです。ところが、井尻さんは科学の世界では、その二冊だけでなく、『日本列島』、『地球の歴史』、『化石』など数々の名著があることで知られた有名すぎるほど有名な学者でした。我々はそういう事実すらまったく知らずにノコノコ出かけて行って、質問しているうちに無知さ加減がバレてしまったのですから、井尻さんが怒ったわけです。

地質学者の井尻さんがなぜ解剖や人体生理の本を書いたかというと、地質学をやるうちに、井尻さんは、化石、古生物学に興味を持ち、進化、人類進化に興味を持つようになったのです。そして、人類進化の過程を示す猿人、原人などの初期人類の骨が持つ情報を正しく読むためには、解剖学の知識が不可欠であることを知ります。

そこで、かなり年をとってから東京医科歯科大学の解剖学教室に入れてもらって、人体解剖をゼロから徹底的に学んだのです。その学習体験をふまえて書かれたのが『ヒトの解剖』です。

さらに井尻さんは、人体解剖を学ぶうちに、生きている人間の体そのものが、いまもいたるところに進化の痕跡を残している不思議な生きた化石といってもよいものだということがわかってくるのです。形態解剖学的にいってもそういう側面があるけれど、人体生理学的に見た生きた人体の機能的側面、生化学的側面についても同じことが強くいえることがわかってきたといいます。そこを書いたのが『人体の矛盾』です。

この井尻さんの本を二冊読んでわかるのは、解剖学をきちんとやって、形態と機能の両側面をきちんとおさえると、そこから、生命進化史の全貌、人類進化史の全貌が見えてくるということです。

井尻さんの本は、人体にしても、地質にしても、部分を語りながら全体を見せてくれるし、現在を語りながら歴史を見せてくれるという特徴があります。そして何よりも、この人の書くものは実にクールで明晰でした。よけいなおしゃべりをせず、最小限の紙数で必要なことをピシッと述べてくれる。そのような意味において、僕はこの人の書くものは、サイエンスライティングのお手本だと思っています。

井尻さんに叱られたあと関係が悪くなったわけではありません。そのあと三度ほど井尻さんのところには取材に伺いましたが、いつも厳しいマインドで接してくれました。その厳しさがいまはいい思い出です。叱られた経験と、これらの著作物と合わせて、井尻さんが亡くなったいまでも、あの人は僕の先生だと思っています。

■小学者、中学者、大学者

沢山の大学者を取材してわかったことは、本当の大学者ほど、何がわからないかをきちんといってくれるということです。

あらゆる科学の世界において、実はわかっていることよりわからないことのほうがはるかに多いんです。小さい学者は、自分の研究で何がわかって、それがいかに意義ある発見かということばかり懸命に語る。中くらいの学者になると、その学問の世界全体の中で自分の研究・発見の大きさを客観的にちゃんと位置づけて語ることができるようになる。そして大学者になると、自分個人の研究だけでなく、その領域の研究全体がまだどれほど遅れていて、どんなにわからないことばかりなのかを、きちんと語ってくれます。

大学者は、研究の全体像が見えてくる一方で、知りたいことの全体像と方法論的に知りうることの全体像もまた見えてきます。最晩年のニュートン（アイザック・ニュートン。一六四二〜一七二七年、自然哲学者・物理学者・神学者）が、自分の一生をふりかえって、自分が発見したことなどほんとにちっぽけなもので、神様の目から見たら、真理の大海を前にして、きれいな小石を二つ三つ拾って喜んでいる幼児のようなものだろうと語っていますが、それに近い心境になるのでしょう。

　サイエンスものの取材をつづけてきて、つくづく思うことは、ヴィトゲンシュタインが『論理哲学論考』で最終的に述べた二つのことです。「語りうることはすべて明晰に語りうる」ということと、それでも語り得ないことが厳然としてあり、「語りえないものの前では沈黙しなければならない」ということです。サイエンスの大学者たちは、それぞれのフィールドにおいて、同じことを体得しているからこそ、明晰な説明と、「そこはわかりません」というこれまたはっきりした「無知の知」の表明があるのだと思います。

　こういう意味においても、僕にとっていちばん大きな先生は、ヴィトゲンシュタインだったということになるのかもしれません。

　僕がのっぴきならない物書き生活に入っていくのは、良くも悪くも、一九七四年の「田中角栄研究」を境にしてということになるのですが、その話に入る前に、七二年と七四年の二つの大旅行について少しだけ触れておきます。

【第六章】　二つの大旅行

■人は無数の小さな旅の集積体

英語の俗ないいまわしで、“You are what you eat.（汝は汝が食するところのものである）”という表現があって、この言葉のかたわらに豚の絵が描かれた素焼きの土産物がならんでいたりします。

しかし、これは実に含蓄のある言葉であって、これと同じことが、人間のあらゆる側面について言えます。人間の肉体は、結局、その人が過去に食べたもので構成されているように、人間の知性は、その人の脳が過去に食べた知的食物によって構成されているのだし、人間の感性は、その人のハートが過去に食べた感性の食物によって構成されているのです。

すべての人の現在は、結局、その人が過去に経験したことの集大成としてある。その人がかつて読んだり、見たり、聞いたりして、考え、感じたすべてのこと、誰かと交わした印象深い会話のすべて、心の中で自問自答したことのすべてが、その人のもっとも本質的な現存在を構成する。考えたすえに、あるいは深い考えもなしにしたすべての行動、その行動から得られた結末について反省と省察を加えたすべて、あるいは獲得されたさまざまの反射反応が、その人の行動パターンをつくっていく。

人間存在をこのようなものとしてとらえるとき、その人のすべての形成要因として旅のもつ意味の大きさがわかってきます。

ふりかえってみれば、僕の人生も（誰の場合でもそうですが）、大きな意味での「旅」でした。それは見知らぬ土地を訪ねる物理的な旅もあれば、さまざまな興味に導かれてさまざまな分野に広がっていく「知的な旅」でもあります。

旅は日常性からの脱却そのものだから、その過程で得られたすべての刺激がノヴェルティ（新奇さ）の要素を持ち、記憶されると同時に、その人の個性と知情意のシステムにユニークな刻印を刻んでいきます。旅で経験するすべてのことがその人を変えていく。その人を作り直していく。旅の前と旅の後では、その人は同じ人ではありえないのです。

旅の意味をもう少し拡張して、人の日常生活ですら無数の小さな旅の集積ととらえるなら、人は無数の小さな旅の、あるいは「大きな旅の無数の小さな構成要素」がもたらす小さな変化の集積体として常住不断の変化をとげつつある存在といってよいでしょう。

一九七二年の旅行は、中近東とヨーロッパ各地をめぐり歩くほとんど九カ月におよぶ大旅行でした。七四年にまた中近東からインドにかけて三カ月におよぶ大旅行をしました。

七二年の旅は、イスラエルからはじまり、地中海をほぼ一周する形で、イタリア、スペイン、オーストリア、ギリシャ、トルコ、イラン、イラクとまわり、再びイスラエルに戻りました。はじめのイスラエルと終わりのイスラエルはパレスチナ問題に関係がありますが、あとはその問題とはまったく関係ありません。

ここでちょっとなぜ僕が中近東に魅かれるのかを話しておきます。そもそも大学の卒業論文でメーヌ・ド・ビランの神秘思想について書いたことはすでに述べました。僕の中には、神秘思想の流れがつねにあったのです。

神秘思想は古代ギリシャから現代まで連綿としてつづくものです。それはつき詰めると、謎に満ちた言葉のつらなりになります。しかし、僕が学生のときには、日本で神秘思想に関する文献はほとんどありませんでした。日本でヨーロッパの神秘思想をちゃんと読めるようになったのは、一九八六年に中央公論社が『プロティノス全集』を出したときだと思います。

プロティノスは一般的には新プラトン主義と呼ばれていて、ギリシャ時代の代表的な神秘主義者です。ギリシャの神秘主義哲学がプロティノスを経由してキリスト教に入っていく。そして生れたのが、すでに触れた「ヨハネによる福音書」の「初めに言（ロゴス）があった」というくだりです。

それで、神秘思想の大きな流れをさらにさかのぼっていくと、シリアやペルシャ（つまりいまのイラン）に行きつきます。少しでも神秘思想を読み出せば、すぐにペルシャにぶつかります。文春を辞めて東大に学士入学したときに、都内のイスラム教寺院に行ってみました。そこでイスラム教の坊さんにイスラムに興味があるという話をしたら、立派な革装のコーランをくれたんですね。もちろん、アラビア語のコーランです。だから、大学では、アラビア語とペルシャ語の授業も取りました。

そもそも僕が神秘思想と中近東にはまりこんでいくきっかけは、井筒俊彦（一九一四〜一九九三年）というすごい学者と出会ったからなんです。僕が大学を卒業する年に、慶応大学の井筒さんが書いた『神秘哲学　ギリシアの部』を古本屋で手に入れて、没頭して読みました。日本にこういう本が書ける人がいるんだと、ひどく感銘を受けたのを覚えています。井筒さんは一九一四年生まれだから、ギリシャの神秘哲学を著したのは三十五歳のときでしょう。それだけでいかにすごい人かがわかります。その後、イスラム哲学の研究者に転じて、世界的大学者になり、イラン王立研究所の教授になったと聞いてまたびっくりしました。イラン革命で日本に帰国してから二度ほどお会いしましたが、実際がまたすごい人でした。

井筒さんは日本ではイスラム学の泰斗と思われているかもしれませんが、その核心は神秘思想の探求にあると僕は考えています。井筒さんは一貫していて、イスラム学に転じても、イスラムの中のスーフィズムと言われる神秘思想に入っていくし、また中国思想の中では老荘思想についても論じています。彼が『老子』を英語に訳した『Lao-tzŭ—The Way and Its Virtue』は世界的に有名ですね。

ちなみに、井筒さんについてもう少し話しておきますと、彼はイスラム系の神秘主義にどんどん深入りしていきます。その神秘主義の中で彼がもっとも評価していたのが、十三世紀の神秘主義詩人のルーミー（ジャラール・ウッディーン・ルーミー。一二〇七〜一二七三年）という人でした。彼が訳した『ルーミー語録』（岩波書店）の巻末で、彼は「ペルシャは詩の国、詩の花園だ。だが、詩と神秘主義の内面的合一という点では、ルーミーを抜く人は一人もない」と書いています。ペルシャには神秘主義詩人がたくさんいました。その一人はもちろんルーミーなのですが、ルーミーはまたメヴラーナという名前ももっていました。

メヴラーナはスーフィ教団を作った人として有名ですが、それは旋舞祈禱、つまり一種の踊る宗教です。トルコのど真ん中にコンヤというトルコ最古の都市があって、その真ん

旋回舞踊は観光用にも行われる（写真はイスタンブール）。

中にあるのがメヴラーナの霊廟です。その旋回舞踊はしばしば日本で公演をしています。白い衣装をまとって舞台中をくるっくるっくるっくる回るんです。トランス状態に陥って、深い神秘の境、つまり神の世界と人の世界の間の領域みたいなところに入っていく。神秘主義的な思想は、西洋にも東洋にも、またその間の地域にもあるんですね。

こうしたわけで、僕の中で中近東はつねに興味が尽きない対象としてありました。だから、何度も足を運んだんですね。

七四年の旅は、イラン、レバノン、シリア、エジプトを歴訪しました。特にレバノンではパレスチナ問題をかなり意識的に取材しましたが、取材とは関係のない自由な旅もかなり多かった（特にシリアとエジプト）。シリアではダマスクスを徹底的に見た上で、パルミラの遺跡、アレッポ周辺の遺跡などシルクロードの終結部探訪に時間をかけました。

なかでも忘れがたいのは、パルミラの遺跡です。

■パルミラ遺跡と田中角栄

それは砂漠の中に残骸をさらすだけの、失われた巨大な古代都市で、中心部の「列柱大通り」と呼ばれる、大きな道の両側に美しい石柱がズラーッと並ぶところなど、一目見ただけで、この古代都市がかつてどれほどの栄耀栄華を誇っていたか、容易に想像することができました。夏の日の夕刻に、この古代都市が、広大な砂漠を背景に夕日の中に沈んでいくところは、たとえようもなく美しいものでした。

この古代都市は隊商路の中継点として、ローマ時代の初期に大いに栄えた都市なんです。紀元三世紀にこの古代都市を支配した女王ゼノビアは伝説的に美しく、あの有名なエジプトのクレオパトラ（Ⅶ世）と比べられるほどでした。それだけではなく、大変な知性と政治的・軍事的才覚も兼ね備えていて、この国を一時、ローマをおびやかすほどの大国に育て上げた女傑でした。

ゼノビア時代、その最大版図は、いまのシリア、パレスチナ地方をおおい、北はトルコの半分、南はエジプトのアレクサンドリアまで領土におさめていた。つまり、ローマ帝国のほぼ半分近くを支配していたのです。ゼノビアはローマ帝国の東半分を自分の勢力下において、独立した帝国をつくりあげたいと望むようになります。時のローマ皇帝アウレリアヌスはその野望を打ち砕くために、紀元二七二年にローマから大軍を率いて遠征します。しかし、本気になったローマ軍の敵ではなかった。パルミラ軍は破れ、パルミラは陥落し、徹底的に破壊され、それ以降はいま見るような残骸だけの死の都市になってしまったのです。

完全に滅んでしまったネクロポリス（死の都市）を見ていると、いかに力のある権力者といえども、政治的野望に燃えすぎると国を滅ぼし、その人自身も亡ぼしてしまうことがよくわかります。そして最近では、パルミラはIS（イスラム国）とイラク軍の主戦場になり、まだ保存状態がよかったベール神殿、バールシャミン神殿、円形劇場、四面門などは、ISにことごとく爆破されてしまいました。

パルミラの遺跡を見てから、わずか数カ月もしないうちに、僕は日本に帰国して「田中角栄研究」を書くことになります。そして、その後何年にもわたって、日本で比類なき権勢を誇ったこの男が、自己の政治権力をどこまでも拡大しつづけ、日本を支配しようとする野望に身を焦がし、やがて自ら滅びの道を辿っていくその全過程をつぶさに観察することになったのです。その間、何度となく、僕は心の中で、あの男に重ねてパルミラの遺跡を思い出していました。

■イスラエル政府の招待旅行に参加

一九七二年の大旅行についてもう少し語っておきます。

この旅のそもそものきっかけは、七二年のはじめに、イスラエル政府がジャーナリストを招待して当時毎年おこなっていたイスラエル見学旅行に参加したことにあります。

別にイスラエルとは縁もゆかりもないフリーの僕が、このツアーに参加できたいきさつは、少々複雑です。僕はそのころジャーナリズムの仕事もぼちぼちしてはいましたが、メインの生業としては、新宿のゴールデン街で「ガルガンチュア立花」というバーを共同経営していました。そのバーの入り口を入ったところに木造レリーフで掲げてあったのは、フランソワ・ラブレー（一四九四〜一五五三年、フランス・ルネサンスを代表する人文学者・作家）の『ガルガンチュワ物語』に出てくる「テレームの僧院」にあった唯一の規則、"fay ce que vouldras（汝の欲するところをなせ）"でした。これは中世フランス語で、現代

“ガルガンチュア立花”開店のご挨拶

HIC BIBITUR（ココニテ飲ムベシ!!）

このたび，心機一転，これまで手にしておりましたペンを，アイスピックに持ち換え，“ガルガンチュア立花”なるバーを開店いたすことになりました。

生まれ落ちるや,「のみたーい！のみたーい！」と大音声を張りあげたガルガンチュアのごとく，ラブレー風に大いに飲み，大いに喰らい，かつ大いに語らんとする方々のために，東西の美酒佳肴の数数を取りそろえ，みめうるわしく臈たげなる女性（日代りにて，各種の美女が登場いたします）と，サバランもビックリの腕を持つ店主がお待ち申し上げております。

所はその名も高き，新宿ゴールデン街。キャッチ·バー，オカマ·バーが密集する怪しげな雰囲気の一画でありますが，当店は同業者から文句をつけられるのではないかと思われるほどの超廉価明朗会計システムでまいります。

うまいものをつまみながら,よい酒を安く飲みたいという,万人の宿願をかなえんがために，一念発起して作りあげた店です。安かろうサービス悪かろうの店でもなければ，飲み代は安いがろくでもないつまみでぼろうという店でもありません。

ウィスキーを例にとれば，トリスにはじまり，国産，スコッチ，バーボンの銘酒をとりそろえ，ビールは，日，英，独，仏，チェコの各銘柄がそろい，その他，紹興酒，琉球泡盛にいたるまで世界の美酒がそろっています。料理は，店主が20年間にわたり研鑽にあいつとめました和風，洋風，中華風，どこともいえない風の佳味珍味を供します。お客さま方は，その美味さ故に，この際カアちゃんと別れたくなることは必定と思われますが，他方，お客さまの奥さま方のほうでは，当店のスタミナ料理の効果故に，ますます亭主にしがみつきたくなり，そこに深刻なる矛盾葛藤が生じる恐れなきにしもあらず，店を開く前から心配している次第でございます。

食事だけを味わいたいという下戸のお客さまも歓迎いたします。タクシーが拾いやすくなる時間まで営業を（大ぴらにではありませんが）いたすつもりです。深夜の腹ごしらえの店としてもご利用ください。おいしいコーヒーの用意もしてございます。

なお，なにぶんにも狭い店ですので，あらかじめ電話で混み具合いなどお確めくだされば，ご便利かと思います。同封の名刺の電話番号を，手帳などにお控えおきください。名刺の裏面に地図を入れました。途中で迷われましたら，電話してください。ご案内いたします。

ご来店お待ちもうしあげます。

店主　立花　隆

「ガルガンチュア立花」開店の挨拶状。

語にすると、“fais ce que（tu）voudras”となります。

そこの客の一人が講談社の編集者で『週刊現代』や『日刊ゲンダイ』の編集長をやることになる川鍋孝文氏でした。彼はこのレリーフを見るなり、「なんだこれは。ラブレーじゃないか」といったんですね。これを言い当てたのは客の中では彼一人でしたから、ビックリしました。聞くと彼は早稲田の仏文で、ラブレーを訳した渡辺一夫が東大をやめたあと早稲田にいって授業をしていたそうなんです。その川鍋氏が、イスラエル政府から招待ジャーナリストに選ばれた。ところがこの人が、出発直前になって『週刊現代』の編集長に就任したために行けなくなり、彼から「お前、代わりに行かないか」と僕に声がかかったのです。これはチャンスと、すぐ話に乗ったというのがこの話の裏側です。

僕は当時、パレスチナ問題についてはあまり興味もなかったが、キリスト教には深い関心があって、全土が聖書の舞台であるイスラエルには、前から一度行ってみたいと思っていました。またイスラエルのキブツという独特の共同体組織に、社会学的実験として興味を持っていて、短期間でいいからその中に入ってみたいと思っていました。

結局、イスラエル政府がお膳立てした（イスラエルはシンパを作るために招待旅行を毎年のようにやっていた）、ベツレヘム、ガリラヤ湖、死海、エルサレムなどの聖地、ヨルダン国境、シリア国境、レバノン国境、エジプト国境などを十日間ほどで見たあとで、僕は希望してイスラエルに残った。そこからは私費でしたが、僕の自由な旅で、キリストの足跡を丹念にたどり、キブツにも十日間ほど泊まりこんだ。エルサレムにも十日間ほどいて、同時に三大宗教（キリスト教、イスラム教、ユダヤ教）の神聖都市というこの不思議な四次元空間を徹底的に見てまわりました。イスラエルには都合一カ月以上も滞在することになりました。占領地のガザにも四日間ほどいました。レンタカーでシナイ半島一周もして、イスラエルには都合一カ月以上も滞在することになりました。

この自由な行動をしている間に、僕は徐々にパレスチナ問題にめざめていきました。招待旅行で動いている間は、問題をすべてイスラエル政府の視点からながめさせられていたのですが、自由に動けるようになってパレスチナ人と接触し話すようになると、パレスチナ人の視点からものが見えるようになってきます。イスラエル政府がくれた活字資料もいっぱいありましたが、市中にはパレスチナ人の視点から書かれたものや、イスラエル政府を批判する欧米人やイスラエル人の立場から書かれたものもたくさんありました。そうすると、自然に目が開かれてくるわけです。

パレスチナ人の視点からものが見えはじめると、面白いもので、同じものが違って見えてきます。エルサレムの旧市街でアラブ人たちに取り囲まれると、なにか気味が悪くなって不安を感じたものが、パレスチナ人に日常的に接触するようになると、パレスチナ人は親しみが持てる善良そうな隣人に見えてきます。

二年後の七四年の旅行では、意識的にイスラエルの周辺国家（レバノン、シリア、エジプト）を随分と見てまわることになります。それは七二年のエルサレム体験から、自分の肉体を移動させることで、文字通り視点を変えたら、見えるものが違ってくるに違いないと思ったからです。

■イザヤ・ベンダサンと論争する

七二年と七四年の旅をベースに、イスラエルという国を内側と外側の両側からながめた体験をもとに、七四年に「パレスチナ報告」（『思索紀行』〈書籍情報社〉所収）を書きました。これは直接的には、『諸君！』の七四年五月号に発表された、イザヤ・ベンダサンの「日本人のための《アラブ史・中学生教科書》」という論文に対する反論として書かれたものです。

イザヤ・ベンダサンは、一九七〇年に出した大ベストセラー『日本人とユダヤ人』によって、一躍論壇の寵児となった自称ユダヤ人で、実のところはその訳者と称していた山本七平（一九二一〜一九九一年）氏その人であることは間もなく知られるところとなりました。その後、山本七平氏は実名で書くようになり、ベンダサンなるユダヤ人は世の中から消えていきます。

この論文はベンダサン名で書かれた最後の論文の一つです。ベンダサンはこのころ、主として『諸君！』を舞台に、さまざまな問題であらゆる論者を斬りまくり、まさに当たるべからざる勢いにあった。この論文も、日本人のパレスチナ問題の理解がどれほど誤っているかを指摘する形で、公平を装いながらユダヤ人・イスラエル政府の側をそれとなく擁護したものでした。この論文は僕のような経験をしてきた者、つまり、イスラエル政府の宣伝文書も大量に読み、かつ、イスラエル政府を批判する側の文書もしっかり読んできた者にとっては、すぐにわかるような誤りをたくさん含んだものでした。僕が書いた「パレスチナ報告」は、その誤りをひとつひとつ指摘し、当時散見されたイスラエル批判をする左翼的論調にもくみせずに、公正な立場からパレスチナ問題を考えるための基礎的視座を提供しようとしたものです。

幸い「パレスチナ報告」の試みは成功し、当時、論争で不敗を誇ったベンダサンに土をつけた唯一の論文との評もありました。ベンダサンは次号の『諸君！』で、「『パレスチナ報告』に答える」とする反論を掲載したのですが、これまた誤りに満ち満ちたものでした。もう一度ベンダサン批判を書きたいと申し出たら、文春社内のあちこちから、「すでに完勝しているんだから」もうやめとけと説得されました。ベンダサンは文春にとっての稼ぎ頭でしたから、それ以上の傷は負わせたくなかったのでしょう。

実際は、その直後から「田中角栄研究」がはじまったわけで、再反論を書かせてやるといわれても、とても時間的な余裕がなかったでしょうね。

■都市国家シラクサのプラトン

ここで、七二年の大旅行のイスラエル・パレスチナ問題とは関係のない重要な部分について補足しておきます。イスラエルのあと、まずイタリアに一カ月、ついでスペインに一カ月、それぞれの国内をすみからすみまでまわりました。

イタリアは、フィレンツェ、ミラノは学生時代にゆっくり見ていたので比較的簡単にすませ、ローマを丹念に見ました。ポンペイ、ナポリで数日を過ごし、シチリア島では一週間を費やして全島を一周しました。何をしていたのかというと、ほとんどが美術館、博物館めぐりと遺跡めぐりです。シチリアで普通の人が思い出すのはマフィアであり、フランシス・フォード・コッポラ監督の映画『ゴッドファーザー』（一九七二年公開）やルキノ・ヴィスコンティ監督の映画『山猫』（一九六三年公開）でしょう。しかし僕が真っ先に思い浮かべるのは、古代ギリシャ時代にもっとも文化的に栄えた殖民都市が数多くある島というイメージでした。

シチリアには、今もギリシャ本土よりすばらしいギリシャ文明の遺跡が沢山あります。中でも僕が行きたかったのは、シラクサでした。

シラクサはその昔シチリア島最大の都市国家で、長年にわたってカルタゴと古代地中海世界の覇権を競った強国です。当時のシラクサの支配者（僭主）ディオニシオス二世がプラトンの崇拝者で、プラトンが対話篇『国家篇』で示した哲人王による理想政治というアイデアを現実政治の上で試してみようと、プラトンその人をアテネから呼んで政治の相当部分をまかせるという政治史上珍しい試みが行われました。

プラトンはシラクサを三度にわたって訪問したのですが、三度ともプラトンの理想は現実政治に裏切られ、理想国家はまるでできませんでした。僭主の機嫌を損ねたプラトンは、僭主の命令で奴隷市場に売られるというとんでもないことまで起きました（友人に買い戻してもらって助かった）。プラトンは失意のうちにあらゆる現実政治から離れて、ギリシャ本土のアテネに戻って、文筆と教育一本槍の生活に戻るのです。僕は、プラトンと因縁浅からぬ古代地中海世界最大の都市国家を見たいと思ったのです。

　七二年、七四年の旅で、中東以外を旅してまわっているときに、僕が関心を持っていたのは、主としてこのような人類文化史上の特に哲学にかかわる事象とできごとに対してであって、パレスチナ問題のような現実政治にかかわる問題に対してではありませんでした。

■スペインの彩色聖像彫刻に魅了される

　つづくスペインでは、マドリード、トレドにはじまり、南下してセビリヤ、コルドバ、グラナダをまわり、北上してバルセロナに向かいました。何を主眼にしたかというと、美術館見学を別にすれば、スペイン文化独特のものを見物することでした。

　スペインというのは不思議な国で、伝統文化のすべてにおいて、深い精神性と、狂おしいばかりの情念のほとばしりと、生と死のギリギリのせめぎ合いの表現がみなぎっている。たとえばそれは闘牛とフラメンコです。それを話すと長くなるので割愛しますが、どちらも観光ツアーに組み込まれている時間設定で見たのでは、その本質はまるで見えてきません。全プロセスをたっぷりと時間をかけて、つまらないところからはじめて最後まで見なければわからないということだけは指摘しておきます。

特に本物のフラメンコを見ようと思ったら、夜中の十二時以降じゃないとそれは見られない。踊り手、歌い手、ギタリストといったプレーヤー全員が、神がかり的な入魂の演奏を披露するようになるのはその時間帯からなのです。それは観客が思わず息をのんで、茫然とそれを見守るばかりという時間帯なんですね。そういう瞬間をフラメンコでは「ドゥエンデ」（原義は魔物にのりうつられること）というのです。

ほかにスペインで印象深く見たものは、スペイン伝統の彩色された聖像彫刻です。スペインにはバロック様式の巨大な聖堂（カテドラル）が沢山ありますが、その正面の祭壇にはきまって、数多くの彩色された聖像がならんでいます。一つ一つの聖像が、聖書の物語（基本的にはキリストの受難の物語）の一つの場面になっています。

このような彩色聖像彫刻は、カテドラルだけではなく、町々の小さな教会堂にもある。それが祭礼の日に、花とローソクで美麗に飾りたてられ、まるで日本の祭で、町内ごとに山車《だし》を引きまわすようにして、教区の住民たちが引きまわすという習慣があるのです。特に、セマナサンタ（聖週間）のときは、スペイン中でそういう行列が行われます。

そのうちもっとも有名な聖像が、マカレーナ教会の涙の聖母像「エスペランサ」です。

聖像彫刻の一例。セビリヤのサンタ・マリア・マグダレナ教会の聖母像。

これは驚くほど美しく、その聖母像が教会から引きだされるときの、それを取り囲む信者たちのあがめぶりは実に熱狂的です。聖母をあがめる聖歌がカンテフラメンコの形で自然に信者の口をついて出て、町全体が歌声と歓声とどよめきに包まれます。

僕はたまたま、セビリヤに着いたその日に、この光景を見てしまいました。この像にすっかり見ほれてしまった僕は、それから丸二日間セビリヤの町を歩きまわって、次々といろんな聖像を見ました。その驚くほどの写実性とドラマティックな表現様式がなんともいえずすばらしい。それらは日本人にはほとんど知られていませんが、この彩色聖像彫刻の世界こそ、歴史的にスペインの造形芸術のもっともユニークでもっともすぐれた作品群を生みだしてきた世界なのです。

■キリスト教の原点は土着宗教

これまでに何度か「キリスト教の土着性」について触れましたが、ここで少し詳しく述べておきます。

キリスト教は、イスラム教、仏教と並ぶ世界三大宗教のひとつですが、現代人、特にヨーロッパ以外のところに住んでいる人というのは、キリスト教の原点を見失ってしまうことが多いのです。そしてヨーロッパ人であっても、抽象的な宗教論議を得意とするようなインテリにとっては、そのことがつい頭から飛んでしまうのですが、キリスト教の原点は、もともと土着宗教であったという事実のなかに見出せるのです。

どういうことかといいますと、キリスト教は、紙の上に書かれた教義を抽象的に理解するだけではまったくわからない世界だということなのです。つまり、その土地の人々の日常生活と密着した、地域のすべての文化的伝統、ならびに日常的共同行動と切り離せないものなんですね。

僕はキリスト教の歴史や教義については、相当に知っているつもりでした。ところが、ヨーロッパでいろんな宗派の教会、寺院などを訪ね歩き、ミサなどの典礼にも列席してみたりするうちに、自分が頭のなかで理解していたキリスト教と、リアルな西欧文明世界に存在している現実のキリスト教とは異質なものなのだということに、ある日、忽然と気がついたのです。

最初、それに気がついたのは、エルサレムのゴルゴタの丘にある聖墳墓教会（キリストが十字架に架けられた場所が大きな教会になっていて、いろいろな教派で共同管理されている。勢力的には、西方教会より東方教会＝ギリシャ正教の影響が強い）に行ったときのことです。あ、これは土着宗教なんだと直感したのです。

次にそれを強く感じたのは、スペインのセビリヤの大聖堂で、ミサの一部始終を観察したときのことです。地元のおばさんたちの一挙手一投足を細かく追っているうちに、あ、やはり、これは土着宗教なんだと思ったのです。日本人にとってのキリスト教は、ちょっとモダンで、外国風で、知的で洒落ているという感じがあると思うのですが、そういう感じはまったくない。その土地に根付いている昔ながらの宗教儀式という感じなのです。それは何とも泥くさい、古い密儀宗教的要素を色濃くもっていました。僧たちが、煙をモクモク出しつづけている香炉を長い鎖の先にぶら下げ、それを打ち振りながら、会堂のなかをグルグル歩く。呪文のような言葉をブツブツと唱えつづける。思い出したのは、真言宗の護摩焚きでした。ああ、そっくりじゃないかと。

ちなみに、日本の仏教を研究していくと、もっともわかりにくいのが真言宗です。なぜわかりにくいかといえば、真言宗もキリスト教と同じく、土着宗教の要素が大きいからです。真言宗というのは、新しく入ってきた仏教と日本土着の宗教がつながって成立したものです。特に、密教部分の核を形成しているのは、土着宗教の要素です。だから真言密教では、護摩木を焚いたり、真言を唱えたりといった、合理性では説明できない「怪しげな儀式的要素」が大きな意味をもったり、特にその部分がありがたがられたりするわけです。

こうした密教と似た土着の民衆宗教的な側面が、カトリックの歴史にもあるのです。さらにいえば、実は、東方教会は、その性格がより強く、土着宗教の要素がさらに濃い。そして、こうした知識は、神学的な解釈について分析した本をいくら読んでも得ることはできません。だから、ヨーロッパに伝わるさまざまな聖者たちの伝説を集めたような『黄金伝説』といった本が必要になってくるわけです。いまでも一般大衆は、そのような伝説的な要素を信じ込んでいます。そして、これは、たいていキリスト教以前の、その地域の文化の最古層に昔からあった要素なんですね。

　宗教というのは、面白いことに、あるところで生まれて、それが周辺の文化圏に広がり伝播していく過程で、必ずその土地に古くからある別の宗教思想と激しくぶつかり合い、その衝突過程で、お互いに影響し合い、相手を変えるとともに、自分も変わっていくという現象を起こします。これが、「接触と変容」と呼ばれる現象なのです。

■ギリシャ、トルコ、イラン

　七二年の旅の最後の部分について、もう少しだけ語っておきます。

　スペインの次はウィーンにまわり、一週間ほどをかけて美術と音楽をたっぷりと楽しんだあと、ギリシャに向かいました。たまたま出会った商社マンの在欧留学生と金を出しあってレンタカーを借り、本土部分をすみずみまでまわりました。本土部分の遺跡はとことん見ました。彼と別れてからは、安い船の便を利用して、キクラデス諸島、サントリーニ島、クレタ島まで行きました。

　その途中で、精神的にかなり消耗した感じのする若い日本人旅行者と出会って、いろいろと話をしているうちに、その若者が赤軍派の残党であることがわかって驚きました。日本にいるころ、彼にはある時期から四六時中、公安の公然尾行（タクシーに乗ったら、タクシーのなかまで入ってきて横に座るような尾行）が付くようになり、どこに行っても公安の目から一瞬たりとも逃れることができなくなった。まったく身動きがとれないので、運動を離れ、国からも離れて、シベリア鉄道に乗って北欧に出た。その後、ヨーロッパをあちこち動きながらギリシャまで流れてきたのだという。

　話を聞いているうちに、日本では何かとても異様なことが起きていると思った。公安が過激派の活動家を尾行するのは今にはじまったことではないが、タクシーのなかまで押し入ってくる公然尾行というのは聞いたこともありませんでした。赤軍派の存在は、僕が日本にいるうちにニュースになっていましたが、あさま山荘の銃撃戦とか連合赤軍のリンチ殺人事件などは、僕が旅に出たあとのことだから、まるで知りませんでした。

　その男とはクレタ島で別れて、僕はトルコに渡ります。トルコ国内をバスと乗合自動車を乗りつぎながら、ほとんど一周しました。トルコはトロイ、ヒッタイトなど歴史時代以前の文明にはじまり、ギリシャ時代、ヘレニズム時代、ローマ時代の遺跡が世界でもっとも豊富に残っている国なので、ここでも遺跡めぐりを徹底的にやりました。

　トルコの次はイランに飛びました。僕は大学時代、イスラム文化に深い関心を持っていたので、ペルシャは徹底的に見てやろうと思った。イスファハーン、ペルセポリスなど、誰でも行く観光地はもちろん、シーラーズなど神秘主義詩人ゆかりの土地とか、パサルガダエにある古代ペルシャのキュロス大王の墓などにも行きました。イラン国内をあちこち歩いているときに、イスラエル・テルアビブのロッド空港で岡本公三たちの銃乱射事件が起きました。英語が少しできる人をつかまえて、事件の輪郭は知ったのですが、それ以上の関心は持たずにイラクに向かいました。

イラクは遺跡が多い中近東においてもきわだって遺跡が多いところで、そのころ、古代文明にもっとも関心が深かった僕にとっては、夢のような国でした。

バグダッドそのものが古代文明の一大中心地で、近くには古代バビロンの遺跡がある。北のニネヴェやニムロドにはもっとも古い文明のひとつである古代アッシリアの壮大な遺跡があります。南には、バベルの塔の神話のもとになったウルのジッグラトの遺跡やシュメール文明の遺跡もある。世界文明は、チグリスとユーフラテスの二つの大河の間の地域（メソポタミアの語源は〝河の間〟）で生まれたのであって、それがすなわち現在のイラクに重なる地域だから、この国は北から南まで遺跡の宝庫なんです。旧約聖書によるとエデンの園があったとされる場所の記述にピッタリの場所もあって、そこに行くと、アダムとイブが食べたリンゴの木の子孫というふれこみのリンゴの木が植えられていたりしました。この国には、ほぼ一カ月もいました。

■独占スクープ・岡本公三との一問一答

イラクをひとまわりしたところで、手持ちの金はほぼスッテンテン状態になりました。イランのテヘランに戻ったところで、耳寄りな情報を聞きます。イスラエルで岡本公三の裁判がはじまるので、日本の報道陣がドッと押し寄せているというんです。

若い人はこの赤軍派によるテルアビブ空港乱射事件が何のことかわからないでしょうから説明しておきます。これは一九七二年五月三十日、赤軍派の奥平剛士、安田安之、岡本公三の三人が、イスラエル・テルアビブのロッド空港で銃を乱射して起こした無差別テロ事件です。死者二十四人、負傷者七十人以上。奥平、安田の二人は乱射直後に手榴弾で自殺し、生き残った岡本だけが裁判にかけられました。

僕は文春にコレクトコールで電話をして、金を送ってくれたら、イスラエルに飛んで岡本の裁判をカバーするがどうだと持ちかけました。イスラエルなら知っている人間があちこちにいるし、土地勘もあるから取材は十分にできると思うというと、すぐに電報為替で金を送ってくれました。

ここで僕がものしたスクープがあります。テロ実行犯の岡本公三との一問一答です。獄中にいる岡本とどうやって問答したのか。そのころ獄中の岡本に対して、職務上毎日面会しなければならない日本大使館の参事官がいたんです。彼は岡本のような過激派の人間とはまったく別世界の人間なので、毎日会っても会話のきっかけがつかめない。岡本との間に共通言語がないからです。

彼は大使館の広報担当者でもあったから、われわれ記者とは毎日顔を合わせていました。僕はイスラエル政府の招待でイスラエルに滞在していたジャーナリストだったので、大使館の信頼が厚かった。参事官から「どうしたらいいんですかね。岡本に何を聞いたらいいんですか」と半分個人的な相談を受けたわけです。

僕は『週刊文春』での経験があって、心を開かない人間の心を開かせるにはどうしたらいいのかというインタビューテクニックを心得ていました。しかも、過激派の取材も何度かしていて、活動家のものの考え方と心理を知っていたわけです。「じゃあ、こんなことを聞いてみたらどうですか？」と、思いつくかぎりの質問を次から次へとならべてみせました。

独占スクープ

テルアビブで岡本公三と一問一答

空港襲撃の真の狙いから吉田松陰の精神までの全問答を収録する！

取調べをうける岡本公三（オリオンプレス提供）

岡本公三の裁判がいよいよ始まった。テルアビブでささやかれているところによると、裁判は、わずかの一週間で判決がでるという。初めは口の固かった岡本も、最近は気軽に口を開き、話が革命理論になると、〝君らには分るまい〟とニヤリとする余裕さえあった。この一問一答は、本誌特派の評論家・立花隆氏が各方面のルートを通じて得た、岡本の全貌を伝える迫真のレポートである

――裁判をひかえての心がまえは？

「われわれがめざしている世界革命の意義を世界の人民の前に堂々と述べてから、死刑の判決を受けて死にたい」

――日本で裁判を受けたいと希望していると聞いているが…

「日本なら確実に死刑にしてくれるだろうということがひとつ、それに、この前の予審で通訳を介してでは、どうしても日本語のニュアンスが伝わらないと思ったから」

――どうして、そんなに死に急ぐのか、ほんとに世界革命を信じるなら、その日が到来するまで牢獄の中で待ってもいいのではないか。

「そのつもりはない」

――なぜか。

「いったん死を決意した男がオメオメ生きているのは恥だ。自分たちの計画の中で、自分だけ生きのびたことだけは失敗だと思う。だからこそ早く処刑してもらいたいのだ。もちろん、自己弁護はしたくないが、処刑の前に法廷で自分たちの死の決意の意義を明らかにしたいと思っている」

逃げたのでは断じてない

――しかし、君は最後になって現場から逃げだしたと思われている。他の二人は自殺したのに君だけしなかったのは死ぬのがこわかったからではないか。

「（ファンゼンとして）そうではない。レバノンでは模擬飛行機を使って爆破訓練をしていたし、エプロンの飛行機を爆破するのは、はじめから計画していたことだ。自分は手持ちの三弾倉を全部射ちつくしたので、その計画どおり外に出たのだ」

（彼は待合室から荷物運搬用コ

『週刊文春』1972年7月24日号に緊急レポート。

こういう場合、質問項目よりも大事なことがあって、それは質問するときの具体的な表現（言葉づかいと心づかい）です。そして相手に、この人ならば自分が何かをいったときにそれをわかってくれるのではないかと思わせるような、質問者自身の人間性の表出も大切です。そのあたりを含めて、懇切丁寧に岡本の心の開かせ方を指導しました。

岡本に会った参事官は、岡本がいくつかの質問に反応して、はじめて会話らしきものが成立したと嬉しそうでした。岡本が返した反応を詳しく聞いて、次に会うとき、それに対してどういう反応を返せばいいのかを助言しました。その繰り返しを毎日やって、会話をつなげていくことで一問一答の記事にしたのです（『思索紀行』〈書籍情報社〉所収）。

一部を引用すると、こんな感じです。

《――裁判を控えての心がまえは？

「われわれがめざしている世界革命の意義を世界の人民の前に堂々と述べてから、死刑の判決を受けて死にたい」（中略）

――どうして、そんなに死に急ぐのか。（中略）

「いったん死を決意した男がオメオメ生きているのは恥だ。自分たちの計画の中で、自分だけが生きのびたことだけは失敗だと思う。だからこそ早く処刑してもらいたいのだ。もちろん、自己弁護はしたくないが、処刑の前に法廷で自分たちの死の決意の意義を明らかにしたいと思っている」

――しかし、君は最後になって現場から逃げだしたと思われている。他の二人は自殺したのに君だけしなかったのは、死ぬのがこわかったからではないか。

「（フンゼンとして）そうではない。レバノンでは模擬飛行機を使って爆破訓練をしていたし、エプロンの飛行機を爆破するのは、はじめから計画していたことだ。自分は手持ちの三弾倉を全部射ちつくしたので、その計画どおり外に出たのだ」

（彼は待合室から荷物運搬用コンベアの穴をくぐり外に出たところをとり押えられた）

――それから手りゅう弾で爆破するつもりだったのか。

「そうだ」

――それは投げたのか。

「投げた、しかしどういうワケか破裂しなかった」

――それで？

「自殺用に持っていたもう一発の手りゅう弾も思わず投げてしまったのだ。それがあたって飛行機が炎上したら飛び込んで死ぬつもりだった……。しかしそれも残念ながら飛行機にあたらなかった。それで、その場で捕まってしまったのだ」(中略)

――日本のあさま山荘、リンチ事件など、連合赤軍のやったことをどう考えているか。

「銃撃戦はいいが、銃を持ちながら体制打破に用いなかったのは誤りだ」

――同じ赤軍ではないのか。

「同じではない、あいつらはバカだ。革命はできない」

――他のセクトはどうか。

「みんなダメだ。体制の中でいくら革命をとなえても、となえるだけではダメなのだ」》

ちなみに、岡本は、その後、イスラム教シーア派民兵組織ヒズボラの庇護を受けて、まだレバノンのベイルートで生きているようです。

【第七章】「田中角栄研究」と青春の終わり

■僕の「青春漂流」時代

僕の二十代から三十代前半にかけての時期が、どういう時期であったか、ひと言で表現すれば、「青春漂流」時代だったということになります。

僕が『青春漂流』（講談社文庫）に書いたことですが、人間誰しも、青年時代前半までは、自分の生きる道がなかなか定まらず、迷いと惑いを重ねつつ生きているものです。どこかでその漂流が終わり、そのとき流れ着いた土地で、地に足をつけた生活をはじめる。それが青春漂流期から青春定住期への移行です。

たいていの人は二十代前半で大学を出て就職することによって仮の定住地を定める。その定住地で職業人として十年が経過すると、たいていの人はそれぞれの領域で一人前の人間になります。一人前の人間になったときが、青春期の終わりで、成人期のはじまりです。それは本格定住期のはじまりといってもいい。おおむねそれと同じ時期に、伴侶を見つけて、家庭を持つ。パーソナルな生活においても、漂流をやめて本格的な定住生活をはじめるわけです。

僕の場合は、そのような標準的なライフサイクルとは、いささかずれたサイクルをたどってきました。なぜかというと、さきに述べたように大学を出て出版社に勤めてから、二年半で会社を辞めて、もう一度学生に戻ってしまったからです。僕の本格的な青春漂流期はむしろここからはじまったといっていいでしょう。

二度目の学生時代は、無用のお金を使わないようにするために、大学（本郷）のすぐ近くのアパート（根津）に住んで、ときどきアルバイト的な仕事で外出する以外は、ひたすら大学とアパートの間を往復して、もっぱら勉強ばかりしていた。

それまでの人生、生まれも育ちも一貫して貧しかったから、貧しさに耐えることは苦労でも何でもありませんでした。自炊さえしていれば、生活費は驚くほど安くすむことは学生時代からよく知っていました。自炊能力にかけては自信があって、一食百円ですませるためのメニュー案をノート一冊に書いてもっていたくらいです。

実をいうと、その生活はいまにいたるまであまり変わりません。別に食べるものや着るものに贅沢をしたいわけでもないし、学食に通うわけじゃないけれども、コンビニに行けばそれと同じような金額でまかなえますからね。

いま風にいえば、学生当時はフリーター生活をしながらひたすら本を読んでいたのが僕の青春漂流期でした。そういう生活をしながら、なんとなくなりゆきでもの書き商売に入ったのが二十八歳のときです。その年にはじめて、「立花隆」というペンネームでものを書きました。

といっても、この時期、これからもの書きとして生きていくんだという強い決意のもとにものを書きはじめたわけではありません。このころは、私人としても、職業人としても、山のような迷いと惑いをもちつつ生きていました。人生の目的を見出せないまま、フラフラと漂流しながら生きていた。大学時代にある女性と同棲生活をはじめたものの、文春を辞めるのとほとんど同時に、その同棲にも終止符を打ちました。

根津のアパートに引っ越したときは一人暮らしでした。はじめ一人だったものの、間もなく野良猫を拾ってきて一人と一匹になった。ふてぶてしいオスのトラ猫で、本を読んでいると、しばしば本の上にきてドテッと横たわって読むのを邪魔した。哲学書の上によく横になったので、アリストテレスと名付けました。数カ月もすると家出して、そのまま帰らなくなりました。

その後、今度はメスのキジ猫を拾ってきた。これにはギリシャ悲劇の女主人公であるカッサンドラ（イリオス〔トロイ〕の王女で悲劇の預言者）の名前を与えました。そのころ部屋に出入りしていた女性が、どうしても、カッサンドラという名前を覚えられなくて、カツサンドと呼ぶようになったことが不満だったらしく、彼女（猫）もそれから間もなく家出しました。彼女をカツサンド呼ばわりした女性もやがて部屋にやってこなくなった。それやこれやで、女性とも猫とも縁がつづかず、私生活でも相変らず迷いがつづいていました。

■最初の結婚のいきさつ

結局、僕の場合、いやおうなしに漂流時代を終わりにせざるを得なくなるのは、一九七四年に『文藝春秋』で「田中角栄研究」を書いたことによってなのです。

あの記事が世に与えたインパクトが、あまりに大きかったために、僕の生活はさまざまの意味において変わらざるを得なくなりました。私生活においても、ほとんどこれと重なる時期に最初の結婚をして、子どもが生まれ、家庭をもつことになった。

その経緯を簡単に話しておくと、新宿のゴールデン街で「ガルガンチュア立花」という飲み屋をやっていたことはすでに述べました。あるとき、誰かに連れられて女性が店に来たんです。その女性と話しているうちに、彼女がヨーロッパにいるある日本人の後を追っかけて近々渡欧すると言うわけです。それで僕の中にある種の闘志が湧いたのか、その女性を口説いて、付き合うようになっちゃったんですね（笑）。

しばらくすると、女性から妊娠したと連絡が来たんです。その女性は実家が神戸だったんですが、時をおかずに彼女の兄貴二人が上京してきて、妹のことをどうするつもりかと問われたんです。もちろん、責任は取るつもりでしたから、彼女と結婚し、長男が生まれたというのが、コトのいきさつです。

それはさておき仕事の面では、僕の場合、「田中角栄研究」を書いてからも、私人としても、職業人としても、迷いと惑いの時期をすぎたとはとてもいえませんでした。「田中角栄研究」のあと、フリーのジャーナリストとして、それなりの評価を得て、ジャーナリスティックなものをあちこちのメディアに書き、いちおうの収入も得るようになりました。だから、通常の意味での自立した職業人にはなったのですが、自己満足度からいえば、あまり高くない仕事ばかりしていた印象があります。

現職の総理大臣を退陣に追い込むという前代未聞の結末を生んだ「田中角栄研究」は、『文藝春秋』昭和四十九（一九七四）年十一月号に掲載され、十月九日に発売されました。

そのちょっと前に、『週刊現代』（八月二十二日号）に書いた「意外!! 田中首相が三福に完勝した七月政変の内幕」が「田中角栄研究」の前段になっているのです。あの七月に行われた参院選直後の政治状況の話です。

田中は企業ぐるみ選挙といわれたこの参院選で、滅茶苦茶な選挙をやった。つまり、彼は前の年にものすごいインフレを起こしちゃって、ライバルの福田赳夫に頭を下げて大蔵大臣をやってもらう。人気がガタ落ちで、支持率が天井からドーンと一挙に落ちるんです。オイルショックの最中でもあり、収拾がつかなくなっちゃった。

で、一発逆転を狙ったのがこの参院選で、山東昭子とか糸山英太郎とか『白日夢』（一九六四年公開）の映画監督武智鉄二とか、候補者ひとりひとりに大企業を張りつけて競わせ、金をバンバン使った。結果は勝つどころか大敗で、自民党内部は大揺れに揺れ、三木武夫副総理、福田蔵相は田中に造反して辞めてしまうんです。

あの時期、田中はもうお終い、内閣は潰れる寸前だった。ところが、彼は巻き返すんですね。滅茶苦茶な金を使って手を打った。どういうふうに金をバラまいて政変を抑えこんだか、その裏話を書いたのが『週刊現代』の記事です。ただし、金をどうやって作ったかについては、資料はあったんだけれども書かなかったんですね。

■田中角栄との因縁

そんなところに、『文藝春秋』編集長の田中健五さんから、「何か政治ものの一つないかね？」みたいな感じの相談があったんですよ。政局は爆発寸前のところを角栄に金で抑えこまれて不完全燃焼のガスが充満していて、秋には大波乱必至の雰囲気でした。そこに一石投じるような何かを、というのが田中さんのハラだったんでしょう。

少し前に石原慎太郎が『文藝春秋』に書いた角栄批判「君 国売り給うことなかれ」が評判をとったということも、田中さんの頭にはある。それで政治モノといえば角栄しかなくて、切り口としては『週刊現代』でやれなかった金作りの部分はどうかと提案したら、まあとにかくそれで行こうかという話になったんですね。

僕のなかでは、田中という人間に対してもう少し因縁めいたものがありました。というのは、一九六四年から六六年まで『週刊文春』の記者として働いていたときに、いわゆる黒い霧事件が頻発して、その取材にかかわっていたんです。

黒い霧事件というのは、具体的な事件としては、六五年の吹原産業事件、大橋事件、六六年の田中彰治事件、共和製糖事件などがあるんですが、実は事件にならなかった疑惑が、もっともっと沢山あったんです。そのなかに、田中角栄の名前が次々と登場してくるわけ

田中角栄研究—その金脈と人脈

立《たち》花《ばな》隆《たかし》（評論家）

かつて、これほど政治と金の結びつきが論議された時代があったろうか。そして宰相・田中角栄氏こそ〝金権政治〟を一身に具現した存在だという。だが、仔細を知らずして単に〝金権〟と呼ぶことはできぬ。雑誌ジャーナリズム始まって以来の大調査に基づき、田中政権の金脈と人脈の解明に挑み、あわせて権力のもつカラクリを抉ったのがこのレポートだ。

オモテ金とウラ金

正体不明のトンネル機関

（92）

田中角栄研究　その金脈と人脈　（93）

首相を倒した「田中角栄研究」の誌面。

です。

たとえば、田中彰治事件といわれるものは、実はその中身のほとんどが田中金脈事件なんです。虎ノ門公園跡地事件、大阪光明ガ池団地事件、鳥屋野潟事件などなど、田中角栄が小佐野賢治（国際興業グループ創業者で政財界の黒幕）と組んでおかしな金づくりをしていることを知った田中彰治（自由民主党の代議士。七つの事件で起訴され、懲役四年の実刑判決。控訴中に死去）が、それをバラすぞと小佐野を恐喝したという事件なのです。脅した田中彰治も悪いが、脅されるようなことをしていた田中角栄と小佐野も悪いのです。これは田中彰治といっしょに、田中角栄と小佐野も逮捕されてもおかしくないような事件でした。逮捕された田中彰治は、「オレは小悪党だが、逮捕されない大悪党がいる」といったのは、それは角栄と小佐野のことなんです。

取材の段階で、田中角栄の名前はいたるところに出てきましたが、記事にする段階ではすべて伏せました。何しろ田中角栄はその当時自民党幹事長で、権勢かくれもなき存在だったからです。六六年に田中は幹事長を辞任し、それは表向きはまったく別の理由になっていましたが、実は佐藤栄作から一連の黒い霧事件の責任を問われての辞任だったことは、ジャーナリストなら誰でも知っていることでした。

その後も、田中の金がらみ、利権がらみのウワサは何度も出ていた。だから、七二年の総裁選の半年前くらいまでは、田中は総理の座につくのはとてもムリというのが、社会部系のジャーナリストの間では常識でした。僕自身、自分の取材経験もあって、田中が疑惑のかたまりのような男であることをよく知っていたから、彼が総理大臣の器であるとは一度も考えたことがなかった。

僕が田中が総理大臣になったことを知ったのは、七二年の旅の途中のことで、イスラエルの日本大使館でたまたま日本の新聞を見せてもらったら、田中が総理大臣になって、それを新聞がみな持ち上げて大々的な提灯記事を書いているのに、唖然としました。僕は驚くとともに、新聞報道というものに深い不信の念を持ったわけです。

　こういうわけで、僕は、田中が総理大臣になったはじめから、とんでもない奴が首相になったと思っていたから、「田中角栄研究」で、田中がダーティーな金造りをする人間であることを示すことに何の躊躇もありませんでした。

■「越山会の女王」と二本立ての作戦

「田中角栄研究」の取材に入るにあたっては、資料にはすでに面白いものがけっこうあったんです。新潟県の柏崎刈羽原発とか、角栄がつくった変な会社・室町産業とか、政治資金収支報告書とか。それに開設されたばかりの大宅壮一文庫で、角栄関連の資料を全部コピーしてきた。とにかく、そのときに手に入る限りの基礎的な活字資料を全部集めました。いちばん最初から月刊誌があれだけの金と人を使ってやるのははじめての経験だったんです。かかった金があの当時で百万円でしたが（現在の貨幣価値では、一千万円ぐらい）、それは大変な額ですよね。

　取材班にしても、総会屋的なダーティー・イメージの人は最初から厳しく排除して、文春に出入りするフリーの信用のおける記者たちに集まってもらった。角栄の地元、新潟で大きな取材をした中田建夫さんとか、幽霊企業の千葉での土地取り引きを発掘した加藤仁さん（後に定年ものシリーズで有名になる）とか、プロの腕を持つ取材記者が三人ほど。記者としては駆け出しで、後に『スパイＭ』や『闇の男　野坂参三の百年』を共著者として出すことになる小林峻一さんとかね。

あの号は、児玉隆也さんの「淋しき越山会の女王」と僕の「田中角栄研究――その金脈と人脈」の二本立てでしたが、児玉さんのほうを前面に出して、僕の記事は潜行してやったんです。取材の後半から田中側がものすごくピリピリしていたのは、児玉さんのほうについてなんですよ。こっちのは最後まで向こうに全然気づかれていなかった。

しかし、取材の最後の段階で、向こう側のいい分も聞かなければなりません。〆切最終日になってから、僕自身が田中の秘書・榎本敏夫に電話して、田中側の見解を取材したんです。

「『文藝春秋』だけど、ちょっとお聞きしたいことがあって」と用件を切り出したら、榎本は何も聞かないうちから、「お宅はひどいじゃないですか。田中のプライベートなことをいろいろかぎまわって……」とかなんとか怒鳴りだしたんです。向こうは完全に佐藤昭《あき》（田中の女性秘書であり愛人、別名「越山会の女王」）のことしか頭にないんですよ。それで、

「いや、お聞きしたいのは別の一本のほうでして」っていったんですよ（笑）。そしたら、「もう一本？」って、向こうは絶句してしまった。電話の向こうで唖然としている様子がうかがえました。

取材をしている中で身辺の危険というのはなかったんですが、角栄のファンの中には変なヤツがいてね。大阪でインチキ商法の豊田商事の永野一男会長が、沢山のカメラの前で刺されて惨殺された事件があったでしょう。あの犯人が実は田中のファンだったんです。刺殺事件のずーっと前だけど、僕のところに突然電話をかけてきて脅かしたことがあったんですよ。お前はけしからんってね。こっちも酔っ払っていたし、向こうは大阪からの電話だというから、べつに怖くないと思って、売り言葉に買い言葉でずいぶん電話でやりあったんです。あとから豊田商事の事件が起こって、名前を聞いたときに、あっ、あいつだと思ったね。だから、もしあいつが東京にいたら、僕も危なかった可能性はあるんだけど、具体的には何もなかった（笑）。

■「あんな奴らに負けてたまるか」

十月九日に雑誌が発売されてから大きな反響が出るまでにはしばらく間があるんです。

記事が出たとき、どこよりも早く取材にかけつけてくれたのが、アメリカのワシントン・ポストであり、ニューズウィークでした。当時、ワシントン・ポストの極東総局長は『テト攻勢』の著書で知られるドン・オーバードーファーでした。彼がどこよりも早く文春に取材に来て、ワシントン・ポストに書いたから、在京の外国人記者がみんな注目したんですね。

日本のメディアでは『週刊新潮』、新聞では毎日新聞の解説委員が来ました。僕の記憶では、朝日も読売も取材にこなかった。新聞記者の多くは、陰で、「あんなことはオレたちは前からみんな知っていたんだ」と自慢気にふれまわるだけでした。その自慢のおかげで、後から『週刊新潮』などに、「知っているならなぜ書かなかった。角栄から何かつかまされたんじゃないか」と皮肉られることになった。

雑誌発売から十三日たった十月二十二日、たまたま外国人記者クラブの昼食会に前から招待されていた田中首相が、まさかそんなことが起きるとは夢にも思わず、記者クラブにノコノコ出かけていくと、日本の政治記者とはまったくちがう取材の伝統（聞きたいことは何でもストレートに聞く）をもつ外国人記者が、昼食会後の記者会見でストレートに「文春に書かれていることは本当ですか？」と聞いて田中を吊るし上げたので、それまで日本の新聞界ではタブーになっていた金脈問題に一挙に火が点いたんですね。

それをきっかけにして、国内のマスコミや国会の追及にも火が点いて、角栄はどんどん追い込まれていくんです。

結局、角栄は退陣せざるを得なくなって、三木武夫内閣にバトンタッチするんだけれども、この間、文春の編集方針も揺れに揺れた。当時の編集局長が、「この記事は文藝春秋らしくない」と激怒したんです。よく覚えているんですが、三階の資料室で、その編集局長と延々とやりあった。彼は一歩も引かないし、僕も一歩も引かないことになって、完全に決裂しました。編集長の田中さんは続編をやることも本を出版することも考えていたのに、上司にすべてを握り潰されてしまったわけです。「田中角栄研究」の第二弾も単行本の出版計画も相次いで中止となり、文春は完全に手を引いてしまうんですね。

詳しいことはいえないんだけれども、ずっと後に聞いた話では、文春幹部に醜聞があって、それを摑んでいた田中側に揺さぶりをかけられたようなんです。編集局長も僕にそれを明かすワケにはいかなかったんでしょうね。この件で、文春内部では上層部に権力闘争が起こって、角栄どころの騒ぎじゃなくなったらしい（笑）。

いろんなことが中止になる直前、僕は、『週刊読書人』にこんな文章を書いています。

「私がいま取りかかっている仕事は、『田中角栄研究』を一冊の本にまとめる仕事で、まず、今年いっぱいはこれにかかりきりになりそうだ。考えてみると八月末からだから、四カ月になる。（中略）田中角栄という男に興味がないわけではない。しかし、私のやりたいことの中で、適正な時間配分を考えれば、せいぜい一カ月の時間配分に値するテーマでしかない。もうこの男にはウンザリしたと思いながら書いている」

このときは本当に、田中はそれで終わりにするつもりだったんです。

しかし、このとき書いていた本が出ないことになり、それを別の出版社に持っていっても、どこも出さないということがわかったとき、はじめて僕は、このまま引き下がるわけにはいかないと思ったのです。あんな奴らに負けてたまるかと思ったんです。引き下がったら負けだと思ったんです。

それから、原稿用紙にして一万枚を超える仕事がスタートすることになってしまったわけです。

あれだけ長い間一つのものを追いつづけたエネルギーのもとは何かといえば、自分でもよくわからないが、やはり、「あんな奴らに負けてたまるか」という気持ちがいちばんだったんでしょうね。あんな奴らというのは、田中と田中の権力を支えていたすべての人間です。積極的に田中を支えていた人間はいうに及ばず、田中の権力に屈して、そのいいなりになってしまった消極的加担者も含めてです。

僕は昔から権力をかさにきて威張りくさる尊大な人間と、権力の前にひれ伏す卑屈な人間が大嫌いでした。

僕の母は熱心なクリスチャンでしたから、いつも「肉体を殺すことができても、魂を殺すことができない者を恐れるな」と子供に教えていた。ローマの権力を恐れる弟子たちにイエスがいった言葉です。世俗権力を恐れるな、神のみを恐れよということです。僕はクリスチャンにはなりませんでしたが、母の教えたこの言葉はずっと心に焼きついていました。だから僕は、世俗権力というものを恐れたことは一度もありません。

世俗権力も世俗権力にひれ伏す人も、前から僕には侮蔑の対象でしかありませんでした。僕はこうした意味で、政治にかかわる人間とは、根本的に価値観のちがうところで生きてきました。そんな僕にとって、あんな奴らに負けて引き下がるかどうかは、自分の生き方の根幹にかかわる問題でした。絶対に負けるものか、とことん闘ってやると思ったわけです。

一九七四年の前半は、ずっと中東を旅していたことは先に述べました。そのころ僕が好きだったのは、スピノザ（一六三二〜一六七七年、オランダの近世合理主義哲学者）の「永遠の相の下に」という言葉でした。日常的な現象世界の背後には、唯一にして、無限で、永遠の真の実体が存在する。それは「神＝自然」で、それを認識するためには、永遠の相の下に見ることが必要だとスピノザは説きます。砂漠の中に埋もれた古代の遺跡をひとり静かに見ているときなど、永遠の相の下に見るというのはこういうことかとつくづく実感したものです。

田中角栄について書いていた二十年間をふりかえると、田中も僕も、本質的には、くだらないことに熱中していたものだと思う。どちらにしても、永遠の相の下に見れば、つまらないことです。

砂漠で遺跡を見ていたころ、しばしば権力というもののはかなさを思った。遺跡というのは、みな本質的に権力の遺跡なのです。権力者が自分の権力の強大さを誇るために壮大な建造物を作る。しかしどんな壮大な建造物も時の流れには勝てない。やがて崩壊し、風化し、半分砂に埋もれてしまう。誰もそれを作った権力者が誰であったかなどということは記憶していません。

田中角栄も同じです。あの闇将軍時代、あれだけ強大な権力を誇っていたというのに、いまでは、若い人は田中角栄の存在すら知らない。つまり遺跡なのです。あと百年もすれば、田中角栄の名前など、誰も記憶する人がいなくなるでしょう。まして、そういう人物を批判して、二十年間で一万枚以上もの原稿を書きつづけた男がいたなどということは、それよりはるかに早く忘れ去られるにちがいありません。

僕は田中の死の直後、『文藝春秋』（一九九四年二月号）に次のようなことを書きました。

《時代をこえて語られるのは、ただひとつ、時代をこえて語られるだけの価値を持つ真理である。

田中のおかげで、だいぶ無駄な時間を費やしてしまったが、そういう真理が見つかるかどうか、遅まきながら、今度はそういう方向に自分の持てるエネルギーを集中したいと思っている。私も、はや五十三歳。今年、田中が総理大臣になったのと同じ年を迎える。あのとき、そしてあれ以後、田中が政治に傾注したのと同じくらいのエネルギーを傾注すれば、あと一万枚くらいの原稿は書けそうな気がする。あれだけのエネルギーをすべて無益な権力闘争に費やしてしまった田中の人生を他山の石として、これからは、永遠の相の下に見ても価値がある言葉を発見する方に仕事の中心を移していきたいと思

っている。》

■中核VS革マル、正義の概念の怖さ

「田中角栄研究」と同時に手がけていたのが、『現代』で一九七四年十一月号からはじまった「血と抗争――中核・革マルの『仁義なき戦い』」でした。この連載は翌年に、全面的に加筆して『中核VS革マル（上・下）』（講談社文庫）として刊行されます。

　この連載をはじめたところ、新左翼の二大組織である中核派と革マル派は、お互いに組織の総力をあげて、組織の全存在を賭けて、抗争を繰り広げていたんです。それは〝内ゲバ〟という概念をはるかに越えて、中核派の側は、それを〝戦争〟とさえ呼んでいました。

　一例をあげれば、中核派のある集会で女性活動家はこう叫んでいる。「頭をカチワレ、肋骨をヘシオレ、内臓をエグリダセ。あくまで残酷に、徹底して残虐に！」。そしてその言葉はすぐに現実のものとなります。

　手にする武器はエスカレートする一方で、鉄のトビラがあるマンションでは、酸素バーナーでトビラが焼き切られた。その他、鉄パイプにかわってバール、オノ、トビ口、カッター、手製のヤリ、大槌、火炎ビンなども用いられました。たとえば、中核派の攻撃の例

を示すと、こうなります。

「トイレに身をひそめていたウジ虫テロ部隊数名は、毛布その他で照屋氏を簀巻《すま》きにし、その上から鉄パイプ、バール、釘、千枚通しその他の殺人武器をもって百回以上もめった打ち、めった突きしながら、『お前は革マルだろう、殺せ、殺せ』とわめきつづけた。そして頭頂部に深さ八ミリ、幅七センチ以上の挫傷、右上腕、両足に複雑骨折を数ヵ所。あごから口内に多量の出血。腰にひび、さらに全身打撲という実に殺害寸前の重傷を与えた」

　あるいは明らかな人ちがい殺人もあった。

「殺害された比嘉君の肉体は、全身にわたって破壊され、目を覆うばかりの惨殺である。でん部は深さ十四センチにわたってバールで突きさされ、ひ臓、腎臓は完全に破裂し、全身数十ヵ所にわたって、バール、鉄パイプがくいこみえぐられている。そればかりではない。集中的に狙い打ちされた後頭部はメチャクチャに砕けちり、その傷口からは脳みそが露出し、しかもその脳内に頭蓋骨と鉄くずがくい込むという、あまりにもむごたらしい殺害であった」

　僕は中核派の最高幹部である本多延嘉書記長へのインタビューでそれを問いただしてい

ます。

《**立花**　〝絶対戦争〟とはいいながら、現実に（一九七四年）一月二十四日までは、植物人間的犠牲者は出しても死者は出さなかった。この段階までは、ルールとはいわないまでも、なるべくなら死者は出さないという方針があったような気がするが。

本多　くり返しいうが、二つの社会的な集団が激しい敵意をもって、しかも物理的な手段をもって衝突しあっている中では、死者が出ることは避けられない。

　われわれはもちろん、単純に死を追求するわけではなくして、あくまで彼らの白色主義政党を解体し、カクマルを完全打倒する闘い、その大目的に添うものとして、種々の闘争形態、種々の闘争手段を駆使して闘うということだ。そのためには何をすることも許されていると。

立花　では、この戦争の巻き添えで死んだ人についてはどうか。

本多　そんな人がいるか。

立花　二月八日の琉球大学の比嘉君は？

本多　そんなことはない。

立花　警察でも誤爆であると……。

本多　いや、そんなことはないだろう。あれはあくまで琉大の反革命分子に対する闘いとそれに対する彼らの絶望的な反抗を粉砕する過程で起こったということだ。》

政治家とか政治党派というのは、あくまでもこういうもののいい方を通して、自分たちに政治的にマイナスになるようなことは断固としていわないものなんですね。

結局、両派にわたる死者は何十人にも及びましたが、そのほかに、植物状態と化した者もいたし、障がい者となった者もいる。深刻な苦悶のはてに、自殺した者、頭がおかしくなった者もいる。重軽傷を負った者まで含めれば、百人を単位として数えることになります。日本の政治抗争史上、これほど血みどろの闘いが繰り広げられたのは、幕末の諸セクトがテロ合戦に走って以来のことでしょう。

月刊誌の連載だったわけですが、一号分の記事を書き始めてから〆切がくる一カ月ほどの間ですら、つねに死者がふえていくわけですから、本当に気が滅入りました。

現在からは想像もつかないことでしょうが、中核派と革マル派の抗争は、全国に波及し、全国民の関心事でもあったのです。僕の家に配達にやってくる郵便局員までが、いったい、どうなってるんですか、どうしてこんなことになったんですか、やめるってわけにはいかないんですか、結局、これからどうなるんですか、と話し込んでいったりするほどだったのです。

どうしてこんなことになってしまったのかを分析するために、約十五年間にわたる日本の新左翼運動の歴史を調べて、革共同（革命的共産主義者同盟。一九五七年に結成。六〇年代の新左翼は革共同を含めて「五流十三派」に分派した）がどうして分裂し、両派がどんな理論を持っていて、どのような運動を展開して、その中でどうして対立するにいたったかをできる限り書き込んだわけです。

連載を一応終えたところで、両派の最高幹部にもインタビューしました。さきほどの中核派の本多書記長はその片方ですが、インタビューの二カ月後の七五年三月に、惨殺されてしまうんです。彼とは二回の対談で話した時間は十時間を軽く越えます。生身で知っている人間が殺されるというのは、やはり相当なショックです。その報せを聞いたときには、僕は本当に愕然としました。

僕は『中核VS革マル』にこんな一文を書いています。

《人間が、生得の殺害抑制をのりこえて他人を殺すにいたるモメントとして、何が有効に働くかという問題である。大別して、四つある。恐怖、怨恨、功利、正義感である。

（中略）

正義感からの殺人は、相手の存在そのものが悪であるとの絶対の確信にもとづいてなされる。殺すことは、悪を滅すことであるから、正義なのである。歴史上、この殺人がもっとも多い。だいたい、すべての戦争における殺人がそうだ。すべての戦争は正義のための戦争で、敵は悪、味方は正義なのである。ベトナム戦争だって、米軍の側からすれば正義の戦いなのだ。

中世における異端者の虐殺も、あらゆる革命での反革命者の粛清も、ナチスのユダヤ人虐殺ですら、すべて正義の名のもとにおいてなされてきた。各国でおこなわれている凶悪犯罪者の処刑だって、社会正義の名のもとにおこなわれていることである。

殺人が正義の名のもとにおこなわれるとき、人はそれを是認するばかりか、歓喜し、賞揚さえする。しかし、正義というのは、必ずしも普遍的なものではないから、ある正義の尺度を持つ者にとっては喜ぶべき処刑が、他の正義の尺度を持つ者には吐き気がするほどおそろしいこと、ということは、よくあることだ。（中略）

ともかく、人間の発明した概念の中で、正義という概念ほど恐ろしいものはない。》

■「日本共産党の研究」がもたらした共産党との闘い

次の大きな仕事というと、『文藝春秋』で一九七六年一月号から連載がはじまった「日本共産党の研究」です。

『文藝春秋』の田中健五編集長にしてみれば、すごく心苦しいところがあったんです。「田中角栄研究」のあとに、僕とはずっと喧嘩別れの状態にあったわけですから。関係を修復したいというか、なにか仕事をやってもらいたいということで、いろいろな提案があったんです。そのテーマのうちのひとつが日本共産党の宮本顕治（委員長＝当時。一九〇八～二〇〇七年）でした。

『文藝春秋』編集部は、宮本顕治の身分帳（網走刑務所に保管してある、過去の罪名その他個人情報を記入した台帳）を手に入れていました。それが価値のあるものなのかどうかを検討してくれというのが最初の話でした。そこで、日本共産党の歴史を初めからさかのぼってみたんです。歴史的な資料を集めはじめてみると、それが滅茶苦茶に面白かったんですね。

日本共産党の研究

〈特別企画〉

立《たち》花《ばな》隆《たかし》（評論家）

「赤旗」を読んでも、反共プロパガンダを読んでも、日本共産党とは何か、その平和革命路線は本ものかどうか、ということはわからない。これは伝聞や推測によらず、資料と証言だけで構成した日本共産党の歴史であり、現代の代々木路線の本質はこれによっておのずから明らかにされるであろう。

(94)

読まなくてよい「共産党宣言」

共産党を話題にすると、いつも最後に問題になるのは、共産党の現在の平和革命路線、微笑戦術がホンモノなのかどうかという点である。共産党が、"暴力革命などというものは、共産党の方針とは縁もゆかりもありません"といくら強調しても、"いや、あれは羊の皮をかぶったオオカミだ、いざとなれば暴力革命をやるのだ"との見方があとをたたない。当局ならびに、自民党・財界筋、あるいはいわゆる反共陣営の人々のみならず、一般大衆の間でも、この見方をとる人が少なくない。

サンケイ新聞が共産党の微笑戦術についておこなった世論調査によれば、

〔共産党が政権を獲得してから、議会制民主主義のルールを守っていくと思うか、それともあらゆる手段をろうしても政権を手放さないようにすると思うか〕

政権を放さない　三七％
議会制民主主義のルールを守る　二八％
なんともいえない　二七％

〔共産党はほんとは暴力革命をねらっていると思うか〕

暴力革命をねらっている　二五％
そんなことはない　五二％
わからない　二三％

一方で、これと正反対の見解に立つ人も少なからずいる。それは、共産党は暴力革命はおろか、革命そのものすら放棄してしまったのだという見解である。

この見解は、共産党以外の左翼陣営に立つ人には、かなりポピュラーになっている。とりわけ、暴力革命路線を公然と標榜している過激諸党派は、共産党を反革命勢力の一つと位置づけ、革命成就のためには、権力機構と共に共産党を打倒しなければならないとまでいう。

この全く相反する二つの見解は、それぞれそれなりの根拠を持っている。

まず、後者についていえば、正統マルクス・レーニン主義によれば、革命は暴力革命に他ならないのだから、暴力革命の看板をおろすことは、革命の看板をおろすことに他ならないのだという。これはある程度まで正しい。たとえば、マルクス主義のエッセンスともいうべき「共産党宣言」には、こうある。

「共産主義者は、これまでのすべての社会秩序を暴力的にくつがえしてのみ、自分たちの目的が達成できることを、公然と宣言する」

あるいは、レーニンは「国家と革命」の中で、「プロレタリア国家のブルジョワ国家との交替は、暴力革命なしにはありえない」と断言し、マルクスが「暴力革命の不可避性を誇らかに公然と言明している」ものとして、「共産党宣言」の他に、「哲学の貧困」と「ゴータ綱領批判」をあげ、

「暴力革命についてのこのような、まさにこのような見解で大衆を系統的に教育する必要が、マルクスとエンゲルスの学説全体の根本になっている」（傍点原文のまま）

とハッキリいっている。マルクス・レーニンの無数の著作の中のどこかから、片言隻語をひきだせば、あるいは、マルクス・レーニン主義と暴力革命を切り離すことも可能かもしれない。が、その「学説全体の根本」は、あくまで暴力革命論にある。

正統マルクス・レーニン主義の立場にたつかぎり、暴力革命の看板をおろすことは、実質的には革命の看板をおろしてしまった日和見主義、修正主義といわれざるをえない。

しかし、これは"正統マルクス・レーニン主義の立場にたつかぎり"という条件の下での話であって、この立場を捨ててしまったものに対しては、この論は通用しない。で、日

日本共産党の研究　(95)

「日本共産党の研究」連載１回目。

まず、みすず書房の『現代史資料』で、生の歴史資料の面白さに目覚めたというところがある。とくに生の裁判資料の一問一答がものすごく面白い。それから栗林敏夫さんという弁護士からもらった裁判関係の調書です。この人は転向、非転向に限らずにいろんな共産党関係者の弁護をやり、最後はほとんど一手に引き受けていた。宮本顕治の接見なんかも、宮本百合子（一八九九〜一九五一年、小説家・評論家、宮本顕治の妻）が費用を出して、彼が全部やっていました。こっちは栗林さんとある時期までいい関係にあって、調書を小出しにしてくれていたんだけど、共産党に知られてしまうことになって、途中で止まっちゃうんで

すよ。

連載の一回目から共産党の反発はものすごかった。特に別資料として併載したリンチ共産党事件（とりわけ一九三三年十二月、スパイの嫌疑をかけられた中央委員の小畑達夫が、同じく中央委員の宮本顕治と秋笹政之輔、中央委員候補の袴田里見らの拷問じみた査問によって死んでしまったリンチ事件、および、それと時期を接して行われた一連のリンチ事件。宮本には無期懲役の刑が下る）の宮本問題を扱った記事で、共産党は頭に血がのぼってしまったんです。

というのも、連載一回目当時の宮本は、共産党の委員長になっていて、現委員長が〝首魁〟となって起こした事件であるがゆえに、共産党はこの事件の扱いにはきわめて神経質で、マスコミがこの事件を不用意、不正確に書いたり、あるいは〝リンチ〟という言葉を使うと、執拗に抗議し訂正を申し入れるのが常だったからです。

雑誌発売の翌日からは、もう共産党のキャンペーンがはじまります。全国各地で駅頭、繁華街に街頭宣伝隊が繰り出して、立て看板を立てて、宣伝カー、ハンドマイクで大キャンペーンを展開した。『赤旗』が連日やるし、『文化評論』、『前衛』もやっていた。共産党が出していたものは、一応最初は買っていたんだけど、そのうちあまりに多いので買いきれなくなった（笑）。共産党側も、こっちがここまでのことを書くとは思っていなかったんでしょう。こっちも、共産党がここまで反撃してくるとは思っていませんでしたけどね。

宮本問題の次は、歴史評価の部分でものすごく反撃してくるんです。なにしろ、共産党にとって、戦前に、日本共産党がソ連のコミンテルン（共産主義インターナショナル。第三インターナショナルとも呼ばれる）の支部であったという歴史は拭い難い汚点だったわけです。コミンテルンの歴史にしろ何にしろ、向こうは共産党の歴史に関する専門家も論争のプロも、もともと山のようにいましたからね。後の田中角栄裁判をめぐる大論争は、このとき鍛えられた論争能力、学習の成果なんですよ。せいぜい、一、二回で片付けるつもりの連載が二年もかかっちゃったのも、わりと初期からこれは生易しい相手ではないな、腹を据えてかからなきゃいけないな、という感じになったこともあるんです。

共産党に入り込んでいたスパイM（戦前の共産党の最高幹部の一人で、松村と名乗っていた。ソ連から帰国後、党勢拡大に貢献する一方で、特高警察にスパイとして協力した）を調べたとき、『赤旗』と取材合戦になったんです。連載の十二回目ぐらいだったと思うけど、その取材にかからなきゃいけないのに、間際まで何の手がかりもない。松本清張さんの『昭和史発掘・スパイ〝M〟の謀略』などいくつか資料はあったんだけど、肝心のMの素性については、出身地、家族、その後の消息など、何ひとつわからなかった。

　たった一つわかっていたのは、本名の飯塚盈延《みつのぶ》だけでした。ほとほと困っていたら、唐突に『赤旗』にＭについての連載が三回か四回出たんです。あとで知ったんですが、党では袴田里見（副委員長＝当時、後に除名）を中心に調査をして、清張さんが書く予定だったのに、なぜか『赤旗』が発表してしまった。これに清張さんが怒ったために、連載は尻切れトンボで打ち切りとなって、以後、清張さんと共産党は疎遠になったらしいんですね。

　この連載の中に新しい手がかりが一つだけあって、それでＭの親戚が四国にいることが割れたんです。調べるとすぐに、Ｍはすでに死亡していて、遺族が北海道にいることがわかった。途中でこっちの動きを『赤旗』がつかんだらしく、北海道で取材競争になった。このときの『赤旗』の取材妨害がいやらしくてね。遺族などに先回りして、文春の記者は約束を平気で破るとか、立花隆はどういう人間か知ってるのかとか、誹謗中傷を並べ立てるんです。

　共産党に潜入していたスパイの取材は面白かったけど、実はこっちの取材班の中にもスパイが入っていたんです。これにはびっくりしましたね。彼は『文藝春秋』編集部で記者として四年間働いたあと、忽然と姿を消すんです。二年の空白があって、突然、分厚い手紙が担当編集者だった花田紀凱《かずよし》君に届くんですね。「実は私は日本共産党のスパイでした。スパイとして立花さんの取材班に送り込まれた人間だったのです」という文面でした。彼はひと言お詫びをいいたかったようで、この間の心の葛藤を淡々と綴ったあと、「何年ぶりかでほんとうに心安らかな気持ちでおります」と書いていたそうです。

　そのスパイによって、こちらの取材が妨害されたり、情報がもれてしまったかといえば、実害はほとんどなかった。金とか女とか、こっちにいろいろ欠点があったら、書き立てていたにちがいないから。あのころは編集部でいろんなバクチをやったんです。机の上で十円玉をポーンとはじいて、向こうの端っこ、落ちるギリギリのとこで止まったら勝ち、というバクチね。それから、ウノというカードゲームにドボンというゲームを組み合わせて、僕が新開発したウノドボン（笑）。これで結構、小遣いを稼いだ奴もいたし、例のスパイ氏もバクチには参加していたんだから、それは党には報告できなかったはずだよね（笑）。

　今にして思えば、「日本共産党の研究」は、共産党に関わった百万人を超える人々に影響を与えたのだから、ある意味で、「田中角栄研究」以上のインパクトがあったかもしれません。

■ハウスキーパー、『死霊』の埴谷雄高

話のついでに、『死霊』で知られる作家の埴谷《はにや》雄《ゆ》高《たか》（一九〇九～一九九七年）さんとちょっとした関わりがあったのでそれを話しておきます。

先のリンチ共産党事件で中央委員の小畑達夫がスパイの嫌疑をかけられたとき、同じく中央委員の大泉兼蔵も査問にかけられていました。

共産党にはハウスキーパーという存在がいました。ハウスキーパーというのは、共産党が地下に潜る幹部に付ける女性で、身の回りの世話から下半身の面倒まで見た存在なんです。それで、大泉には熊沢光子というハウスキーパーがいました。

共産党シンパの女性にとって、幹部のハウスキーパーになるということはすごく名誉なことでしたから、熊沢は大泉に身も心も捧げて一所懸命に尽くした。しかし、大泉をスパイと疑った党員たちからは、彼女もスパイにちがいないと疑いをかけられて、大泉がリンチされているときに、身柄を拘束されるのです。

で、大泉はリンチに屈して、自分が特高のスパイであることを自白するんです。小畑は何も自白しないうちに死んでしまう。一方、熊沢は死をもって身の潔白を証明しようと、大泉と一緒に死ぬつもりでいた。そうこうしているうちに大泉は必死で外に逃げ出して、

戦後までずっと生きるんです。ところが、熊沢は自分がそうとは知らずにスパイだった大泉に身も心も捧げていたことを痛切に悔やんで自殺してしまうんです。ちなみに、その辺の詳細を書いたのが、『幻の塔　ハウスキーパー熊沢光子の場合』（山下智恵子著、ＢＯＣ出版部）という本です。

　大泉は全農という共産党系農民運動の指導者でした。同じ時期に全農の事務局にいたのが埴谷雄高さんでした。埴谷さんは大泉よりも先に逮捕され、相当長く獄中にいました。その間に大泉は埴谷さんの奥さんだった女性に、自分のハウスキーパーになれといってきたのだそうです。彼女はそれを断固として拒んだものの、もしそれを承諾していたら、彼女が熊沢光子の立場に立たされていたところだったんだ、と埴谷さんはしみじみと述懐していました。

　僕は埴谷さんと晩年親しくしていて、本をいっしょに作ったりしていたので（『無限の相のもとに』平凡社）、そういうエピソードを聞くことができたんです。大泉のハウスキーパーにされかかった奥さんとも、生前お目にかかったことがあります。

　埴谷さんとどこで親しくなったのかというと、一九七五年に『中核VS革マル』を出したときに、そのオビに推薦の言葉をいただいたからです。ダメもとで頼んでみたら、意外にも快諾してすぐに書いてくれたのです。

僕ら安保世代の人間にとって、埴谷雄高は足元に近づくのすらおそれ多いくらいの尊敬を受けていた人ですから、「できたよ」といわれて、吉祥寺のお宅まで編集者といっしょにオビの原稿をもらいにいったとき、ガチガチに硬くなっていたのを覚えています。

【第八章】 ロッキード裁判批判との闘い

■ロッキード裁判はじまる

少し前に、田中角栄について二十年間で一万枚以上もの原稿を書いたと話しました。それはもちろん、ロッキード裁判がはじまったからなんです。一九七六（昭和五十一）年七月、米ロッキード社の航空機売り込みをめぐり、田中は受託収賄と外国為替及び外国貿易管理法（外為法）違反の容疑で逮捕されます。それで、『朝日ジャーナル』で「ロッキード裁判傍聴記」という連載をはじめることになったんですね。

公判には毎週行きました。中だるみで面白くないときもあってよく居眠りしていたんですが、不思議なもので、大事なときには目が覚めるんです。つまんないときは記事はなしで、結局、書いたのは一カ月に一回ぐらいのペースで、延べ六十八回書きました。

あの公判が面白かったのは、裁判の中に世の中で起きた生ネタがどんどん出てきたことです。たとえば、田中の榎本敏夫秘書の別れた妻・榎本三恵子が決定的な証言をした「ハチの一刺し」とか、浜田幸一がラスベガスの賭博で大負けした損金を小佐野賢治が肩代わりしたとか。それともう一つは、田中角栄、小佐野賢治、児玉誉士夫という、戦後の怪物三人組が、この事件で三人とも引っかかったことなんです。事件の背景を含めると、ロッキード裁判というのは、戦後の日本そのものという感じがあるんですね。

最終的に、田中は有罪判決を受けるんだけれども、あのときの検察上層部の意志は、角栄を有罪に持っていくという方向で完全に固まっていたわけでもないんです。検察にしてみれば、田中が逮捕されたあと、その力をもっと増やしてくるということはまったく予想外だったでしょうからね。検察は田中を逮捕して起訴に持ち込んだら、もう田中の力はなくなると思っていたし、みんながそう思っていた。田中の力がそのあとどんどん膨らんでいく過程で、検察には孤立した危機感みたいなものが

1983 年 1 月、ロッキード事件一審論告求刑の日。東京地裁の前で。

あったんです。だから、検察はよく最後までやり遂げたと思います。やはりあれは、総理大臣に三木武夫、検事総長に布施健という二人がいたからできたんですね。

ほかに裁判の印象的なシーンをいくつか話しておきますと、初公判で田中が泣く場面です。事実関係の陳述が終わり、「所感と意見」に入ったところでした。そこまではいつもの田中節《ぶし》で余裕しゃくしゃくだったのに、「所感」に入ってから突然絶句し、「ウー」、「エー」と奇妙な呻き声が聞こえたかと思うと、急に早口で原稿を読み上げる。陳述が進むにつれて、どう隠しようもなく泣いていることが、全法廷に明らかになってきました。「痛恨の極み、無念至極」「完膚なきまでに痛めつけられ」「死よりもつらい」「いわれない非難攻撃」「万死に値する」「これに勝る不名誉はなく」……こういうくだりで、涙がドッとあふれ出てくるようでした。途中から、証言台の上に両手をバッタリつき、頭をたれ、涙をぬぐおうともせず、数秒間、呻き声しか聞こえなかったときもありました。あれは、あの場にいた人しか知らない、すごい場面です。

大の男が、しかも総理大臣までやった男が、いまなお日本でもっとも権力があるといわれている男が、人前で声をたてて泣くところを見せつけられれば、誰だって心を動かされずにはいられません。あとで、傍聴していた報道関係者の一人が、「オレもあれを聞いたときには、ほんとに田中はやっていないんじゃないかという気になったよ」といったんですが、僕も一瞬ではあるけれども、そんな気がしました。男の涙にはしばしばそれくらいの力がある。

もしあの場面がテレビで中継されていたら、田中は一挙に世論を逆転させることができたかもしれません。

ずっと後の公判になりますが、決定的だと思ったのは、榎本敏夫の被告人質問をやって、一通り検察、弁護側の尋問があったあとに、裁判官が質問するんです。あれで榎本のアリバイやら何やらが支離滅裂になっちゃった。裁判官の質問があまりに鋭すぎたんですね。あれはすごかったです。

質問に対して返ってきた答えにまた質問を重ねる形で、矛盾を突いてくる。だから、榎本はおろおろして支離滅裂になっちゃったんです。それを弁護人が助けるわけにもいかずに、呆然として見ている。あの時もう弁護団は、裁判官の心証がはっきりわかったんだと思う。これはもうダメだとね。

公判の最終局面で、田中の被告人質問をやるかどうかが問題になって、堀田力検事が、被告人質問をやりますといったときの、田中の顔がすごかった。怒りで真っ赤に充血した顔で堀田さんを睨《にら》みつけてる。堀田さんが喋ってる間、ずーっとです。でも堀田さんは、いくら睨みつけられても平気な顔で、しゃあしゃあとして喋る。いささかもひるむことなく、いつもの冷静さで、緻密な論理で田中を追いつめていきました。しかも、この日ばかりは、「被告人田中角栄」と呼び捨てです。ますます田中は怒るけど、どうしようもない。屈辱感が怒りに形を変えて顔に噴き出しているようでした。人間がこれほどすさまじい怒りを無言で顔貌のみをもって表現しているさまを僕はかつて見たことがありませんでした。

この田中の熱い怒りと検察官の冷たさとは、見事なほどの対照をなしていました。これは、ロッキード裁判の六年間の法廷を通じて、もっとも印象に残る場面の一つでした。

一審で有罪判決、二審でも有罪、最後は最高裁まで行くんだけれども、田中は病気で倒れるまでは死に物狂いだったんですね。田中はキングメーカーとして「闇将軍」とかいわれていたんですが、実際は、自民党内部ですさまじい権力闘争を繰り広げていたわけです。派閥内部でも計り知れないようなストレスがあって、竹下登が創政会（のちの経世会）を旗揚げし、最後は「趣味は田中角栄」といっていた二階堂進までが出て行ってしまう。酒量はどんどん増えていって、オールドパーを浴びるように飲んで、創政会が設立されたちょうど二十日後に脳梗塞で倒れてしまうわけです。

田中が病に伏すと、あのころ盛んにあった裁判批判や、田中支援の言説というのは、あっという間になくなっちゃった（笑）。裁判についてもの申していた連中は、これは田中擁護のためではなくて、司法の正義を守るためだとか何とか、そういうお題目を唱えていたんだけれども、そんなの田中が力を失ったとたんにみんななくなっちゃいましたね。

しかし、あの裁判というのは謎だらけでした。細かくあげていけばいくらでもあります。中曾根康弘が事件にどこまで絡んでいたのかとか、機種選定でロッキードが決まったときに用意されたはずの、ダンボール一箱分の新札がどこに消えたかわからないとか。ダグラス・グラマン事件にしても、第四次防衛大綱の輸入軍用機選定をめぐる疑惑が噴出してきて、ロッキード事件と絡み合ってくる。岸信介元首相の突然の政界引退は、どう考えても検察との話し合いで辞めたとしか考えられない節がある。検察の捜査は、秘書の周辺から岸そのものに迫っていたんですね。

死者がつぎつぎと出たというのも、この裁判の特徴でした。田中の運転手・笠原の自殺、日商岩井の担当者・島田三敬常務の飛び降り自殺、児玉誉士夫とロッキード社の通訳だった福田太郎の死、丸紅の松井直副部長の死……いつも事件の鍵を握っている人物がぽっと死んでしまって、捜査が行き詰る。大事な人がみんな、とても自殺なんかしないような状況で死んじゃうんです。

■角栄再評価の風潮は、冗談じゃない

ロッキード裁判の途中、一九八二年一月から『週刊朝日』誌上で「《田中新金脈》追及」の連載がはじまり、八四年七月から同誌で「再開・立花隆の田中新金脈追及」の連載がはじまります。

田中は一九七四年の秋に、金脈問題のスキャンダルによって総理大臣の座からすべり落ちますが、この追及シリーズは、田中問題の原点をもう一度問い直すということではじめられたものです。というのは、ロッキード事件以後、田中金脈の問題はロッキード事件の蔭にかくれてしまい、世人もそのことを忘れてしまう。田中にいたってはそれをよいことに金脈については頬かぶりのままで通そうとしていたからです。

ロッキード事件は裁判によって決着がつけられますが、金脈問題は、それでは決着がつきません。あの金脈そのものはどうなったのか、田中の釈明はなくとも、あの金脈マシーンだけはストップさせたのか、それともいまだに健在なのか、そこを再調査してみたわけです。

結果としては、田中金脈はあれ以後もひとときも休むことなく活動をつづけ、その後ますます拡大発展をとげたばかりか、そのいかがわしさ、あくどさの度を加えていたんですね。

このシリーズが暴露したことによる成果はきわめて大きく、田中が総理大臣をやっていれば、もう一度退陣しなければならなかったほどの中身がありました。とくに、金脈ユーレイ会社の帳簿を暴いたこと、田中角栄自身が一連の金脈操作に直接采配をふるっていたことを関係者の証言によって明らかにしたこと、田中とユーレイ会社の間で巨額の株ころがしをして所得を移転する経理操作が行われていたことを明らかにしたこと、関連会社が文書偽造までして公共事業を受注していたこと、謎につつまれていた新しい金脈ユーレイ会社の果たしている役割を明らかにしたこと、田中の資金状況が苦境に陥りつつあることを明らかにしたことなど、シリーズで明るみに出たことはあまりにも多いんです。いくつかの問題は国会でも取り上げられました。

連載が終わってみれば、『文藝春秋』の「田中角栄研究」でやったことなんか、ほんの入り口にすぎなかったことがわかります。それができたのは、ひとえに朝日新聞の記者たちと、とりわけ、『週刊朝日』の蜷川真夫デスクと当時はフリーだった井出耕也氏や社会部記者の落合博実氏らの取材力によるものです。彼らの取材力というのは本当にすごかった。彼らの協力があってはじめて書けた部分が多いんです。

この連載は『田中角栄　新金脈研究』（朝日文庫）としてまとめられましたが、読者は少しでも読めば、田中金脈の怪奇な実態に驚くはずです。これが一時は日本国の総理大臣をつとめた男のやったことかと信じられない思いがするはずです。政治の表面ではいろいろ偉そうなことをいっていても、裏にまわるとさもしい金儲けと税金逃れに精を出していたのが、田中角栄という男の実像なんです。

田中は、金儲けと税金逃れはほとんど病気の域にたっしていて、何を見ても金儲けと結びつけずにはいられない、そういう男でした。総理大臣時代、田中番の記者が田中の車に同乗していて、車窓から空き地が見えると、あそこは坪いくらで買えて、どういう商売をすれば儲かるという講釈をたれるのに辟易したといいます。全日空の若狭得治社長は、田中のところに航空路線の話をしにいったら、田中がそれは何十億円の価値があると話し出すので、この人は何でも金銭に換算してものを考える人なんだと思ったといいます。

金儲けは、田中においては病的な本能だったんですね。こういう人は実業家のままでいればよかったのに、なまじ政治的野心を持ったばかりに、末代まで恥をさらすことになったわけです。

とはいえ、ここ何年か前から、田中角栄を再評価する本が何冊も出ました。名言集やら、その昔、角栄に向けて「君 国売り給うことなかれ」で一石を投じた石原慎太郎氏にいたっては『天才』（幻冬舎）などという本まで書きました。僕にいわせれば、冗談じゃないよ、いい加減にしてほしいという気持ちです。

確かに、仕事で周囲にいる多くの人間に忌み嫌われた娘の田中真紀子とちがって、父の角栄は周囲の誰からも好かれたし、その人心掌握術にはすごいものがありました。

しかし、角栄政治がもたらしたものを冷静かつ客観的に評価するなら、基本的に害毒以外の何ものでもありません。角栄の時代はよかったなどというのは、競馬で身上をつぶした男が、三十年前に大当たりを二、三度取ったことを思い出して、「いやあ、あのころはよかった。天才的な予想屋がいて、その通りに買ったら当たりつづけだったよ」などと懐かしがるのと同じです。実際にはその予想屋も外れが多くて、その通りに買ってトータルするとマイナスになっているのに、外れはみんな忘れてしまうみたいなものです。

■ロッキード裁判批判キャンペーンとの闘い

時間は前後しますが、一九八三年十月十二日、田中角栄に対して、「懲役四年、追徴金五億円」の一審有罪判決が下ります。僕が厄介なことに引き込まれるのはそれからなんですね。一審判決からほどなくして、『諸君！』でロッキード裁判批判キャンペーンがはじまったからです。

『諸君！』一九八四年新年号に渡部昇一（一九三〇〜二〇一七年、上智大学名誉教授）氏による「『角栄裁判』は東京裁判以上の暗黒裁判だ！」が掲載されたのを皮切りに、

●同年三月号・渡部昇一「角栄裁判・元最高裁長官への公開質問七ヵ条」
●同年四月号・渡部昇一・伊佐千尋「『角栄裁判』は〝違憲合法〟だ！」
●同年五月号・石島泰「『角栄裁判』は〝司法の自殺〟だ！」
●同年六月号・井上正治「『角栄裁判』は主権の放棄だ！」

とつづきました。

僕は当初、この裁判批判キャンペーンがつづくのを黙ってみていました。渡部昇一氏の最初の論文をパラパラとめくってみて、その内容があまりにもお粗末だったので、こんなものが社会的影響力を持つはずがあるまいと思ったからです。しかし、渡部氏のような人

が一人で奮闘している間はともかく、石島泰氏や井上正治氏のような、法曹界でそれなりの盛名を得ている人がキャンペーンの中心になってくると、そのインパクトもまたちがってきます。

　石島氏の「司法の自殺論」は、五十ページに及ぶような大長編で、広告もほとんどこれ一本で売るという極端な宣伝政策がとられました。

「メーデー事件、松川、砂川両事件で勝利を収め、吉田石松巌窟王事件で再審への道を切り開いた〝日本一の刑事弁護士〟が、ロッキード裁判の有罪判決を完膚なきまでに批判して言い切る、これはもう日本の刑事裁判の自殺だ！」

　という宣伝文句を読めば、石島弁護士の名前など知らなかった人でも、ロッキード裁判には何かおかしなことがあったのではないかと思ったはずです。つづく「主権の放棄論」に登場する井上正治氏は、中核派や連合赤軍など過激派の弁護人としても知られた人ですが、編集部はこう宣伝文句をつけるわけです。

「日本の刑法学の権威が言い切る。刑事裁判は優れて主権の表現である。この裁判は史上最も恥ずべき裁判だ！　そして、そもそも総理大臣の職務は刑法一九七条の『収賄罪』になじまない！」

これら一連のセンセーショナルな裁判批判キャンペーンをプロモートしていたのは、『諸君！』の堤堯編集長（当時）でした。堤氏は、キャンペーン当初は、編集者として黒子の役に徹していたんですが、石島氏と井上氏の二本の記事においては、編集長インタビューの形式をとって、正面から登場してくる。そして、しばしば、当の発言者よりも過激な意見を開陳し、座をリードしていくんですね。

僕はこの編集長を個人的によく知っていました。僕が文藝春秋に勤めていたころ、同じ編集部にいた先輩で、よく一緒に組んで仕事をした話はすでにしました。なにしろ、新入社員として入った『週刊文春』で、書き手である彼の下について取材をしましたから、取材のイロハを教えてくれたのは堤さんでした。

ふだんは頭脳明晰でバランス感覚もすぐれている人なんですが、一方で思い込みが激しく、いったんこうと思い込んだらそれを貫こうとする性癖があった。で、何かを悪であると思い込んだら、これを徹底的に攻撃するキャンペーンをはることになる。思い込んでしまうと、目隠しを付けた競馬ウマと同じで、別の意見などにはまったく耳をかさず、とにかくまっしぐらに突っ走るところがあるんです。

この編集長から、井上正治氏の「主権の放棄論」が出た次の号に反論を書かないかという申し出があった。

その一貫した裁判批判キャンペーンの展開の仕方からして、『諸君！』はすでにあまりに偏向したメディアであることは明らかでしたが、僕はかねてからこの編集長を、考え方はちがっていても、個人的に論争して面白い相手だし、またフェアな論争ができる人だと思っていたので、その申し出を受けました。それまでのキャンペーン記事を通して読んでみて、あまりに事実問題の誤りが多いことに驚き、これはこのまま放っておいたらとんでもないことになると思ったからです。

反論の形式は、石島氏や井上氏と同じく、編集長インタビューを受けるという形になった。こうして出来上がったのが、『諸君！』一九八四年七月号の「立花隆の大反論」（『巨悪vs言論（上）』〔文春文庫〕所収）です。その冒頭で、これまでの一連の裁判批判論をどう読んだかと感想を聞かれたので、こう答えています。

《実は、それらの所説をこれまでまともに読んでなかったのです。新年号の渡部さんのをちょっとだけ読んでみたら、あまりにお粗末な議論なので、こんなものに付き合うのは時間の無駄と思い、あとは新聞広告でタイトルを見るだけで、世の中アホなことをい

「角栄裁判」批判を批判する！

立花隆の大反論

こんな論議がまかり通って、もし角栄が無罪にでもなったら、それこそ「司法の自殺」だ。あいつぐ「角栄裁判」批判を、当代きっての〝角栄ウォッチャー〟はいかに読んだか。五月号「石島発言」を中心に据えて反論する！

石島泰氏

井上正治氏

24

立花隆の大反論

本誌　新年号以来、「角栄裁判」について、憲法三一条にいう「法の手続き」において、この裁判は欠けるところがあるという諸先生方の所説を掲載してきました。新年号の渡部昇一氏「角栄裁判は東京裁判以上の暗黒裁判だ！」に始まり、五月号の石島泰氏「角栄裁判は司法の自殺だ！」、六月号の井上正治氏「角栄裁判は主権の放棄だ！」、いずれも各方面に大きな波紋を呼びました。立花さんは、いわゆる「田中金脈」を追及して総理辞職のキッカケを作り、ロッキード裁判をはじめから終りまで傍聴して、その「傍聴記」をものされておられる。今日は、その立花さんにこれらの所説をどう読まれたか、伺いたいと思います。

立花　実は、それらの所説をこれまでまともに読んでなかったのです。新年号の渡部さんのをちょっとだけ読んでみたら、あまりにお粗末な議論なので、こんなものに付き合うのは時間の無駄と思い、あとは新聞広告でタイトルを見るだけで、世の中アホなことをいう人がいろいろいるものだと思っていただけでした。しかし、このところいろんな人から反論しなきゃいけないんじゃないかと言われて、まとめて読んでみましたが、率直に言ってビックリしました。こういう所説がまかり通ること自体、石島さんの表現を逆に用いれば「慄然たるもの」すら感じます。こういう議論が通って、田中裁判で何かとてつもなく、おかしなことを裁判所がやっているのだというような誤った認識が世の中に広まっていったり、あげくに、田中が石島さんの「忠告」を入れて最高裁判事の首のすげかえをやって、上級審で「田中無罪」などという事態になれば、それこそ「司法の自殺」だと思います。

本誌　編集方針に対するご批判とすれば、ひと言。日本人には「官は過たず」というか裁判批判をタブーとする意識があるわけですね。しかしそれでいいのだろうか。ウチの雑誌が裁判批判を始めたのは、何も今年になってからではありません。三年前、伊佐千尋氏に「司法の犯罪」のタイトルで一年余の連載をお願いしたこともあります。昨年の五月号で

25

「立花隆の大反論」の誌面。

う人がいろいろいるものだと思っていただけでした。しかし、このところいろんな人から反論しなきゃいけないんじゃないかと言われて、まとめて読んでみましたが、率直に言ってビックリしました。こういう所説がまかり通ること自体、石島さんの表現を逆に用いれば「慄然たるもの」すら感じます。こういう議論が通って、田中裁判で何かとてつもなく、おかしなことを裁判所がやっているのだというような誤った認識が世の中に広まっていったり、あげくに、田中が石島さんの「忠告」を入れて最高裁判事の首のすげかえをやって、上級審で「田中無罪」などという事態になれば、それこそ「司

法の自殺」だと思います。》

つづけて、編集長とのやり取りを通して、この編集長や裁判批判論者たちの事実誤認や論理的誤り、法律的誤りを徹底して指摘しました。

■何の根拠もない暴論の山

この「大反論」に対して、『諸君!』の翌八月号は、次の二本立てで応じてきました。

●匿名法律家座談会「立花流『検察の論理』を排す」
●伊佐千尋・沢登佳人「『角栄裁判』は宗教裁判以前の暗黒裁判だ!」

これを読んで僕は唖然としました。とくに前者の匿名座談会です。これは、僕の「大反論」のあちこちを引用しながら、「大反論」がはじめから終わりまで間違いだらけで、その間違いは「素人の方だから」と、僕が法律に無知なるが故に犯された間違いだとしていました。僕が信頼していた知人でさえも、これらの論文を読んで、「今度ばかりは、キミも旗色が悪い」といったほどでした。しかし、事実はまったく逆で、彼らのほうが事実誤認や論理的誤り、法律的誤りを山のように犯していたわけです。

この後参入してきた裁判批判論者をざっとあげておくと、先の人々に加えて、加瀬英明（外交評論家）、小室直樹（評論家）、佐藤欣子（弁護士）、俵孝太郎（評論家）、秦野章（元警視総監・元法務大臣）、林修三（元内閣法制局長官）、松永光（元大蔵大臣・弁護士）、円山雅也（弁護士）、山本七平（評論家）の諸氏がいました。

議論の水準は玉石混交でした。そのまま田中弁護団の弁論に援用できそうなものもある一方、まったくの事実誤認と、誤った法律知識にもとづいて書かれた、箸にも棒にもかからないものもあり、量的にいえば後者のほうが圧倒的に多かった。

とくに俗耳に入りやすい議論ほど初歩的な誤りが多く、論争へ二次的、三次的に参加してくる者たちは、初歩的な誤りに簡単に足をすくわれていました。その結果、さまざまの誤りに満ち満ちた議論と認識とが、とめどもなく広がっていったのです。さながらがん細胞の増殖を目のあたりにする思いがしました。世の中の認識が総体的に狂いだすときというのはこんなものかと思い、まさに「慄然たる」思いがしたものです。

しかも、件《くだん》の『諸君！』編集長は『文藝春秋』編集長へと移り、部数五十万部の大雑誌を舞台に得たことでますます張り切り、再び渡部昇一氏を起用して、何の根拠もない暴論を繰り広げていきました。

僕が呆れ果てたのは、この提編集長も渡部氏も、僕に完膚なきまでに反論されたことなどキレイさっぱりと忘れ去り、バカのひとつ覚えのように、僕の「大反論」を「デマ」と決めつけていたことです。しかし、このデタラメな主張は、五十万部というメディアの力を借りて増殖しバラまかれていきました。

とはいえ、いまにして思うと、堤さんは本気で「角栄裁判は暗黒裁判だ」と思っていたわけじゃないんじゃないか。こうしたメディアのゲームをけっこう楽しんでいたんじゃないかという気もするんですね。彼からこんなひどい目に遭わされたのに、不思議なほど腹は立たなかったことを覚えています。

僕はそれまでに、田中金脈と田中裁判のためにちょうど十年を費やしたところで、もうこれ以上、田中にかかずらわって生きるのは真っ平ごめんと思っていたのです。もうこれ以上、田中に人生を奪われたくないというのが正直な気持ちでした。

もし反論するとするなら、徹底的にやらなければ意味がありません。そのためには大変な紙数が必要になるし、それに費やす時間とエネルギーが膨大になることも容易に予測できました。そのつもりにはどうしてもなれなかったのです。しかし、誰かがそれをやらなければならないし、徹底的な反論となったら僕以外にはそれができる人がいないだろうこともわかっていました。反論すべしという気持ちと、したくないという気持ちで自分が真っ二つに引き裂かれたまま、数カ月をすごしました。精神的にこれほど苦痛を感じさせられた日々は、僕の人生においても稀でした。

結局、我慢に我慢を重ねたすえに、しかし、これはいよいよもって放置できないと、僕は思うようになったのです。ここで徹底的に反論しておかないと、デタラメが真実になり、真実がデタラメにされてしまう恐れが十分にあったからです。反論の筆を取ることに決めたのは、八四年の十月に入ってからでした。そこで、僕は誌面提供を申し出てくれた『朝日ジャーナル』に書くことを選びました。

■死んでも死んでもよみがえってくるゾンビのように

そこからの裁判批判との長い闘いは、『ロッキード裁判批判を斬る（1・2・3）』（朝日文庫）におさめられています。

この連載の中心軸は裁判批判の論点でした。誰か特定の人物の特定の批判論が中心になっているのではありません。渡部昇一氏は、たしかに量的には一番多くの裁判批判論を書いていました。しかし、質的にはたいへん水準が低く、いわば汁がジャブジャブの雑炊のようなもので、量は多くとも内容的にはきわめて貧しいものでした。したがって、渡部氏が言及した論点については、それを取り上げる際には、より水準の高い、より手強い議論をすすんで取り上げたんです。

知的水準からしてみれば、渡部氏の論（立花個人批判を含む）はまったく重要ではなかったのですが、絡んでくる執拗さにおいては最大の裁判批判論者でした。大学教授という立場もあるだろうに哀れなことだと思いつつも、あまりにしつこいので、こちらも仕方なくお相手をした。

しかし、彼は自分の所論がどんなに反論され、論破されても、カエルの面《つら》に小便で、平気で論破されたばかりの議論をそのまま繰り返すという論壇人としては信じ難い性癖の持ち主でした。まるで死んでも死んでもよみがえってくるゾンビのように、「バカのひとつ覚えを繰り返す」様にはほんとうにウンザリしました。

前掲書にはこんな一節があります。

《渡部氏の所説が、ほとんど一節ごとに誤っていることを、これまで詳細に指摘してきた。その誤りの密度の濃さは、ほとんど信じ難いほどである。おそらく近代言論史上において、定評ある言論誌にのった定評ある（？）言論人の論文の中で、渡部氏のそれは、その誤謬密度の濃さにおいて白眉をなすものといっても過言ではあるまい。

一個の言論人として、言論誌において何事かを批判して論を張る以上、いかに素人であれ、デタラメのならべ放題でよいという道理はない。デタラメはいわないという言論人として守るべき最低限の倫理からは、いかに自分が専門外の事項について口をはさむ場合でも免責されないのである。言論誌で論を張った以上、それがデタラメであったらその責任を追及されて当然である。それがいやなら、言論誌で論を張ることなどせず、床屋のオヤジか茶飲み友達相手の雑談にとどめておくことだ。》

結局、当の渡部氏は、『朝日ジャーナル』編集部が反論のページはいくらでも割くと申し出ているにもかかわらず、僕の指摘に対して反論らしきものはまったくできずに、言い訳だけを残して尻尾を巻いて遁走したのでした。

『諸君！』を舞台にして登場してきた山本七平氏も、その水準はといえば渡部昇一氏と大同小異で、裁判用語の無理解と単なる事実誤認にもとづき妄想を繰り広げて「裁判批判」と称しているだけでした。

もう少しまともな論者は、先に出てきた法律のプロであるはずの石島泰氏、井上正治氏、林修三氏、そして匿名法律家と称する人々でした。彼らの批判も完膚なきまでに粉砕したのですが、議論は長くなるので、ご興味のある方は、前掲書の『ロッキード裁判批判を斬る』をお読みいただきたいのですが、一点だけ指摘しておきます。

それは検察側の証人として出てくるロッキード社のコーチャン氏（副会長）やクラッター氏（元東京駐在事務所代表）ら米国人のことですが、彼らは来日して日本の法廷に立つのはいやだと言っていた。証人尋問ができないことに代わって、「嘱託尋問調書」というものがアメリカで作られ、それが証拠採用されました。そのため、裁判批判論者たちは、「田中角栄被告はただの一度も最重要証人に反対尋問する機会を与えられることなく有罪を宣せられた」と主張したのです。この言葉が現在でも生き残っていて、石原慎太郎氏の前掲書『天才』にも、その一節が出てきますが、これは完全な間違いです。

詳しいことは『ロッキード裁判批判を斬る（3）』を読んでいただきたいのですが、そもそもコーチャン氏やクラッター氏は「最重要証人」ではないし、この「嘱託尋問調書」への「反対尋問」は、公判初期の段階で徹底的になされていたのです。被告側にはやりたいだけやらせたと言っても過言ではないほどです。

田中弁護団が「反対尋問」を再び言い出したのは、裁判の最終段階にさしかかろうという時で、それは田中側が審理済みの問題をむし返して単に裁判の引き延ばしを目論んだからです。その意図はみえみえだったからこそ、裁判所は、「田中側の反対尋問請求」を斥けたのです。もし仮に、コーチャン氏やクラッター氏への反対尋問がなされていたら、田中側にとっては不利なことしか出て来ないはずで、不利な証言内容が一〇〇パーセントの証拠能力付きで固まってしまう。だから、田中側が本気で尋問請求をしたわけではないことが明白でした。

裁判批判論者の多くは、田中裁判の「判決」と「決定書」しか読んでいなかった。この「嘱託尋問調書」問題もその典型的な一例ですが、経過があって結果があるわけであって、経過を知らなければ結果を読み間違えるわけです。

『ロッキード裁判批判を斬る（3）』のあとがきには、こんなことが書いてあります。

《はじまるまではいやで仕方がなかった仕事だが、はじまってからは、覚悟をきめて、腹をすえ、腰をすえて、とことんやることにした。

はじめてみれば、いやな仕事も面白かった。まず、これはあまりいいことではないのかもしれないが、いやな奴をやっつけることには快感があるものである。論争はケンカである。ケンカには勝たなければならない。ケンカをはじめる前から勝つ自信はあったが、実際に、自分の腕がくり出したパンチが相手のアゴを的確にとらえたときの手応えはまた格別なものである。

だが、それはなかなか簡単なことではない。相手の議論のどこに弱点があり、どこをどう突けばそれが崩れるかを発見するのは容易なことではない。相手もそれ相応の論客であるから、いちおう表面的にはもっともらしい議論として組み立てられているのである。どこかおかしい、何か間違っているということはすぐに感じるのだが、相手の誤りの核心部分を取り出して、それがなぜ間違いであるかを一般読者にわかりやすく解説するというのは、そうたやすい仕事ではない。

そのために、私は法律の原理論にまでさかのぼって、もう一度勉強し直した。一つ一つの法律の条文の解釈や、その運用のされ方、判例などを知るだけでは足りず、そもそもなぜそのような法律があるのか、その法律はいかにして成立し、いかなる歴史を持っているのか、よその国ではどうなっているのかということを調べ、さらには、そもそも法とは何であるのかというところにまで考えを及ぼさなければならなかった。あるいは、相手の論理的詐術を見破るために、もう一度論理学の本を引っぱり出したりもした。
そうした努力を積み重ねることによって、ちょっと見にはわからなかった相手の誤りを的確に剔出《てきしゅつ》できるようになる。（中略）
書きながら、これは単なるロッキード裁判批判反批判の書ではなく、法と司法制度の原理論を考えていく書であり、また同時に、論理学と論争術の実践的教科書であると思いつつ書いていった。》

ロッキード裁判批判にかぎらず、世の中には無数の誤った議論が横行しています。あらゆるジャンルにおいて、正論よりは誤った俗論のほうがはるかに幅をきかせているという思いを新たにしましたね。

よくもあんなに長く田中角栄なんかと闘いつづけられましたね、と言われることがよくあります。「角栄なんかと」というのは、おそらく、あんな巨大な時の権力者と、という意味でしょうが、僕にしてみれば、自分にとって角栄は中心的なテーマではないという意味もあります。にもかかわらず、なぜかくも長きにわたってやれたのかというと、僕はすべての時期において角栄だけではなく二重三重のテーマを追いかけていたからです。だから、知的欲求は他のテーマによって満たすことができたのです。

たとえば、角栄と並行して『中核VS革マル』も『日本共産党の研究』もやっていたし、『宇宙からの帰還』もやっていました。僕は正義をふりかざして悪を追及するタイプのジャーナリストではないし、何が何でも角栄について書かなければならないのではなくて、同時にいくつもやっていたからこそ、あんなに長くやれたわけです。もちろん、角栄だけでは食べていけないという根本的に経済的な理由もあります。別のいいかたをすると、いろんな仕事をする間口の広さが、人脈的にも、心のゆとりとしても、一貫してあったから角栄と長く闘えたんですね。

【第九章】宇宙、サル学、脳死、生命科学

■最初のベストセラー『宇宙からの帰還』

ロッキード裁判は、公判の開始から一審の判決が出るまでに六年半かかっています。その間に雑誌連載を経て出したのが『宇宙からの帰還』（中公文庫）です。

これは、その後僕がテーマとして追いかけることになる一連の宇宙もの――『宇宙を語るⅠ　宇宙飛行士との対話』（中公文庫）、『宇宙を語るⅡ　人類と宇宙の未来』（中公文庫）、『宇宙よ（上・下）』（秋山豊寛との共著、文春文庫）、『立花隆の「宇宙教室」』（岩田陽子との共著、日本実業出版社）、『宇宙究極の謎』（クバプロ）、『宇宙・地球・生命・脳』（朝日新聞社）、『地球外生命　9の論点』（佐藤勝彦ほかとの共著、ブルーバックス）、『脳とビッグバン』（朝日文庫）、『見えてきた！　宇宙の謎。生命の謎。脳の謎。』（クバプロ）、『宇宙の核融合・地上の核融合』（クバプロ）、『アポロ13号　奇跡の生還』（ヘンリー・クーパーJr.著、立花隆訳、新潮文庫）――の最初の本ということになります。

あの頃は、雑誌に書いた「田中角栄研究」以降もずっと角栄支配の時代がつづいてしまったために、新聞や雑誌で頻繁に政治のことを書いていました。それで権力と闘う立花隆というイメージがあったんでしょう。『宇宙からの帰還』を書いたときは、意外の感をも

『宇宙からの帰還』でオメガから表彰される。月に行ったのはオメガの時計だった。隣はアンバサダーのシンディー・クロフォード。

って受け止めた人のほうがはるかに多かった。でも僕自身としては、むしろ角栄のほうがまったく意外な仕事だったんです。それに、僕の本の中で最初にベストセラーになったのは『宇宙からの帰還』です。『田中角栄研究』なんて全然売れなかった（笑）。

僕の生い立ちの部分で科学少年だったこと、湯川秀樹博士に憧れて大学は素粒子論をやりたくて理系に行こうと思っていたことはすでに話しました。文藝春秋をやめたばかりの頃、『諸君！』が創刊され編集長の依頼を受けて、環境問題やエネルギー問題など、サイエンス関連の記事を沢山書いたわけです。だから、科学的なものへの関心はずっとつづいていたんですね。

具体的に宇宙飛行士の話を聞いてみようと思ったのは、一九七九年に『農協』（朝日文庫）の取材でアメリカに行ったときです。昔から知り合いだった三井物産のロス駐在の人が、航空機メーカーのマグダネル・ダグラスの副社長（もと宇宙飛行士だった）と知り合いだという。宇宙飛行士のその後にもいろんな人生があって面白い、という話をしてくれたんです。ちょうどその頃、『タイム』誌に伝道師や詩人、画家になった宇宙飛行士がいるという記事が出ていました。それで、彼らにとって宇宙体験とはどういう体験だったのか、その後の人生にどのような影響を与えたか、それを取材してみたいと思ったんですね。

実際の取材は、『中央公論』で一冊まるごとノンフィクションの増刊号を作りたいというんで、この企画がスタートしたんですが、その増刊号には書ききれなかったので、残りは『中央公論』本誌で六回に分けて書きました。

僕の興味の中心は、宇宙体験という、人類史上もっとも特異な経験をした宇宙飛行士たちは、その体験によって、内的にどんな変化をこうむったかということでした。人類が百七十万年間もなれ親しんできた地球環境の外にはじめて出るという体験は、それがどれだけ体験者自身に意識されたかはわからないけれども、体験者の意識構造に深い内的衝撃を与えずにはおかなかったはずだと考えたのです。

アメリカの有人宇宙飛行計画は、マーキュリー計画（一九六一～六三年）、ジェミニ計画（一九六五～六六年）、アポロ計画（一九六八～七二年）、スカイラブ計画（一九七三～七四年）、アポロ・ソユーズ計画（一九七五年）と進みました。ちなみに、僕が取材に行った八一年というのは、スペースシャトルの第一号が飛んだ年です。

取材の段取りですが、最初はまずアメリカの宇宙飛行士の経験者全員に手紙を出して、「宇宙体験はあなたにどういう精神的な影響を与えたのか」という質問をぶつけました。すると当時、宇宙に行った三十数人のうち、三分の一くらいが「それは非常にいい質問だ」と返事をくれたわけです。それに勇気づけられて、じゃあ実際に会いに行こうということになった。

ところが、担当編集者は、経費が限られているし英語も出来ないから、一人で行ってくださいという（笑）。しかも向こうへ行ってみると、取材のアレンジをしてくれるはずの人が夏休みをとっていて、いない（笑）。仕方がないから、電話してアポを取って、飛行機で移動して、レンタカーを借りてと、全部現地でひとりでやりました。

アポ取りの電話のときに、大体一時間くらい時間を取ってもらいました。実際には、話していくうちにどんどん延びていったケースもありましたが、普通は小一時間といったところ。そんなに時間がないから、わりとストレートに聞きたいことを聞くというスタイルでした。

資料集めに関しては、アポを取るかたわら、ワシントンの議会図書館に行きました。そこで、リーダーズ・ガイドという雑誌の索引目録を見て、ケネディ大統領がアポロ計画に関する演説をした一九六一年から十年分くらい、必要な部分にどんどん丸を付けていく。そして現物をバーッと見て、片っ端からコピーしていくんです。アルバイトを一人雇って、三日くらいかかりました。それを抱えてアメリカ中《じゅう》移動しては、ホテルで明日会う人の資料を必死で読んだ（笑）。

そのインタビューと並行して、ケネディ宇宙センターやスミソニアン博物館といった宇宙関連施設を全部回りました。宇宙飛行士を取材するには、彼らの仕事や生活を知らなくてはと思ったからです。

で、実際の取材ですが、宇宙飛行士というのは、基本的にはボルトとナットで出来ているタイプが多いと言われています。技術屋であまりロマンティックな人々ではない。ボーッと地球に見とれていたために、大気圏突入のための操作の時間がちょっと狂ってしまって、あやうく宇宙に弾き飛ばされかけた宇宙飛行士がいたくらいだから、基本的にはボルトとナット型じゃないと務まらないわけです。特に旧ソ連では、宇宙飛行士は同時に模範的共産党員でなくてはならないわけで、ガチガチの唯物論者で、内面の問題なんかにはまったく関心がないというタイプが多いんですね。

一方、アメリカという国は、非常に熱心な宗教国家の側面がある。だから底の底の部分では、みんな内面への関心は持っているんです。取材した飛行士の多くが、「こんなことを聞かれたのは、はじめてだ。よく聞いてくれた」とか「いままで人に充分に伝えられなかったことを、やっと伝えられたような気がする」といってくれたんですね。

■宇宙飛行士が直感した神の存在

アポロ9号に乗ったラッセル・シュワイカートは、「宇宙体験をすると、前と同じ人間ではありえない」と僕に語りました。宇宙体験の内的インパクトは、何人かの宇宙飛行士の人生を根底から変えてしまうほど大きなものでした。

スカイラブ4号で宇宙に行ったエド・ギブスンは、宇宙飛行士の共通項のくくり出しとして、「これは特筆すべきことだと思うんだが、宇宙体験の結果、無神論者になったという人間は一人もいないんだよ」と言いました。たしかに、漆黒の闇に浮かぶ青々とした地球を見たときに「神」の存在を信じた、と多くの飛行士が話したんです。

アポロ14号に乗って月面に降り立ったエド・ミッチェルは、宇宙飛行士時代に、もっとも思索的でもっともインテレクチュアルな飛行士と言われた人物です。ちょっと長くなりますが、彼と僕とのやりとりを紹介しておきます。

《――（あなたは科学者であると同時に、聖書の言葉をすべて正しいと信じる熱心な南部バプティストのクリスチャンだった。）あなたはいかにして科学的真理と宗教的真理の対立を克服したのか。それは宇宙体験と関係があるのか。

「まさしくその通りだ。私は二つの真理の相剋をかかえたまま宇宙にいき、宇宙でほとんど一瞬のうちに、この長年悩みつづけた問題の解決を得た」

――それは、宇宙体験のどの部分なのか。

「宇宙から地球を見たときだ。（中略）月探検の任務を無事に果し、予定通り宇宙船は地球に向かっているので、精神的余裕もできた。落ち着いた気持で、窓からはるかかなたの地球を見た。無数の星が暗黒の中で輝き、その中に我々の地球が浮かんでいた。地球は無限の宇宙の中では一つの斑点程度にしか見えなかった。しかしそれは美しすぎるほど美しい斑点だった。それを見ながら、いつも私の頭にあった幾つかの疑問が浮かんできた。私という人間がここに存在しているのはなぜか。私の存在には意味があるのか。目的があるのか。人間は知的動物にすぎないのか。何かそれ以上のものなのか。宇宙は物質の偶然の集合にすぎないのか。宇宙や人間は創造されたのか、それとも偶然の結果として生成されたのか。我々はこれからどこにいこうとしているのか。すべては再び偶然の手の中にあるのか。それとも、何らかのマスタープランに従ってすべては動いているのか。こういったような疑問だ。

いつも、そういった疑問が頭に浮かぶたびに、ああでもないこうでもないと考えつづけるのだが、そのときはちがった。疑問と同時に、その答えが瞬間的に浮かんできた。問いと答えと二段階のプロセスがあったというより、すべてが一瞬のうちだったといったほうがよいだろう。それは不思議な体験だった。宗教学でいう神秘体験とはこういうことかと思った。心理学でいうピーク体験だ。詩的に表現すれば、神の顔にこの手でふれたという感じだ。とにかく、瞬間的に真理を把握したという思いだった（中略）」

——その神というのはつまるところ何なのか。（中略）

「神とは宇宙霊魂あるいは宇宙精神（コスミック・スピリット）であるといってもよい。宇宙知性（コスミック・インテリジェンス）といってもよい。それは一つの大いなる思《し》惟《い》である。その思惟に従って進行しているプロセスがこの世界である。人間の意識はその思惟の一つのスペクトラムにすぎない。宇宙の本質は、物質ではなく霊的知性なのだ。この本質が神だ。（中略）キリスト教の枠組は狭い。あまりにも狭い。あらゆる既成宗教の枠組は狭い。硬化している。既成宗教の枠組の中で語ろうとすると、その宗教の伝統の重みにからめとられてしまう。伝統による人間の意識の束縛は大きすぎるほど大きい」

——すると、あらゆる宗教の神は、本質的には同じということか。

「そういうことになる。つまり、宗教はすべて、この宇宙のスピリチュアルな本質との一体感を経験するという神秘体験を持った人間が、それぞれにそれを表現することによって生まれたものだ。その原初的体験は本質的には同じものだと思う。しかし、それを表現する段になると、その時代、地域、文化の限定を受けてしまう。しかし、あらゆる真の宗教体験が本質的には同じだということは、その体験の記述自体をよく読んでいくとわかる。宗教だけに限定する必要はない。哲学にしても同じことだ。真にスピリチュアルな体験の上にうちたてられた哲学は、やはり質的には同じものなのだ』》

■無宗教者とガイア

一方、そもそも無宗教者である飛行士は、宇宙から帰った後でも無宗教者のままであったケースもあります。それは先に触れたシュワイカートの場合です。彼に神の存在を信じていないのかと尋ねると、彼はこう答えました。

《神というのは、天の上にいるヒゲを生やしたジイさんのことかね。それなら、ノーだ。信じていない。五〇年代の後半に私はキリスト教から離れた。その時点では、まだ相当に宗教的だったと思うが、その後、さらに離れた。宗教的というより、むしろ、哲学的になっていった。つまり、何かしら神的なものを仮定する必要を認めなくなっていった。そして、結局、こう考えるようになっていった。宗教というのは、一つの言語体系の問題であるということができる。つまり、宗教を含めて、この世界を観る体系的見方がいろいろある。自然科学もその一つだ。人間中心主義もあれば、理性中心主義もある。イズムは沢山ある。そして、それぞれに独特の言語体系を作ってしまっている。》

僕が大きな影響を受けた人で、『GAIA』（邦題『地球生命圏　ガイアの科学』（工作舎））を書いたJ・E・ラヴロックという人がいます。実は、シュワイカートへのインタビューの途中で、「ガイア」の話が出てきたんですね。

ガイアというのは、地球それ自体を一つのいま現に生きている生命体として見るという考え方です。地球はそれ自体が生きていると考えないと理解できないほど見事な自己調節機能をもっています。重層的なフィードバック機構によって、地球の水圏、大気圏、生命圏のさまざまな物理的、化学的、あるいは生物学的な主要なパラメータが一定レベル以上変動しないんです。これほど強い安定性が維持されているということは人体が持っているホメオスタシス機構と同じシステムが働いていると考えられるわけです。それはまた、地球それ自体が生きている証拠と考えられるわけです。

シュワイカートは、自分の宇宙体験の意味をあれこれ考えていくうちに、ラヴロックの『ガイア』に出会い、それを読んでいくうちに、自分がぼんやり考えていたことは、結局こういうことだったんだと、思い当たったと話します。「人間はガイアの中で生きている生物であることを自覚して生きていかなければならない。ガイアにとって、人間は何ものでもないが、人間はガイアなしでは生きられない」。

そして、こうもいいました。人類が宇宙に進出する時代になったということは、これまでずっと母なるガイアの胎内にいた人間が、はじめて母の胎内から外に出ようとしているということではないか。これは人類が大いなる宇宙進化の第一歩を踏み出そうとしているということなのではないか。

旧ソ連の宇宙飛行士訓練センターでの記念写真。

ラヴロックの『ガイア』が出たのは一九七九年で、シュワイカートを取材したのは八一年です。僕は取材する前から、ガイア仮説を知っていたから、スムーズにインタビューを進めることができたんです。ちなみに、ガイア仮説がどのようにして生まれたかについては、『ガイア』よりも、同じラヴロックの『ガイアの時代』(工作舎)

という本に詳しく出ています。

僕はそれまでにしたさまざまの仕事の中で、これらの宇宙飛行士とのインタビューほど知的に刺激的だった仕事は数少ないと思いました。これだけのインタビューをするために、大変な苦労をしたんですが、そのすべての苦労を忘れるほど一つ一つのインタビューは面白かった。彼らのメッセージは、つい読みすごしてしまうような軽いタッチの短いセンテンスなんですが、驚くほど深く、スケールの大きなメッセージが込められていたりするんですね。

■何でまたサル学に興味がないんですか？

その後、科学の分野でいいますと、『サル学の現在（上・下）』（文春文庫）、『脳死』（中公文庫）、『脳死再論』（同前）、『脳を究める』（朝日文庫）、『精神と物質』（利根川進との共著、文春文庫）と進むんですが、その辺りを一気に話します。

『サル学の現在』は『アニマ』（平凡社）という雑誌に連載したもので、サル学の当時の第一線にいる研究者に次々とインタビューしたものです。研究者一人に一章ずつ当てられています。

サルの種でいえば、ニホンザル、チンパンジー、ゴリラ、ヒヒ、オランウータンまで、研究の方法論としては、フィールドに出てその社会を観察するところからはじまって、遺伝学や脳科学の手法を駆使するところまで、そして、現象としては、子殺しとカニバリズムから同性愛や乱交パーティまで、サルのすべてを描いた本です。

この本の「まえがき」にも書いたんですが、今、サル学の本を書いているというと、たいていの人が、「何でまたサル学なんかに興味を持ったんですか」と反応したんですね。その度に僕は、「何でまたサル学に興味がないんですか」と問い返したものです。およそ人間というものに興味を持つ知的人間であれば、サル学に興味を持たないはずがないんです。

そもそもヒトとはいかなる存在で、ヒトのヒトたる所以《ゆえん》はどこにあるのか。ヒトと動物は本質的にどこで区別されるのか。人間性とは何なのか、何が人間的であり、何が人間的ではないのか。人間はどこから来たのか。ヒトがサルから進化したというのはどういうことなのか……。このような問いに答えようと思ったら、ヒトはサルに学ぶしかありません。

ヒトと動物とのあいだに一線を画することができるものがあるとすれば、それはヒトと、ヒトの最近縁種であるサルとのあいだに画されます。ということは、サルの何たるかを知ったときにはじめて、ヒトはヒトの何たるかを知ることができるわけです。サルのサル性を知らなければ、ヒトの真の人間性もわかりません。サルを知らずに人間論を組み立てると、これが人間性と主張するものが、じつはサルから受け継いだサル性の延長だったということにもなりかねません。このような意味において、サル学とはサル学であると同時に人間学でもあるんですね。

たとえばゲラダヒヒですが、普通、サルの社会ではお互いに避けあっていて、いったんぶつかると、戦争的関係までいっちゃうのに、ゲラダヒヒは平和共存の論理がものすごく発達しているんです。サル社会は「ボスザル」という言葉が象徴するように、縦社会のイメージが強いんですが、このゲラダヒヒはまったく違います。一頭のオスを中心とした複数のメスと子供たち、人間でいえば一夫多妻のユニットがいくつか集まって大きな統一された集団を作るんです。そして、ユニットのリーダー同士の間にはまったく上下の関係がなくて、対等、平等なんですね。

人間社会には、あらゆるサルの代表がいます。ゲラダヒヒ的人間もいれば、チンパンジー的人間、ゴリラ的人間もいる。つくづく、「人間っていうのは、何というサルなんだ」と思ったね（笑）。

■サルの多種多様なセックスは人間並み

サル学をやってものすごく面白かったのは、セックスがいろんな側面に効いてくるということでした。サルの性行動の中には、人間の性行動の多様性のほとんどがあるんです。同性愛や不倫もあるし、乱交もあります。

ピグミーチンパンジーは、ザイール川（コンゴ川）左岸域の熱帯降雨林に生息していますが、いろいろなトラブルをセックスで解消するんです。だから、オスとメスはもちろん、オス同士、メス同士もしょっちゅうやっていて、三人プレイまであって、それは人間が見て驚くほどです。セックスが挨拶がわりなんですね。そのことを書いた章には、「全員参加の乱交パーティー社会・ピグチン」というタイトルをつけました。

ほんの一部を紹介しておきます。インタビューの相手はピグチンの専門家である加納隆至（京都大学霊長類研究所教授＝当時）氏です。

《――メス同士が性器をこすり合せて楽しむというのは、他の類人猿では例があるんですか。

「いや、ありません。他には、人間のレズビアンだけでしょう」

――今、ホカホカ（メスの性器のこすり合わせ）はクリトリスを摩擦し合っているんだとおっしゃいましたけど、それは想像でいってるんですか。

「いや、ピグチンのクリトリスは大きくて、かたくふくれあがった性器の先端から突き出してましてね、メス同士が対面位で抱き合って腰をふれば、必然的にクリトリスを摩擦し合うことになるわけです」

――すると、ピグチンの性感はワギナ感覚ではなくてクリトリス感覚であるということになりますか。

「そうみたいですね。オスとメスの交尾のときも、メスはクリトリスを一生懸命押しつけるようにしてますしね。だからメスは対面位でやりたがります。それに対して、オスはどちらかというと後背位が好みらしいんですが、後背位で始めても、メスが感じてくると、途中で対面位に体位を変えたりします」

――セックス中に体位を変えるんですか。そんなことをするのは人間だけかと思っていたら。

「類人猿でもピグチンしかやらないですね。そして体位を変えるときは、必ずメスのへ

ゲモニーで、後背位から対面位に変えるんです。だからあれは、メスがクリトリス刺激を求めてるんだと思いますね」》

当時は、一年ぐらいの連載のつもりでしたが、始めてみるとやればやるほどサル学の深さと広さに圧倒されて、ついには三年五カ月の長期にわたってしまった。これでもまだ不足の感があったのですが、一九八六〜九〇年当時のサル学の全体像は伝えることができたと思っています。

■「脳死」問題での闘いがはじまる

次に思いもよらず長い仕事になったのは、「脳死」です。この記事は『中央公論』に一九八五年十一月号から八六年八月号にかけて、十カ月にわたって連載されたもので、それらに大幅に加筆して『脳死』（中公文庫）となりました。

この記事を連載することになるプロセスを簡単に述べておくと、八四年に僕はＮＨＫの教育テレビで、心臓移植と人工心臓をテーマにした番組を作ったんです。

日本初の心臓移植が行われたのは一九六八年、執刀したのは札幌医大の和田寿郎《じゅろう》教授です。その際、和田教授はドナー（心臓提供者）とレシピエント（心臓受容者）の双方を殺したのではないかという疑いをかけられて（いわゆる和田心臓移植事件）、殺人罪で刑事告発されました（不起訴処分に終わる）。そのためにそれ以降、日本では心臓移植がタブーになっていたのですが、ちょうど僕が番組を作ったころ、心臓移植の再開をめざして、心臓外科医たちが盛んに啓蒙活動に乗り出していました。

番組を作る過程で、犬の心臓移植の現場を見たりしました。一方の手術台には生命と喜びがあったのですが、もう一方の手術台の上には、冷たい死体がころがっていました。犬だからこんなことができるのだし、また、それを平然と見ていることができます。しかし、人間だとしたら、同じことはできません。ついさっきまで健康に生きていた人に麻酔をかけて心臓を切り取ってしまうことなどできるわけがありません。そんなことをしたら、そこは手術の現場ではなく、殺人の現場になってしまうからです。

だから、人間において心臓移植を可能にする唯一の条件は、心臓は生きているが、その人は死んでいるという脳死者の存在ということになります。「生きた心臓を持つ死体」という摩訶不思議な存在があってはじめて、心臓移植は可能になるのです。

そこで当然のこととして問題となるのは、脳死者は本当に死んでいるのだろうかということでした。

取材を進めていくうちに、医学界の内部に、脳死を人の死と認めることに対して強い反対ないしは疑問の声があることがわかりました。それならば、そもそも脳死とはいかなる状態で、どうしてそのような状態が発生するのかを知ることが先決問題になるわけです。

心臓移植を推進しようとする動きは活発化し、八五年五月には厚生省の「脳死に関する研究班」が全国調査の結果を発表したり、同年十二月には「脳死判定基準」なるものを発表しました。

しかし、その二つの発表は、内容的におかしいのではないかと思われるところが随所に見つかるようなものでした。これで確実に脳死の判定ができるから心臓移植をやろうという動きがでてきたのですが、この判定基準でやったら生きている人の心臓をとってしまうおそれは十分にありました。つまり、判定基準の作り方が全然論理的じゃないわけです。

しかも、この基準について厚生省がオーソライズしているわけでもなんでもなくて、研究班が作った一つの提案という形をとっただけなんです。それがなんとなく独り歩きしだしてしまって、日本的なあいまいさの中ですべてをなしくずし的に進めていこうとする部分がありました。

そして、ベースとなる脳死判定ですが、じつにいい加減なもので、明らかな誤診がいっぱいでした。当時、脳死の人からの腎臓摘出は三十件以上あったわけですが、あのようなずさんな脳死判定基準に依拠していたら、完全には死んでいない人から臓器がとられている可能性は十分にありました。

■またしても唖然とさせる『諸君！』記事

僕は脳死を人の死と認めていいと思いますが、そうじゃない立場ももちろんあります。人間のアイデンティティの最終的なありかが脳であると思うかそうではないと思うか、そこで根本的にちがってくるでしょう。

そのときに脳死というのはどういうことなのかをきちんとした上で議論することが必要なんです。脳死というのは、定義によっていろんな違った状態を指すからです。そこがまず非常に問題だったんですが、たとえば厚生省の判定基準の定義では、脳が機能的に死んでいるということしかいっていなくて、それは生物的に死んでいるということじゃないんです。やっぱり、人間が死んだというためには、脳が生理学的に死んだという状態までいかないと、本当の脳死じゃないと僕は思ったのです。

厚生省の基準はその人が元に戻らないと確認するには十分かもしれないけれども、もう助からないということとすでに死んでいるということとは別のことでしょう。

やはり何よりも必要なのは、脳死とはそもそも何であり、それは本当に人の死と認められるのかという、脳死の根本問題の解明です。

脳死問題の本質はあくまでもそこにあります。脳死を死と認めることによって心臓移植に道が開かれれば、心臓病で苦しんでいる人がこんなに助かるという情緒的な話は二の次のはずです。脳死を人の死と認めるか否かを考えるときに、そのような実利性を加味して考えてはいけません。論理的かつ倫理的に脳死が人の死と認め難いのであれば、そこにどれほどの実利性があろうとも、それは人の死と認めてはいけないんです。

僕の「脳死」連載に対して反論を唱えてきた雑誌がありました。またしても『諸君！』でした。それは「立花隆著『脳死』に医師側からの反論　『脳死鎖国』はニッポンの恥だ」という記事です。

そもそも僕の論考に対して正面きった具体的な反論はまるでなかったので、『諸君！』の記事を一応期待して読んだのですが、内容はまったくの期待はずれでした。そこには、「合理的な討論あるいは反批判」は、かけらも見られませんでした。あるのは、事実上の誤り、論理上の誤り、そして、誤読あるいは未読にもとづく中傷などでした。

それはまるで、「田中裁判批判」で執拗に噛み付いてきたときの『諸君！』と同じで、まさに僕に既視感を抱かせるたぐいのものでした。このようなものを、僕の『脳死』への「反論」と称して、一応言論誌と称する雑誌が世に流布させたことに対して、僕は驚き呆れるしかありませんでした。このことで僕が何よりもおそれたのは、このような記事によって、世の脳死に対する認識がゆがめられ、誤った世論形成と、誤った社会的決定がなされてしまうことでした。

そこで僕は「脳死」の連載をした『中央公論』の誌面を借りて、『諸君！』誌に登場した論者たちが、いかにいい加減なことをいっていたかを、かなり徹底して指摘しました。

僕は『脳死』の最終章でこう書きました。

《人が死ぬためには、一つ一つの臓器や組織がすべて完全に死ぬ必要はない。しかし、脳だけは完全に死ぬ必要がある。なぜならそれが完全に死なないことには、その人が死んでいることにはならないからだ。他のいかなる臓器死も人の死ではない。心臓という臓器の死もいまでは取換えか人工的置換えが可能だから、それだけでは人の死とならない。しかし、脳という臓器だけは、臓器死が人の死とイコールになる。

脳が死んだというときには、厳密な臓器死が求められる。心臓や腎臓でいえば、移植してもそれがすでに細胞レベル、組織レベルで死んでいるから生着しないというレベルの死である。（中略）

脳死判定を、患者の予後の判断のためでなく、臓器移植のためにおこないたいというのであれば、真の脳死が確認できるような判定基準をもう一度作り直す以外に方法はないと思う。そうすることなくこのまま臓器移植がおこなわれるようであれば、この移植には、もしかしたらまだ生きている人の臓器が使われたのではないか、という恐れとおぞましさがいつまでもつきまとうことになるだろう。》

■和田移植事件の真実

『脳死』を上梓してから、脳死をめぐってさまざまの議論が各界で繰り広げられました。

脳死をめぐる動きの中でいちばん注目されたのは、日本医師会の生命倫理懇談会が、一九八八年一月に、「脳死および臓器移植についての最終報告」をまとめ、その中で、脳死を個体死と認め、脳死状態からの臓器移植を容認するとともに、脳死の判定基準として竹内基準（厚生省基準）を基本的に認めたことでした。

この報告が出た当初は、これがゴーサインとなって、脳死者からの心臓移植や肝臓移植が続々と行われるようになるのではないかと予測されたのですが、実際には、その報告の内容に対してさまざまの異論が出たことから、脳死者からの腎臓移植が一部で行われただけでした。

僕もこの報告の内容と作られ方には異論があって、報告が出された直後から、『中央公論』誌上で、報告に対する反論を五回（一九八八年三月〜六月、八月）にわたって連載しました。それをもとに加筆してまとめたものが『脳死再論』（中公文庫）です。

この本には、さきほど触れた『諸君！』記事への反論も載せました。この反論の中に、僕の脳死をめぐる立論がコンパクトにまとめられています。

和田移植についても一章を割きました。というのは、和田移植こそが日本の心臓移植問題の原点だからです。

日本医師会の生命倫理懇談会が最終報告を発表した日、東京新聞の社説は次のように書きました（一九八八年一月十二日付け）。

「仮に脳死を人の死と認め、どんなに立派な判定基準を作っても、事に当たる医師が忠実にそれを守らなければどうしようもない。

四十三年八月、札幌医大で行われた和田心臓移植は、まだ生きている提供者から心臓を摘出したのではないか、そうでなくても移植をはやるあまり、仮死状態の提供者に治療を施さなかったのでは――と告発された。

結局、証拠不十分で不起訴になったものの、今月六日明らかになった当時の札幌地検の捜査報告書は▽提供者の脳波を測定したというのはウソ▽死亡時刻も事実と相違▽関係者が口裏を合わせた疑いが強い――などの重大な点を明らかにした。疑惑にはそれ相応の根拠があったのである。

この手術の中心人物はその後、私立医大の教授を経て、現在も臨床医療に当たっている。手術チームの一人は現在も札幌医大教授で、捜査報告書へのコメントを求められ『昔の話にこだわっているのでは先に進めない』と語ったという。移植医の中からは、和田心臓移植をめぐる疑問を検討、批判する動きもこれまでなかったようである。

過去の疑惑にきちんとケジメをつけず、むしろほおかぶりしたまま、ひたすら脳死と臓器移植の容認へと走り続ける一部の医師とその周辺の人々の体質には、国民として強い不信、不安を禁じ得ない」

世界各国で心臓移植が一般的な医療となりつつあった当時、なぜ日本で心臓移植に心理的抵抗が強かったのか、なぜ移植医に対する不信感が強かったのかといえば、不起訴処分になったとはいえ、すべては和田移植の問題に突き当たったからです。その移植が疑惑だらけの事件だったからです。現在では覚えている人も少ないでしょうから、少しだけ振りかえっておきます。

一九六八年八月八日、札幌医大の和田寿郎教授の手によって日本最初の心臓移植が行われたと報じられたとき、ほとんど全国民が拍手喝采し、テレビ、新聞は、移植を受けた宮崎信夫君の容態を連日大々的に報じました。執刀した和田教授とそのチームはまさに英雄扱いだったのです。

しかし、八十三日後に宮崎君が亡くなると、和田移植に対する疑問が次々と噴き出し、ついに和田氏は医学関係者から殺人罪で告発を受け、札幌地検の取り調べを受けたのです。容疑は二重の殺人罪でした。

和田教授は、心臓移植は二つの死から一つの生命を救い出すものだと説明していました。二つの死とは、ドナーとレシピエントの死です。ドナーは脳死していて、レシピエントは移植なしにはきわめて近い将来に確実に死ぬという重症の心臓病患者です。放っておけば二人とも死んでしまうが、心臓移植をすれば、一人の命は救うことができるという論理です。

しかし、和田移植の実態は、二つの生を二つの死に導いた二重殺人だったのではないかと疑われたわけです。

ドナーの山口義政君は、本当は脳死していたのではなく、まだ救命の可能性があったのに心臓をとられてしまったのではないか、レシピエントの宮崎君は、心臓移植を受けなければ助からないほどの重症患者ではなかったのに、移植手術を受けさせられたために、わずか八十三日で死んでしまったのではないかという疑いです。

当局の調べや報道機関の調査によって、この疑惑は次々と事実で裏付けられ、和田教授は疑惑で真っ黒になって、マスコミからは袋叩きにされました。二年間におよぶ捜査の結果、検察当局は和田教授を不起訴処分にしたのですが、和田教授の潔白が証明されたからではなく、疑惑は依然としてきわめて濃いけれども、証拠が不十分だったのです。証拠不十分の背景には、移植チームが和田教授を守るために口裏を合わせ、真相解明をはばんだことと、証拠が隠滅されたことがあります。

結局、最初の心臓移植がこのように医の倫理に根本的にもとるものであったこと、そしてその真相究明が医者の世界の閉鎖的体質によってはばまれてしまったことが、日本の医学界に深いトラウマを残したのです。

■ウソをつきまくった和田教授

さらに、日本弁護士連合会人権擁護委員会の心臓移植事件調査特別委員会の報告書をもとにして、問題点を要約してふりかえってみます。

報告書は、

「本件はドナーの山口君については作為による殺人罪、レシピエントの宮崎君についても未必の故意による殺人罪を構成すると見るのを妥当とし、両件とも仮に殺人罪を構成しないとしても、業務上過失致死罪の成立はまぬがれえない」

とまとめました。和田移植は少なくとも過失致死だったというのです。そして、

「和田心臓移植は、虚構にはじまり、虚構に終ったと言っても過言ではない。それは医療過誤の問題でもなく、医の倫理から論ずべき問題でもない。それらよりはるかに低次元の事件であり日本医学史上の一大不祥事である」

と断定しています。

実際、報告書を読んでみると、どうしてこんなに平気でウソがつけるのかと不思議なほど和田教授の言うことはウソだらけでした。

たとえば、和田教授は、宮崎君の死因は突発的なタンのつまりによる呼吸不全で、心臓移植とは何の関係もないと主張しつづけた。拒絶反応も起こさず、心臓移植そのものは成功だったと主張した。

しかし、病理解剖の結果は、免疫抑制剤の悪影響で、血小板が減少し、その結果、「高度の出血傾向」となり、末期には「腹腔内その他に大出血」が起こり、これが死の重要な一因でした。和田教授の言に反して、拒絶反応は起きていたし、それを抑えるための免疫抑制剤の使用がもたらした副作用が死因でした。

心臓移植手術そのものは技術的には比較的やさしく、ちょっと腕のある心臓外科医ならば誰でもできることで、難しいのは、手術後に出てくる拒絶反応を抑えて患者を生かしつづける術後管理です。心臓移植は拒絶反応との闘いにはじまり、拒絶反応との闘いに終わるともいわれています。

それなのに、和田教授は、拒絶反応の研究をまるでしないままで手術にとりかかり、拒絶反応が出て宮崎君の容態が急変してから、あわてて学内の他の教授に協力を求めて、免疫抑制剤の入手につとめたのです。「和田教授の拒絶反応及びその抑制剤に対する知識、経験は以上で明かな通り皆無にひとしいのである」。このような知識不足、研究不足の状態で心臓移植をするなどというのは、「全く無謀の極み」で、彼らに「心臓移植手術の資格はなかったというべきである」と報告書は断じています。

しかも、心臓の移植そのものも失敗していました。さらにいえば、宮崎君はそもそも移植手術を受けなければならない患者ではありませんでした。宮崎君の病気は、「僧帽弁の狭窄兼閉鎖不全」でしたが、僧帽弁を人工弁に替えれば社会復帰できるくらいのものでした。

ところが、和田教授は、宮崎君の心臓は、僧帽弁だけでなく、三つ以上の弁が悪い箸にも棒にもかからぬ状態で、心臓移植以外に助かる道はないと宮崎君と両親を説得して手術を受けさせたのです。

宮崎君の本当の病状はどうだったのかを判断するには、宮崎君の心臓の弁を検査してみることが必要でした。

ところが驚いたことに、宮崎君の心臓は取りだされたあと六カ月間にわたって行方不明になったのです。そして、六カ月後にようやく提出されたときには、その心臓の四つの弁は切り取られた状態だったのです。細かい説明ははぶきますが、残された弁の病理学的検索によって、宮崎君の僧帽弁は人工弁への置換だけですむ病状だったことが明らかとなったのです。

こうして、宮崎君が心臓移植適応でないことを知りながら、無理やり心臓移植手術を受けさせて死にいたらしめたことが殺人罪を構成すると判断されたのでした。

■医師団が脳死者を作り上げた

ドナーであった山口君については、もっと大きな疑惑がありました。山口君は脳死になっていないのに、つまり、まだ生きているうちにその心臓を取り出されてしまったのではないかという疑惑です。

山口君は移植手術前日の正午ごろ、海岸で水泳中に溺れ、心拍も呼吸も停止していたため、一時は絶望視されていたのですが、救急車で小樽市内の野口病院に運ぶ途中、人工呼吸で奇跡的に蘇生しました。同病院で当直医の診察を受けて、意識は戻らないものの、酸素吸入器を取り外すほどに回復しました。

しかし、当直医が帰宅したあとで、病院長の野口氏は、患者の容態が急変したから高圧酸素療法を受けさせる必要があるといって、山口君を札幌医大の和田外科に送り込みました。しかし、その夜の十時十分ごろ、山口君は脳死状態でもう助からないから、移植のために心臓を提供してもらえないかと和田教授が山口君の両親に願い出て、その許しを得て、午前二時すぎに心臓を摘出したということになっています。

しかし、調べてみるとこれがおかしなことの連続だったのです。

まず、山口君を札幌医大へ運んだ救急車の係官は、山口君が血色もよく健康そうなので、なぜ急に大学病院に転院させるのかと聞いたら、野口院長が「脳波の働きがなくなった」と説明したといいます。しかし、野口病院では脳波の測定はしていなかった。

札幌医大では、一応高圧酸素室に運ばれたが、実際には高圧酸素療法はほどこされず、すぐに手術室に移されました。結局、山口君は、心臓も動き、自発呼吸もあり、十分蘇生可能な状態であったのに、はじめから、蘇生の努力もせずに、心臓移植のドナーにされてしまったのです。

和田教授は、山口君の脳死は、平坦脳波によって確認したというが、手術室には脳波計は存在していませんでした。記録がなかったのは脳波だけでなく、心電図も血圧計も記録が残っていないし、脈拍、心音の記録もない。カルテも「一筆書」の記録があるだけという、およそまともな医療機関とは考えられないほど、何も記録が残されていなかった。これでは、証拠が隠滅されたと見られても仕方がありません。

心臓を摘出されるとき、本当のところ山口君がどのような容態にあったのかはわかりません。記録が一切ない上に、関係者の口裏合わせが成立している以上、そのとき山口君が生きていたと断定できる証拠はないわけです。だから和田教授は不起訴処分になったのです。

しかし、山口君が最終的に心臓摘出時点でどのような容態にあったかは重要な問題ではありません。心臓移植のドナーにしようという共通の目的をもった医師団が、患者を他の者の目にふれさせず六時間以上にわたって勝手に処置できれば、六時間前には健康であった人を本当の脳死者に仕立て上げてしまうことくらい簡単にできるからです。

以上で、和田移植事件が、どれほどおそろしい事件であったかがわかったでしょう。これは二重の殺人だったといってもよいのです。そして、心臓移植という医療は、きちんとしたルールづくりをした上で行われなければ、いつでも第二の和田移植事件を起こす可能性を蔵しているのです。

心臓移植はまともに行われれば、二つの死から一つの生を取り出すことを可能にしますが、まかりまちがえば二つの生から二つの死を導いてしまう。このような医療においては、そのルールは厳密なものにしておかねばなりません。どんなに非良心的な医者が出てきても、二度と和田移植と同じようなことができないようなルールを作っておくべきなのです。僕が脳死判定基準の厳密さにしつこくこだわったのは、そうした理由によるのです。

■ノーベル賞受賞の利根川進博士にロングインタビュー

一九八七年十月、利根川進博士が、日本人としては初めてノーベル生理学・医学賞を受賞しました。受賞理由は、「抗体の多様性生成の遺伝学的原理の解明」ということでした。

同賞の選考にあたったスウェーデンのカロリンスカ研究所は、「利根川氏は、一連の卓越した実験により、幼弱な細胞が抗体を生産するBリンパ球に成熟する過程で、バラバラに存在している抗体の遺伝子がどのように再構成されるかの発見に成功した。この発見に次ぐ二年間、世界におけるこの分野の研究を完全にリードした」と、記者団に授賞理由を語りました。

こう説明されても、記者たちはよくわからなかったはずで、「トネガワの研究はどれほどすごいのか」と単刀直入に質問したんですね。それに対して、選考委員の一人が、「医学界の大きな課題を見事に解き明かした。百年に一度の大研究だ」と答えました。

そこで記者たちははじめてホホーッと感心したといいます。

僕はかねてから生命科学には関心を持っていたので、分子生物学の概説書的なものは読んでいましたが、機会があれば、もう少し専門領域に踏みこんで、分子生物学の最前線がどの辺りまできているのかを知りたいと思っていました。

利根川氏の説明を受ける筆者。

だから、『文藝春秋』編集部から、アメリカに行って、利根川さんに会ってこないかという誘いを受けたとき、すぐさま二つ返事で話に乗ったのです。

それから分子生物学や免疫学の参考書を山ほど買いこんで、予備知識をたくわえた上で、ボストンに利根川さんをたずね、延べ二十時間にわたるインタビューをしました。専門的に深くとはいきませんが、少なくとも一般の人には、利根川さんが何をどう研究し、その研究のどこがノーベル賞に値する評価を受けたのか説明できるところまでは話を聞きました。

そのインタビューを『文藝春秋』に連載して、それを一冊にまとめたのが『精神と物質 分子生物学はどこまで生命の謎を解けるか』（文春文庫）です。

予備知識をたくわえた上で、とさきほど述べましたが、この準備がおそろしく大変でした。そもそもオリジナル論文を読む癖がついたのは『サル学の現在』をやったときからです。論文を読まないと、研究の現場で何が行われているかがわからない。利根川さんのインタビューのときには、まず、分子生物学の先達である渡辺格《いたる》先生に、利根川さんのオリジナル論文を一通り読みたいから、ちょっと教えてくださいとお願いしたんです。すると、百何十本からなるリストがドーンと送られてきた。

とりあえず、重要度のランクをつけてもらって、直接のノーベル賞受賞対象になった「抗体の多様性生成の遺伝学的原理の解明」から読もうと思ったんですが、最初からぜんぜんわからない。次から次に出てくる言葉が、すべてわからないという感じだったんです。専門用語でわからない言葉が山のように出てくる。

たとえば、こういう実験をする、と実験方法が最初に書いてあるんだけど、どういう実験をやったのかさっぱり理解できない。いちばん肝心な、どうしてそういう実験を構成したのか、それによって何が明らかになるのか、それは生物学にとってどういう意味を持つのかということなんですが、そういうバックグラウンドが見当もつかなかったんです。

一応、分子生物学の知識はあったんですが、進歩が早すぎて追いつけないんです。仕方がないから、生化学辞典とか遺伝学辞典とかで、単語をひとつひとつ調べていくほかなかった。だから、準備にはだいたい一カ月かかりましたね。

■いちばん大事なのは、運とセンス

肝心の彼の業績については本にゆずるとして、面白かったのは、サイエンティストについての一般論の部分です。たとえば、実験科学の現場で、どうすれば間違った方向に行かずに、正しい方向を見つけられるのかという僕の質問に対するやり取りです。

利根川さんはこう答えます。

《「それはむずかしい。注意深い思考はもちろん必要だけど、よく考えればわかるというもんじゃない。頭がよければわかるというもんじゃない。結局、運とセンスだろうね」

――運というのは〝運がいい〟の運ですか。

「そう。大発見した人はみんないうね。自分はラッキーだったって。（中略）」
――利根川さんも運がよかったんですか。
「ぼくもラッキーですよ。つまりね、何かを発見するということは、研究者の努力の積み重ねだけでできるというものじゃないんですね。結局、科学というのは、自然の探究のわけね。ところがネイチャーというのはロジカルじゃないんだ。特に生命現象はロジカルじゃない。ロジカルにできていれば、理づめで考えていけばわかるはずだけど、そうじゃない。ネイチャーが今こうあるのはたまたまそうなってるというだけの話なの。生物の世界というのは、何億年にもわたる偶然の積み重ね、試行錯誤の積み重ねでいまこうなってるということであって、こうなった必然性なんてないわけですよ。（中略）
　発見というのは、たまたまネイチャーがそちらの方向に用意しておいてくれたものにぶつかるということなんだね。ネイチャーとちがう方向にいっても何も見つからない。ネイチャーはこうなってるんだろうと思っても、人間の思考とかイマジネーションなんて、ネイチャーと比較すると全然貧しいもんだから、だいたい間違った仮説を立てて間違った方向に行ってしまうわけ。運がいい人だけが、ネイチャーの用意しておいてくれたものにぶつかる。だから、生物学なんて、ある程度当るも八卦当らぬも八卦みたいなところがあるんです」

――それが運のよさということですか。もう一つの、センスというのはどういうことですか。

「これまたむずかしいんだけど、まあ、勘といってもいい。ネイチャーはこうなっているんだろうといろいろ仮説をたてるわけね。そのとき、当るも八卦という要素もあるんだけど、一方、それがわりと当る人と全然当らない人といるわけですよ。それが当る人、つまりその人の自然観が本当のネイチャーに近い人ほどセンスがいいということなんだろうね」》

また、世界の本当のトップレベルの研究室で研究することがどれほど大事かについてはこう話す。

《まず情報量が圧倒的にちがう。科学の世界では、同じ研究テーマを追っているグループがあちこちにいて競争しているわけですね。どこでどういう研究がどこまで進んでいるか。新しい理論的あるいは技術的ブレイクスルー（進展）が何かあったか。そういった情報を常につかんでおくことが研究者には絶対に必要なんです。そうでないと、よその研究室ではすでに一年も前に結論が出ていることをまだ一生懸命追いかけたり、あるいはもっとエフィシャント（効率的）な方法を使えば数日でできる実験をこちらは数カ月もかけてやったりということになるわけです。そのフィールドの研究全体の進展具合を的確に把握していれば、何がいま重要な問題で、何は重要でないかが自ずからわかってくる。しかし、それを把握してないと、本質的には重要でない、いわばどうでもいいようなことを、これは重大問題だと思いこんで一生懸命やったりすることになる。

　サイエンスというのはカバーしている領域が広くて深いから、こまかいことをほじくり出したら研究対象なんていくらでもあるわけです。だけどその大半は、そういったらいい過ぎかもしれないけれど、どうでもいいことなんですね。だけど、大半の学者は、何が本質的に重要で何が重要でないかの見分けがつかないから、どうでもいいことを追いかけて一生を終っているわけです。

　サイエンティストの大半はその手のどうでもいいことを研究している人たちですよ。彼らはサイエンティストを自称して、サイエンスをメシのタネにしてはいるけど、サイエンスの側から見たら、いてもいなくても関係ない人たちなんですよ」

――きびしいですね。だけど、何が本質的に重要で、何がどうでもいいことなんですか。何をもってそこを見分けるんですか。

「それはやっぱり、サイエンスの発展にどれだけ本質的に資するかということでしょうね。サイエンスのプログレスに与えるインパクトの大きさで決まるんだろうね」》

利根川さんがどうやってノーベル賞を受賞する「大発見」にいたったかをすべて聞き取ったあとで、最終章「『生命の神秘』はどこまで解けるか」の最後の部分で、利根川さんと僕とのあいだにちょっとした論争が起きます。それは、人間の精神現象なども含めて生命現象はすべて物質レベルで説明がつくのかどうかという議論です。それが書名の『精神と物質』になったわけです。

利根川さんがいずれはすべてが物質のレベルで解明できるというのに対して、僕は果たしてそうだろうかと盛んに異論を唱えています。興味のある人はぜひ読んでみてください。

【第十章】

立花ゼミ、田中真紀子、言論の自由

■東京大学で講義を受け持つ

一九九五年のことですが、東京大学から声がかかって東京大学先端科学技術研究センター客員教授となります。翌九六年には東大の教養学部（駒場）に「立花ゼミ」というものができまして、「人間の現在」という講義をうけもつことになります。

どうして学生相手の講義を引き受けたかといいますと、そのときはちょうど五十代半ばを過ぎたころだったんですが、自分が死ぬまでに何ができるのか、そういうことがだんだん見えてくるんですね。自分の子どもの未来も意識するし、それまで蓄積してきたものを、ネクスト・ジェネレーションへ継承しなければということが気になってくる。それ以前は、ある意味で自分のことしか考えていなかったということかもしれません。

近現代史をとらえ直してみると、第二次世界大戦の終結まで、日本は歴史の荒波に揉まれつづけてきました。そういう歴史の荒波がすべて終結し、戦後がはじまった時点で僕は五歳です。ちょうど自意識を持ちはじめるころでしょう。一九四五年に成立したこの戦後システムが、多少の揺れ動きはあっても、基本的には冷戦終結までつづく。進化史でいう断続平衡の「平衡」の時期が半世紀ほどつづきました。

ところが、この平衡が、一九八九年に起きたベルリンの壁崩壊で破られ、世界の状況は激変して、ふたたびカオス状態の中でシャッフルのし直しが行われた。日本の政治や経済の大変動もその流れで起きているわけです。混乱期というのは、それまでの枠組が一挙に崩れるわけだから、大変なんだけれども、面白いんですね。

混乱期に投げ込まれると、緩やかな平衡進化の間に出来上がっていつの間にか頭にこびりついていた各種固定観念がぶち壊されざるを得ません。それによって、それまでとはちがう大きな視点でものを見られるようになる。この時期が、僕がちょうど五十歳を迎えたころなんです。

そういう時代に直面して気づいたのは、それまで自分ではいろんなものが見えているつもりだったんだけれど、本当の意味では、いろんなことが見えていなかったなということなんです。たとえば、同時代人として生きてきた戦後現代史です。

同時代人なのだから、全部わかっていたつもりになっていたのに、逆に同時代人だからこそ見えていなかったことのほうが多いということにも気がつきます。大きな視点で見ると何でもものすごくよく見えてくる。カメラでいう引きで見ると、全体がよく見えてくるということです。さらに引くと、即物的な〝見え方〟の全体像が見えてくるだけでなく、流れの意味づけができるようになる。表面的な現象だけでなく、深層構造が見えてくる。もっと引いてみたらどう見えるか。戦後現代史だけでなく、近代史の全体像が見えてくる。さらに引くと、人間の歴史の全体像が見えてくる。もっと引いてみたら、生物の進化史の全体像が見えてくる。地球史が見えてくる。宇宙史が見えてくる。

二十世紀の後半というのは、科学がおそるべく進歩した時代で、生物進化史も、地球史も、宇宙史も、それまでまったく見えなかったものが見えてきて、歴史の大幅な書き換えが進んできた時代です。あらゆる意味で、歴史がより深く、より遠くまで見えるようになってきた。それは人間像、生物像、物質像、社会像のすべてにおいてパラダイムの大転換が進んできたということでもある。現代は、人類史上いまだかつてない知的大革命の時代なんです。

そういう大転換の中で、「人間の現在」はどう見えるかということを若い世代に語っておきたかったのです。

■九十分の授業が三、四時間に

で、どういう講義だったのかといいますと、九六年度の「課程科目紹介」(シラバス)

に次のように書きました。

「講義題目 人間の現在

人間はどこからきて、どこに行こうとしているのか。マクロに見た人類史の総括。自然の中の人間の位置づけ。エコロジーとエコノミー。ポリス的動物としての人間の歴史。人類社会の破綻要因の諸相。終末論の可能性とブレークスルーの可能性。テクノロジーの限界。現代知識社会の変貌と危機。**パラダイムの転換**。自然はどこまで経営可能か。生き方の問題。倫理学の再構築。大学は何を学ぶところか」

かなり欲張りました。

大学から客員教授の依頼を受けたとき、何でもよいから学生たちに語りたいと思うことを存分に語ってくださいということでしたので、時間があればこういうことを少しゆっくり考えてみたいと前から思っていたことを書きつらねたら、右のようなメモができたのです。それを送ったら、大学のほうでは、僕の授業を「応用倫理学」という枠にはめ込んだわけです。

「おや、応用倫理学か」と思いましたが、考えてみたら、僕がそれまでやってきたさまざまな仕事は、「人間はどう生きていくべきか」という問題をいろいろな角度から考えることに費やされていたわけなので、快くその枠組を受け容れました。

しかしやってみると、大学の一回の授業は九十分しかないから大変でした。その枠ではとてもしゃべりきれないわけです。僕はしばしば二時間、三時間の授業をしましたが、夏学期は午後四時二十分からの授業だったので、三時間、四時間に及ぶことがありました。

冬学期のゼミのタイトルは「調べて書く」でした。このゼミは講義部分と演習部分に分かれていて、講義部分では「人間の現在」をつづけたんですが、演習部分では、学生たちに、「調べて書く」の実習活動をさせました。

この実習の結果生まれたのが、四冊の本です。九八年七月に『環境ホルモン入門』、九八年十二月に『二十歳のころ』、二〇〇〇年七月に『新世紀デジタル講義』（いずれも新潮社）、二〇〇一年一月に『二十歳の君へ』（文藝春秋）が出版されました。著者名は、どれも「立花隆＋東京大学立花隆ゼミ」の共著となっています。

■思想的浮気のすすめ

「人間の現在」の講義に話を戻すと、最初の授業で僕はこんなことを話しました。『脳を鍛える』（新潮文庫）から引用します。

《きみたちの年齢は、矢継ぎ早にいろんなものとの出会いを果さなければならない年です。幼児期に、はじめて母親と出会い、はじめて他人と出会い、はじめて人間以外の動物と出会い、はじめてテレビと出会い、はじめて言葉と出会い、次々に奔流のごとく押し寄せてくる「はじめて体験」の渦の中で、最初の精神形成をしていったように、今は、第二の「はじめて体験」の渦の中で、第二の精神形成が一挙になされていく時期なんです。

いろんな「はじめて体験」と出会うはずです。はじめての異性体験もあるだろうし、はじめての政治体験やはじめての宗教体験もあるでしょう。はじめての芸術的感動体験もあるでしょう。はじめての「悪」との接触体験もあるでしょう。はじめての、「いやでたまらない人間関係」体験もあるでしょう。はじめての屈辱体験もあるでしょう。

最も大切な「はじめて体験」の一つが、哲学との出会いになるはずです。はじめての異性体験が、その人の生涯の異性とのつきあい方に強い影響を及ぼすように、はじめての哲学体験も、その人のものの考え方の基本に大きな影響を及ぼします。どのような哲学にどのように出会うかが、はじめての哲学体験では重要です。》

さらにこうつづけています。

《「永遠の生命なんてない」「絶対の真理なんてものはない」ということを信仰箇条の第一に置けば、それから、多くのことが導けます。

まず、いかなる思想にものめりこまず、ハマらず、必要以上に尊敬したりせず、軽い気持で接触することが大切だということがわかります。思想においては、花から花へ飛びまわる蝶のように、浮気したほうがいいんです。あがめたてまつってはいけません。（中略）宗教とか思想というものは、ある時代の誰かが頭の中でこしらえて、頭の中からひねり出した一連の命題です。どんな大思想（といわれているもの）にも、笑ってしまう他ない珍妙な部分があります。そういう部分でちゃんと笑えることが、精神的に健康であることの証しなんです。しかし、若いうちから何かにのめりこんでしまうと、そういう健康さを失ってしまいます。

精神的健康さを養うために、若いうちは、できるだけ沢山の思想的浮気をするべきなんです。異性体験に関して、「できるだけ沢山の浮気をしなさい」なんていったら物議をかもしかねませんが、思想に関しては、そうすべきであるとはっきりいいます。浮気が足りない人は、簡単に狂うんです。簡単に溺れて、自分が溺れているということにすら気がつかないことになるんです。人間の頭は狂いやすいようにできてるんです。》

■人類の新しい知的到達点

こうした人文系の話もしましたが、僕が力を入れたのは理科系の分野の話です。というのは、受講者の多くは文系の学生たちでしたが、手を挙げさせてみたところ、高校で物理をとらなかった人がかなり多かったからです。ということは、その人たちの物理の基礎知識は中学理科のレベルにとどまっているわけです。

　これはとんでもないことなんです。なぜかというと、サイエンスというのは、物理の上に築かれているからです。科学の基礎は物理で、科学のいちばんの基礎になる考え方は物理学が発展する中で築かれてきました。つまり、物理をやらなかった人は、サイエンスが基本的にはわからないことになります。

　理系の人は補習をやって欠落が補われるからまだいい。文系の学生はその欠落を抱えたまま社会に出ていって、社会の各界でエリートづらをすることになるわけです。僕は暗澹《あんたん》たる思いがしました。

高校で物理をやった人はやった人で、別の問題があります。その人たちのほとんどが生物をやっていないはずです。その人たちには中学レベルの生物の知識しかありません。分子生物学の知識はもちろんないことになります。現代の生物学は、ほとんどが分子生物学の知識なしには理解できません。基礎生物学だけでなく、医学、薬学、農学、食品科学など、いわゆるバイオ系といわれるすべての分野がそうです。バイオの知識なしには、二十一世紀の知的活動、経済活動の大半がわからなくなるんです。

ですから、理系の人は専門課程に進む中で、それぞれの領域において、最先端のことがわかるところまで強引にキャッチアップさせられます。しかし、文系の人は、自主的努力の積み重ねで自分でキャッチアップしないと、現代の科学技術社会の流れから完全に取りのこされてしまう。学生時代のあいだに、大変な努力をする覚悟をもたなければならない。そんな話をしました。

それで、一年目の講義でとりあげた理系のメインの項目（多くの固有名詞や事項に触れましたからそのごく一部）は、次のようになります。

宇宙、ニュートン、脳、アインシュタイン、利根川進、相対性理論、分子生物学、C・

P・スノー……。『二つの文化と科学革命』（みすず書房）の著者で、小説家でもあり物理学者でもあったスノーのように、理系と文系の両方にまたがった人もいます。文系のメインの項目は、キェルケゴール、『荘子』、ポール・ヴァレリーの『カイエ』『テスト氏との一夜』、小林秀雄、デカルト、ヴィトゲンシュタイン、カール・ポパー、アンリ・フレデリック・アミエル、ジョルジュ・デュアメル、エラスムス、ルター、T・S・エリオット……、こんな感じでした。

とにかくあらゆることを喋りました。もともと、何らかのまとまった知識の伝授を目指したわけではなくて、知的刺激を与えることが主目的でした。人類の新しい知的到達点に立ってみると、世界がどれほどちがって見えてくるか、また、そのような時代に生まれて、どのような生の選択をすべきなのか、そういうことを考えるのに資するであろうことを、次から次へ片っ端から喋ったという感じですね。あっちへ飛び、こっちへ飛びして、ある意味では、支離滅裂に見えるかもしれないけれど、「人間の現在」という筋は一本通したつもりです。

この講義以降、自分の仕事のやり方、質がそれ以前と比べて、ずいぶん変わったなと思います。あらためて振り返ってみると、僕がやってきた仕事はみんな、人間はどこからきてどこへ行こうとしているのか、というテーマが底に流れているようなところがあったから、もともと「人間の現在」の流れの一つみたいなところがあったわけですが、この講義以後、ますますそうなりましたね。

この講義をした期間は二年間でしたが、その後、大学関係では、二〇〇五年に東京大学大学院総合文化研究科特任教授となり、二〇〇七年に東京大学大学院情報学環特任教授となって、立教大学でも大学院特任教授に就くことになります。

■地下鉄サリン事件と同時多発テロ

一九六〇年は時代のターニングポイントだったと話しました。その意味では、一九八九年も一九九五年も、二〇〇一年もそうした年だったといえるでしょう。その折々に、僕は雑誌に寄稿したり、対談したりしてきました。

九五年はオウム真理教による地下鉄サリン事件が起きた年です。僕は『週刊文春』（八月十七・二十四日号、八月三十一日号）誌上で二週にわたって、作家の司馬遼太郎さんにインタビューをしました。そこであったやり取りを少しだけ紹介しておきます。

《**立花**　（中略）いちばんわからないのは、やっぱりあの人間の殺し方ですね。どうしてあんなに安易に人を殺せるのか。

司馬　人類の歴史で、こんなに冷酷に無差別殺人を犯した集団はないでしょう。古い仏教用語の悪鬼羅刹《あっきらせつ》が日常人の顔をして出てくる。これを憎まなければ日本は二十一世紀まで生きのびることはできません。

（中略）

立花　日本史における「悪」の系譜を考えますと、麻原みたいな存在は他にいたんでしょうか。

司馬　いないでしょう。よく言われるように、日本人には強烈な善人も少ないかわりに、強烈な悪人も少ない。それがわれわれの劣等感でもありました。ここにきて初めて、史上最悪の人間を持ったのかもしれませんね。

（中略）

立花　殺人行為を犯したのは、教団のごく一部で、大部分の信者は、そんなことが行われていたとは全く知らなかった。殺人行為を犯した信者にしても、理屈としては、全人類の救済のために人を殺したと思っている。正義のために人を殺すという例は宗教史の中にたくさんある。異端の処刑、異教徒征伐はみんなそうです。異端、異教徒は人間じゃない、悪魔だと思っているから平気で殺せる。殺すのが正しいと思ってる。

司馬　キリスト教にもたしかに虐殺の歴史はあって、当時はみなそう考えていましたね。

立花　（中略）仏教的な時間の尺度ってありますね。無限の時間の流れの中で、すべての生命体は輪廻転生をくりかえす。たまたまいま現在この世に生まれて、生きている人間が死んだとしても、よき輪廻転生をとげて次の生がもっとよくなるなら、その方がいいじゃないかと考える。その場合、殺人は救済だと考える。輪廻転生の論理を追いつめると、人間というのはそこまで行ってしまう。僕はこのことがやっぱり恐いと思うんですよ。

司馬　殺人が輪廻転生論の上で救済だという思想は、過去何千年、なかったと思います。》

その後、類似性という意味においては、暴走した昭和の軍部にもオウムと同じような部分があったという話をしました。空理空論にのめりこみ、妄想をたくましくして突き進むのは、オウムだけではなかった。そういう組織を生んでしまうのは、日本人の資質なのかもしれません。

八九年からの数年間は、いうまでもなくベルリンの壁崩壊にはじまって、東欧諸国にあった共産主義政権が雪崩をうって崩壊していき、ついにはソ連が解体されていく時代でした。僕はチェコスロバキアや東ドイツを訪れてその現場を見ています。『文藝春秋』誌上で「東欧解体――これが新しい現実だ」（一九九〇年二月号）という大討論会に参加しました。

いずれも半世紀に一度起こるかどうかというような出来事の連続だったわけですが、二〇〇一年九月にも世界をゆるがす大事件が起きます。ニューヨークの世界貿易センタービルが破壊された同時多発テロ事件です。このとき僕は、『文藝春秋』に「自爆テロの研究」（二〇〇一年十一月号）を書きました。

情報が飛び交う真っ只中で、僕が何を書いたかというと、「あの事件の前と後では、たしかに世界が変ったのである。その変化について書いてみたい。これからさらにそれはどう変りうるのか。何がこの変化をもたらしたのか。アメリカについて。世界について。国家について。政治について。経済について。宗教について。イスラム原理主義について。テロについて。戦争について。メディアについて」です。

とりわけ詳しく書いたのは、神（アッラー）のために闘う「聖戦（ジハード）」という概念についてです。ジハードにおいて死ぬことは殉教者になることで、殉教者として死ぬことは、イスラム教徒にとって最高の功徳《くどく》なわけです。その後、イスラム原理主義者たちがインターネットで煽《あお》ることによって、単独テロ犯を次々と獲得し、ローンウルフ型のジハードが猖獗《しょうけつ》をきわめていったことはご存じのとおりです。

つづけてこう書きました。「よく新聞論調などで、これを『文明の衝突にしてはならない……』という言い方がなされることがあるが、私はそれは誤りだと思う。『文明の衝突』はこれからするさせないの問題ではなくて、すでに千年も前から起きているのである。その衝突が千年間つづいてきた結果として今日の事態があるのである」。

僕は、いま読むべきなのは、ハンチントン（サミュエル・ハンチントン。一九二七〜二〇〇八年、アメリカの国際政治学者）の『文明の衝突』（集英社文庫）ではなく、トインビー（アーノルド・J・トインビー。一八八九〜一九七五年、イギリスの歴史学者）の『現代が受けている挑戦』（新潮文庫）だと思うとしています。世界の諸文明が互いに対立し、分裂を深めようとしている現在にあって、いかにすればその対立を克服し、統合をはかっていけるのか。そのヒントをトインビーは提起しています。

その解決策は結局、世界国家を作る以外にないのですが、世界的な規模で最大限国家を作ることは無理だろうから、最小限国家を作ることだろう。最小限国家とは、価値観における共有部分、つまり制度的縛りや文化的縛りを、最小限にするような国家のことです。上からの縛りはできるだけ小さくして、成員の各メンバーにできるだけ多くの自由を与えるような国家です。「みんないっしょに」、「みんな同じように」という画一化に向かう部分はできるだけ小さくしようとする方向性なのです。

アメリカは社会のタイプとしては、最小限国家型でした。ところが、同時多発テロを境にして、明らかに最大限国家型となり、自分の縛りを押し付け、また、自分の規範に従うことを相手にも求める方向に向かいました。それは「味方でなければ敵」の論理でもあります。いってみれば、それはガキ大将のやり方そのものなんです。しかし、世の中は、それほど単純に白黒つけられるものではありません。本当の味方を多くしたければ、最小限国家型の「敵でなければ味方」の論理を使うべきだろうと思いますね。

■TV政治タレント、田中真紀子

二〇〇二年、『文藝春秋』六月号に「田中真紀子と角栄の遺伝子」という記事を書きました。それをベースにして大幅に加筆して出来上がったのが『「田中真紀子」研究』（文藝春秋）です。

当時の自民党と田中真紀子の状況を簡単にさらっておきます。

二〇〇一年の自民党総裁選で小泉純一郎と田中真紀子という二人の傑出したＴＶ政治タレントが結託することによって小泉政権が生まれ、真紀子は外務大臣に就任し、政権は異例の高支持率を獲得します。

真紀子は外務大臣になると、アーミテージ米国務副長官との会談を勝手にキャンセルしたり、米同時多発テロ後の国務省職員の避難先など「重要機密情報」をペラペラしゃべりまくったり、シンガポールではワーキングディナーを「歯痛」で欠席したり、指輪がなくなったと秘書官を泥棒呼ばわりした上にイラン外相との会談に遅刻したりしました。

いちばんすごい話は、自分が気にくわない斎木昭隆人事課長を追い払おうとして、外務省人事課の女子職員に、同課長を免職にするという辞令を作成させようとした事件です。いうことを聞かない女子職員を事務室に閉じ込め、自分もその事務室にいっしょに入って内カギをかけて閉じこもり、さらに強要をつづけたという、いわゆる「監禁強要事件」ですね。

外交も外務省内の実務も完全な機能不全に陥り、それをみかねた小泉首相は真紀子を更迭せざるを得なくなります。

真紀子に外務大臣の資質がないという問題は、週刊誌が最初に提起し、新聞もある程度は書いていましたが、テレビはほとんどやっていません。というのは、テレビのとくにワイドショーの視聴者層は圧倒的多数が真紀子ファンだったので、テレビは真紀子を正面切って批判できなかったのです。

週刊誌報道を読むような人たちは、真紀子の罷免を当然すぎるぐらいに思っていましたが、テレビを主たる情報源としている社会のマジョリティはそうは思わなかったわけです。小泉の真紀子罷免は突然起きた、わけのわからないとんでもないことだと受けとめられて、その反動から小泉の支持率は一挙に半減（読売新聞では下げ幅が三〇・七パーセント）してしまった。その直後に、真紀子には自らの秘書給与問題が浮上して、議員辞職に追い込まれるわけです。

僕は真紀子が引き起こす一連の騒動にはほとんど関心がなかった。というのは、真紀子問題って、次元の低い、本質的な政治の問題にかかわることがないことばかりだったからです。鈴木宗男との争いとか（ワイドショーは真紀子の肩をもって、この争いを面白おかしく連日のように報じた）、どれもこれもテレビのワイドショーのネタ程度の話だし、彼女自身が、ワイドショーのテレビタレント程度の人間でしたからね。

真紀子は本質的にポリティシャンといえるレベルの人間ではありませんでした。時の政治課題について与野党の論客相手に丁々発止の議論なんかはできない。ちょっと気のきいたセリフとか、感情的なコメントとかはポンポン出せる人ですが、彼女が本格的な政策論争に加わっているところは見たことがありません。要するに彼女は、ワイドショーに出てきて威勢よくしゃべりまくるテレビタレントの部類だったんですね。かつての野村沙知代のような人間と考えるとわかりやすい。

日本の政治は、田中真紀子の登場以来、救いがたく低劣化し、ワイドショー化してしまった。当時、外交問題、景気問題、財政金融問題、有事法制問題など、日本の政治はあらゆる側面で問題が山積していたのに、マスコミの政治報道は外務省問題以降、ワイドショー化する一方でした。僕は真紀子が日本の政治に与えた最大の害毒はそこにあると思います。

ワイドショーというのは、昔からその辺で繰り広げられてきた井戸端会議のテレビ版です。そこでは、あらゆる問題が、視聴者の頭に入りやすいレベルに落として徹底的に図式化されなければなりません。しかも大衆を感情的にまきこむために、喜怒哀楽、憤怒、嫉妬羨望など感情のスパイスをたっぷりふりかけた短いフレーズで誇張した表現が多用されます。ワイドショー化されると、政治がしっかりした議論と議論がぶつかり合う論戦の場から、感情的で印象に残る一言をぶつけ合う一言合戦の場に落ちてしまう。

もちろん、そうした事態を一挙に進めたのは、小泉純一郎です。首相になった小泉が、毎日テレビカメラの前に出てきて、「一言タレント」を演じ、TVメディアがその一言を何度もCM的に流しまくるということが常態化するようになって、日本の政治のTV化は不可逆過程に入ってしまったのです。

真紀子もまたそうした印象的な一言を繰り出す能力において、たぐいまれなタレント性を持っていたために、ワイドショー化した政治のスターになったわけです。真紀子は反射神経的な言語能力においては、なんともいえない天性のものがありました。それがうまくはまると見事な一言になったんですが、自身の秘書給与疑惑などで追い込まれると、その反射神経はうまく働かず、バカげた一言しか出てこなかった。

■角栄の遺伝子

さて、『「田中真紀子」研究』は、そのタイトルにもかかわらず、田中真紀子という政治家について書いた本ではありません。この本の主人公はむしろ、田中角栄であり、日本の政治そのものです。さらにいえば、この本は、田中真紀子という一人の政治家を研究した書ではなく、田中真紀子を通して見た現代日本政治における「角栄の遺伝子」問題研究の書でした。

真紀子は、角栄の政治的遺伝子のほうはあまり受け継いでいませんでした。角栄の政治的遺伝子をもっぱら受け継いだのは、狭くは、旧田中派＝経世会という自民党主流派ですが、より広くは自民党全体ととらえたほうがいい。

というのは、八〇年代、九〇年代は角栄スクールが、実質的に日本の政治を牽引した時代だったからです。角栄スクールの一期生といわれているのは、角栄が幹事長として采配を振った最初の選挙、昭和四十四（一九六九）年当選組です。総理大臣になった羽田孜《つとむ》や、自民党幹事長になった小沢一郎をはじめとして、衆院副議長になった渡部恒三、綿貫民輔、それに梶山静六、石井一、奥田敬和《けいわ》、林義郎などの有力政治家たちです。

四十四年に三回目の当選を果たした橋本龍太郎も、橋本と同期の小渕恵三もずっと田中派だったし、角栄スクール出身者の先輩格といえます。竹下登は角栄スクールの番頭格だったわけだし、細川護熙も田中派時代が長く角栄に可愛がられていたから角栄スクールの外戚格といってもいい。その二人を勘定に入れると、角栄スクールは、合計五人の総理大臣を出したことになるんです。

小泉改革がはじまってから、それに対抗する「抵抗勢力」なるものがクローズアップされましたが、「抵抗勢力」とは、角栄の遺伝子に汚染された人々のことだと理解すれば、当時の日本政治に起きていたことがより鮮明にわかってきます。

日本の政治に起きていたことを本当に理解しようと思ったら、さまざまな意味で、角栄政治と角栄の時代に立ち戻ってみる必要があったのです。それはどういうことかというと、九三年に自民党政権が倒れ、四十年近くに及んだ五五年体制が崩壊したときに、『巨悪vs言論』（文春文庫）という本に、次のように書いています。

《七二年からはじまった田中政権はわずか二年しかつづかなかったが、政権を失っても、田中と田中派による政治支配は、それから一一年にわたって、田中が病いに倒れるまでつづいた。そしてその後も、田中派を受け継いだ竹下派によって、田中型政治がそのま

ま受け継がれて今日にいたったのである。（中略）

二〇年前、田中金脈問題が起きたころ、田中の金権政治は、田中角栄という特異な人物が作り出した特異な政治スタイルであって、日本の保守政治の伝統とは無縁な例外的事例であるという解説がさかんになされた。（中略）

特異な例外事例であったはずの田中型政治が、いつの間にか、自民党の標準的な政治スタイルになり、ミニ角栄が、中央でも地方でも跋扈《ばつこ》するようになったのである。》

田中の金権政治といっても、田中は現在の常識では計り知れないほどの金を使っていました。それを説明しておかないと、田中がいかに常識はずれの巨悪であったかがわかりません。『巨悪vs言論』から、そのくだりを引いておきます。

《田中の金脈退陣後、政権を引きついだ三木内閣の中枢にいた人間が証言する。

「三木が引きついだとき、党の金庫の中は空っぽ。残っていたのは、銀行から手形貸し付けで借金した証文だけ。その額がなんと百億円ですよ。百億円。あの参院選がすごい金権選挙だったのは知っているが、百億というのはいくらなんでも使いすぎだというので、三木がその使途を調べようとした。当時の経理担当者にただすと、㋚という伝票がたくさん出てきた。これはなんだと聞くと、砂防に持っていった金の意味だという。要するに田中は自民党の名前で財界から借金して、それをどんどん砂防会館に運びこんで、自分の政治資金であるかのごとくバラまいていたわけだ。

受け取る側は、田中の個人的資金だと思って有り難がり、田中に恩義を感じたようだが、実は党の金だったんだ。三木はその説明を聞いてしばらく呆然としていたが、結局、その話は自分の腹の中に全部おさめてしまった」

田中が参院選で百億以上の金を使ったという話は、榎本（敏夫＝田中の秘書）調書の内容とも一致する。》

一九七四年の参院選というのは、田中があまりに無茶苦茶な金権選挙をやったものだから、ほんとうに凄まじい額の金がジャブジャブ流れたんですが、その原資の相当部分が党資金の流用だったわけです。それももとはといえば、銀行から証文一枚で引っぱりだしてきた借金なのです。で、この借金を返すのかといえば、事実上、返さないんです。どういうことかというと、財界から政治献金を集めて、それで相殺していたんですね。七四年には、さまざまの産業団体から二百六十億円が自民党に寄付されていました。百億円ぐらい簡単に返せるわけです。

この文章を書いたときから十年ほどが経って、二〇〇二年当時というのは、半分は、日本の政治がまだまだ角栄の影から逃れきっていないという思いから『「田中真紀子」研究』を書いたのです。同時に、書きながら思ったことは、日本の政治も、すでに明らかにベクトルは脱角栄の方向に向かっているし、金権政治の実態も昔とくらべると、驚くほど改善されたということです。まだミニ角栄が残っていることはありましたが（そのシンボリックな存在が、小沢一郎）、もうその政治スタイルが世の人を魅する時代は終わった、と希望的にではありますが思ったものでした。

そして現在、角栄の遺伝子を引き継ぐ最後の生き残りは、すっかり精彩を欠いているとはいえ、小沢一郎だけであるということができるかもしれません。

■『週刊文春』の発売差し止め事件

『「田中真紀子」研究』を出した二年後の二〇〇四年三月に、真紀子の長女をめぐって仰天するようなとんでもない事件が起きます。

真紀子長女が「田中真紀子長女わずか一年で離婚」という記事を掲載した『週刊文春』を東京地裁に訴え、それを受けて東京地裁の裁判官はまったく理由を付すことなく、一片の命令書によって発売頒布の禁止を決定したのです。

これは言論の自由を暗黒時代に引き戻すようなひどい判決でした。そのことに途方もない危機感を抱いた僕は、判決が出た直後から、『週刊文春』に三回にわたって記事を書きました。「これはテロ行為である」（四月一日号）、「言論の自由の基本を忘れた裁判所・朝日・読売」（四月八日号）、「差し止め裁判官と『バカの壁』」（四月十五日号）がそれです。

この三本の記事に大幅に書き足して、緊急出版したのが『「言論の自由」vs.「●●●」』（文藝春秋）でした。

「●●●」は何を意味するかといいますと、最初の記事を週刊誌に書いたときに、再び訴えられる恐れがあることから、長女の本名や「離婚」の文字をすべて伏せ字の「●●●」や「●●」にして掲載したからです。僕はこのころ、『文藝春秋』に東大論を連載していて、戦前戦中の言論暗黒時代について書いていたので、伏せ字だらけの文献を読む機会が多かった。原稿の一部分を伏せ字の●●●に直しながら、暗澹たる気持ちになったものです。

東京地裁の決定がなぜ前代未聞かというと、もちろんこの決定は形式的には法律に定められた手続きを踏んだ上で出された命令なんですが、この形式というのが「民事保全法にもとづく仮の地位を定める仮処分命令」という、法律の専門家以外には訳がわからないようなものなんです。そのような実用的な下級法によって行われる仮の処分行為が、最上級の法である憲法が民主主義社会の根幹として保障している言論・出版の自由という基本的人権を安易に侵したからです。問題の本質はここにあります。
『「言論の自由」vs.「●●●」』の終わりに、僕はこう書いています。

《仮処分のような簡易手続きにおいては、担当裁判官は判例を機械的にあてはめることに忙しく（今回の地裁決定もそうだ）、目の前に重大な事態が起きている場合でも、事態をその本質においてとらえて自分の頭で考えるということをしていない。そのために必要な、考えを十分に練る時間的余裕も、心理的余裕も与えられていないからだろうが、そういう事情を考えにいれても、これほど考えが浅く、これほど安易としかいいようがない司法的見解と司法処分が、東京地裁という日本の中心的な裁判所から出てきたというのはショックだった。

それ以上にショックだったのは、この事件に対する一般社会の反応の低さだった。とりわけ大メディアの反応の低さはショックだった。この人たちは、自身、言論機関の一翼を担いながら、言論の自由を守ることの大切さが何もわかっていないと思った。

言論の自由に関して知っておくべき最低限の知識が、この国には決定的に欠けている。その基本理念のよってきたるところも、それが具体的にどういうことを意味しているのかもわかっていない人が大半だ。どのようにするとそれは壊れ、壊れると何が起るのかという歴史認識も欠けている。

言論凍結の初期状態が、いますでにはじまっているという危機意識に追われながら、私は猛然たるスピードでこの本を書いた。これほどのスピードで、これだけ中身のつまった本を書いたのははじめてである。こんなことができたのも、日本がもう一度言論の自由が失われた国になる一歩手前のところまできているという状況認識が、「いまそこにある危機」（“clear and present danger” ホームズ判事）を私に直感させたからである。》

■アメリカの言論法の真髄

「猛然たるスピードで」とは本当にそうで、一冊の本を二週間弱で仕上げたのははじめての経験でした。それほど僕の危機感は強かったわけです。当時の日本にとってはきわめて重要な内容を含んでいるにもかかわらず、この本がさして売れなかったことにはいささかガッカリしました。

しかし、この本はいま読み返してみても、言論の自由に関して何ら色褪《あ》せることのない論点を詳述した本であることがわかります。たとえばアメリカで言論の自由といえば必ず引き合いに出される「ニア対ミネソタ」判例というものがあります。

「ニア対ミネソタ」事件とは、ミネソタ州が「公共迷惑法」なる州法を作り、ワイセツな新聞雑誌ならびに「悪意を持ちスキャンダルで人の名誉を傷つける」のをこととするような悪質低俗な新聞雑誌に対して州政府が永久発行差し止め命令を発することができるとしたことから起きた訴訟事件です。この法律で、発行差し止めを食いそうになった、人種差別的な新聞の発行者ニアが、こんな法律は憲法違反だと怒って起こした訴訟です。

週刊誌蔑視の社説を書いた朝日新聞ならば、そんな新聞はつぶれて当然だといいそうですが、アメリカ最高裁の判決は違ったのです。そのような低劣きわまりない新聞であろうと、その発行を差し止めることは、言論・出版の自由を定めた憲法の精神に反するとして、逆にミネソタ州法（公共迷惑法）のほうに取り消しを命じたのです。

世界でもっとも言論の自由が守られているアメリカの言論法の真髄がここにあります。日本の大メディアがすぐに「低劣、守る価値なし」とバカにする日本の週刊誌より何倍も低劣で、客観的にいっても守る価値がほとんどないように見える新聞ですら、言論・出版の自由の名のもとにその発行権は守られるべしとしました。言論・出版の自由は何ものにもかえがたい価値を持つのだから、そのような低劣メディアの権利も守られるべきだとしたのです。

さらにもうひとついっておけば、大メディアの論調の影響もあってか、言論にはいい言論と悪い（低劣な）言論があって、悪い言論は叩きつぶしたほうが世のためだという考えが、最近日本で急速に広がっているようですが、これはとても危険な考えだと思う。

そういう流れの一つとして、自民党を中心に着々とすすめられていたメディア規制立法があります。こういう発想は、ミネソタの「公共迷惑法」を作った人々と同じ考えであって、そういう人がやがて、言論の最悪の抑圧者になっていくのです。

欧米では、言論の自由について語ろうとするとき、何をおいても、まず読むべしとされるのが、ジョン・ミルトン（一六〇八〜一六七四年、イギリスの詩人）の「アレオパギティカ」です（これは日本でも翻訳されて、岩波文庫から「言論の自由」のタイトルで出たことがあるのですが、あまりの悪訳のために読まれなかった。以下の引用は、僕が岩波文庫版に若干手を加えた)。

この書の中で、ミルトンが何よりも力説していることは、言論をいい言論と悪い言論に分けて、悪い言論を弾圧し、いい言論を賞揚するというやり方(つまり検閲)からは、よきものは何も生まれないということです。

「我々は清浄な心をもってこの世に生まれるのではなく、不浄の心をもって生まれてくる。我々を浄化するのは試練である。試練は反対物の存在によってなされる。悪徳の試練を受けない美徳は空虚である。美徳を確保するためには、悪徳を知り、かつそれを試してみることが必要である。罪と虚偽の世界を最も安全に偵察する方法は、あらゆる種類の書物を読み、あらゆる種類の弁論を聞くことだ。そのためには、良書悪書を問わずあらゆる書物を読まなければならない」

いい言論にも悪い言論にも同じような存在価値があります。だから言論の自由は無差別に守られる必要がある。これが言論の自由を守る意義の根幹にある真理なのです。このことが裁判所にも、大マスコミにも理解できていません。

最終的に、東京地裁の決定命令に対し、東京高裁に控訴した文春側は、東京高裁によって出版禁止命令を取り消す決定を勝ち取ります。真紀子長女側も、これを最高裁に特別抗告することをしなかったために、東京高裁の決定が確定することとなりました。

僕としては、真紀子長女側にはぜひとも最高裁まで争って、憲法論争をしてほしかった。その上で、「出版差し止めの基準を定立」してほしかったのです。

つまり、この程度のプライバシー侵害を理由にして、雑誌の出版を差し止めるなどということはとんでもないことだ、という最高裁判例をきちんと出してほしかったということです。

そうでないと、高裁が事後的に取消し命令を出したといっても、地裁が一度はプライバシー侵害を理由に差し止め決定をして、雑誌の出荷販売を現実に差し止めることができたという事実がそのまま残って一人歩きしだす可能性があるからです。

このときの地裁決定は、一言でいえば、プライバシーと言論の自由と、どちらが重いかはかりにかけて、プライバシーのほうが重いとした決定といえますが、英米ではそういう判定が出ることがそもそもあり得ません。アメリカでは、「言論の自由はあまりに重いから、絶対に差し止めを命じたりしない」のです。

アメリカの最高裁判例では、出版差し止めの申し立てをすると、そのこと自体が「違憲の推定」を受けることになっているから、即時棄却されるのが普通なのです。

■言論の自由の歴史上、最も輝かしい一ページ

僕はこの本の最後で、「ニューヨーク・タイムズ対サリバン事件」に触れています。これはどういう事件かというと、一九六〇年、アメリカ南部で起きた公民権運動（黒人にも白人と同じ人権を与えよという運動）の流れの中で、アラバマ州で、黒人学生のカレッジ入学をめぐって、大騒動が起きました。

その騒動をおさえこむために行った地元警察の規制があまりにひどいとして、それに抗議する各界名士六十四人が名をつらねての一大意見広告をニューヨーク・タイムズ紙に出した。ところが、その広告の中に、大きな事実上の間違いが含まれていたため、批判の対象になったアラバマの警察本部長（L・B・サリバン）が、この広告はウソの事実を使って、公然と人を侮辱したとして名誉毀損で訴えたのです。アラバマ州法では、虚偽の事実を広めることで人を侮辱したら、名誉毀損は文句なしに成立します。

アラバマ州の裁判では、ニューヨーク・タイムズが一審・二審とも敗訴しました。内容にウソがあることが証明されたからには、ニューヨーク・タイムズに勝ち目はありません

でした。

ところが、一件が連邦最高裁まであがると、ニューヨーク・タイムズがサリバンに勝つという一大逆転判決になったのです。この逆転判決でブレナン判事が使ったさまざまの法理が、言論の自由（ジャーナリズム）の歴史において、最も輝かしい一ページの一つとされ、いまも言論の自由を論ずるとき必ず引用される判例となっています。

長文の判決なので、いちばん有名なくだりだけを紹介しておきます。ニューヨーク・タイムズ勝利のカギとなった、「言論の自由には虚偽を述べる自由も含まれる」とした部分です。人間はいつも一〇〇パーセントの真実ばかり語るわけにはいかないのだから、その言論の中に虚偽の事実が多少あっても許されるとしたのです。

アメリカのジャーナリズムの歴史においても、言論の自由と名誉毀損が対立する場面はそれまでたくさんあったが、言論の中に虚偽が含まれていたということになると、ジャーナリズム側が敗訴してしまうことがほとんどでした。しかし、人間に常に一〇〇パーセントの真実を語ることを強要していたら、人間は誰も息苦しくなって、自由にものが言えなくなる。人が何かを語る場合、少し息抜きするためにも、多少は事実でないことを語ってもヨシとされる空間を残しておいてやることが、真の言論の自由を保障するためには必要だというのが、ブレナン判事の判決でした。

同様の理由から、人間はいつも一〇〇パーセント上品で行儀のいいことばかり語るわけにはいかないから、多少は下品で、攻撃的で、人を侮辱するような内容のことをいってもいいし、誇張、誤った主張、誤った情報、中傷なども許されるとしたのです。

何かしゃべったり書いたりするときに、人間は言語的に多少は道を踏み外すのがむしろ常態なのだから、多少のウソや行きすぎがあっても許されるということです。

ただし、それが許されない場合もあるとして打ち出されたのが、「現実的悪意」（当該言明が虚偽であることを知っていて、もしくは、それが虚偽かそうでないかを一向に意に介さずに、あえておこなった場合をさす）の法理でした。

現実的悪意をもって虚偽の事実を広めたり、現実的悪意をもって人を侮辱したり、現実的悪意をもって人を攻撃しすぎたりした場合には、名誉毀損が成立する、ということです。さらにもう一つ付け加えられた大事な要件は、それが本当に現実的悪意をもって発された言明であるということ（口をすべらせたのではなく、意図的であったということ）は、訴える側が証明しなければならないということでした。

で、アラバマのサリバン警察本部長の場合は、この「現実的悪意」が証明できなかったために、サリバン側が敗訴したわけです。

僕は本文の最後に、ブレナン判事の次の言葉を引用して締めくくっています。

「『宗教や政治の世界には、きわめて大きな見解の相違がある。ある人にとって侵すべからざる最高教義が、他の人にとっては許すべからざる誤った見解だ。人は、他人を自分の見解に従わせようとするときには、しばしば、誇張に走るし、宗教指導者や政治指導者を中傷したりする。虚偽をいったりさえする。しかし、この国の人々は、言論表現の自由が、時に行きすぎや、悪用乱用があっても、長い目で見れば、民主主義社会に住む人々の考えと行いを、よりよい方向に導いていくのに不可欠であったし、これからも不可欠であるということを知っている。』

ブレナン判事　N・Y・タイムズvs.サリバン判決」

【第十一章】香月泰男、エーゲ、天皇と東大

■画家・香月泰男との価値観の共有

二〇〇四年八月、『シベリア鎮魂歌――香月泰男の世界』（文藝春秋）という本を出します。これが出版されるまでには、いささか複雑な事情がありました。

本の冒頭に「私のシベリヤ」の章がありまして（一九六〇年代ころまでは、メディアはシベリヤと表記していた）、これは一九七〇年に文藝春秋から出された単行本『私のシベリヤ』の本文そのものなんです。この時の著者名は香月泰男になっているんですが、実はこれは僕がゴーストライターとして書いたものなのです。

そのころ僕は大学を出て、文春に二年半つとめたあと、大学に戻って勉強をしていました。東大紛争のために大学が閉鎖されたので、もの書き商売に戻ったという話をしましたが、そのときの仕事の一つがこの本でした。

『私のシベリヤ』ははじめ、香月さんに自分で原稿を書いてもらうつもりで仕事がはじまったのに、香月さんの筆がさっぱり進まないので、文春がゴーストをつけて一気に終わらせてしまおうと考えて、その仕事が僕に回ってきたのがそもそものいきさつです。

香月泰男という画家のことは、話を受ける前は知りませんでした。求龍堂から『画集シベリヤ』が出て間もない頃で、それを見てこれは面白い絵描きだなと思いました。この画集で、香月さんが自作につけている解説を読んで、ははあ、これをもっと掘り下げるようにして話を聞いていけば本はできるなと見当はつきました。

香月さんの話を聞いたのは、山口県大津郡三隅町（現・長門市）にある彼の自宅でした。すぐにコミュニケーションが取れる人だったという記憶があります。なんというか、ベーシックなところで、価値観が共有されていたというか、言葉が通じ合ったということです。価値観がズレていると、この種の仕事は難しいんです。話が通じないし、話をきいてその通りまとめたつもりでも、ちがうといわれる。わかってないといわれる。

通じ合うと、書いているうちに、どんどん感情移入して、自分が書いているのか、相手が書いているのか、自分でもわからないくらいになれる。これはそのケースです。奥さんにはよくそんなにつづくわねと感心されるほど、毎日えんえんと話を聞いたし、まとめも、一発で通って、直しはなしでした。

僕が香月さんの自宅にうかがったのは一九六九年で、「朕」という絵を描いているときですから、戦争とシベリア抑留の体験を描いたシベリア・シリーズ五十七点のうち、まだ四十一点しか描いていなかったときです。その頃、シベリア・シリーズは「朕」で終わりにするのだと述べておられたので、僕はそう信じていたのですが、実際にはそれで終わらず、それから四年かけて、亡くなるまでにさらに十六点を描き、シリーズは計五十七点になるわけです。

僕が全点を見て、その全貌を知ることができたのは、九五年に、没後二十年の記念展で、全点が展示されてからです。それまでは、シリーズ全点を見るチャンスはなかったのです。全てを見たときに、僕は香月さんの大きさが本当に見えてきたと思いました。僕が知っていた「朕」以前の香月さんと、「朕」以降の香月さんでは、絵描きとしてのスケールが二ランクくらい上にあがったような気がします。「朕」以前にもいい絵は沢山あるけれど、「朕」以後の何点かは、それまでとまったく次元のちがう絵を描いているような気がしました。

それで、『私のシベリヤ』ですが、この原本には僕の名前はまったく出てきません。普通は、ゴーストライターが表に出てくるということは、業界の通例としてはあり得ないことです。それがなぜ僕の著作の中におさまっているかというと、この本は僕が書いたものの中でも最も気に入っていた作品だったので、自分の作品としてカウントされないことをずっと残念に思っていたんですね。

『私のシベリヤ』は、香月さんの没後十年の一九八四年に筑摩書房の筑摩叢書におさめられて、翌八五年に第二版が出るときに、出版社と遺族にお願いして、はじめて名乗り出て、ご遺族の許しも得て、本の末尾に「実は私が書いた」という一文をはさんでもらったのです。

■プルーストの『失われた時を求めて』のようなすごさ

香月さんにより一層深入りするようになったきっかけは、九五年に、ＮＨＫが「立花隆のシベリア鎮魂歌」というＴＶ番組を作ったからです（一九九五年六月四日放送）。

ＮＨＫ山口に香月泰男の大ファンのディレクター（倉迫啓司氏）がいまして、彼が僕と香月さんの関係を知って、僕に香月さんを語らせるＮＨＫ山口のローカル番組を二本作ったんです。それが非常に評判がよくて、その拡大版として、シベリアに行って、香月さんの足跡を全部追ってみてはどうかという話に発展しました。その頃ちょうど、一九九一年にソ連が崩壊して、それまでは秘密にしていた事柄についても、場所についても、外国メディアの取材をどんどん許すようになっていました。外国メディアにシベリアが公開され、シベリアと抑留問題も取材できるようになりました。

シベリアまで来てみないとわからないと思ったのは、第一にあの寒さです。あの過酷な環境です。労働現場です。食事や宿舎の実態です。絵を見ただけではわからなかったものが、ほんとに実感をもってわかりました。香月さんの話を聞いただけでわかったつもりになっていたのが、ぜんぜんわかっていなかったのだと思いました。自分で追体験することではじめてわかったことが沢山あります。

『シベリア鎮魂歌——香月泰男の世界』の多くの部分はこのシベリア取材がベースになっています。NHKの番組の背景には六十時間におよぶ取材テープがありました。番組ではその一部しか使えなかったので、そのテープのほかに、番組のために調べたさまざまの情報を全部もりこんで、放送後に下関市の下関市民会館大ホールで「香月泰男のシベリア」と題して四時間半におよぶ大講演会をやったんです。

NHKはこの講演を記録に残し、それを編集したものが、九六年二月二十三日、ETV特集「立花隆戦争を語る——香月泰男のシベリア」という番組になって放送されました。この記録も『シベリア鎮魂歌』のベースになっています（最終的には大幅に加筆した）。

またこの間にシベリア・シリーズについての研究がいろいろすすんでいたので、そういう情報も可能なかぎりもりこみました。いろんな角度から分析して、このシリーズから何がいえるのかを徹底的に語りつくしたのがこの本です。

この本を書いてみて、香月さんとこのシリーズのとてつもない大きさがようやく見えてきたような気がしました。これまでシベリア・シリーズは、あまりに歴史の中のファクトとしてのシベリア体験、戦争体験にひきつけて語られすぎて、このシリーズの純粋絵画としてのすごさが十分評価されてこなかった気がします。僕は、この作品は、文学でいえば、プルーストの『失われた時を求めて』のようなすごさをもった作品であると分析しています。

生涯の一コマの体験事実を、あれはいったい何だったのだろうと繰り返し問い返し、何度も記憶のその部分をより深く掘り返していくうちに、ついに、この世界全体、生の全体、時の流れ全体の把握にいたってしまうような、とてつもない深さをもった作品だと思うんです。このシリーズ全体をトータリティをもって見るという視点を失わなければ、それが見えてきます。

■ギリシャ・トルコ八千キロの旅へ

『シベリア鎮魂歌——香月泰男の世界』は、ＮＨＫの番組「シベリア鎮魂歌」放送から数えて九年後、最初の原本である『私のシベリヤ』から数えれば、実に三十四年後に本として完成したものでした。

『エーゲ　永遠回帰の海』（書籍情報社）も、本になるまでにかかった年数はそれに比べれば短いとはいえ十分に長かった。

　この本は二〇〇五年十一月に出たものですが、そもそもの記事は、一九八三年に月刊『プレイボーイ』五月〜八月号に連載した「レンタカー・オデュッセイ八〇〇〇キロ」で、それに大幅に加筆したものです。つまり、本として日の目を見るまでに二十二年の月日を要したわけです。

　一九八三年がどういう年だったかというと、この年のはじめ、ロッキード裁判丸紅ルートで田中角栄被告に対する論告と求刑（懲役五年）が行われました。初公判（七七年）以来、六年間にわたってつづいた田中裁判がようやく結審したわけで、そのあと五月に予定された弁護側最終弁論まで、裁判は休みになりました。

　その間に書いたのが、この連載なのですが、その元になった旅自体は、前年八二年の夏の終わりから秋にかけて行ったものでした。

　八二年の状況は、田中側がだらだらと反証をつづけていた時期で、もはや勢いは完全に失って、政治的延命のために、裁判の引き延ばしをはかっているだけでした。夏前には、近未来の終着点が誰の目にも見えていました。

七四年の「田中角栄研究」からかぞえれば、八年がかりの仕事からやっと解放される日が見えてきたことで、ホッと一息ついたところに、月刊『プレイボーイ』誌から、長年の仕事の慰労かたがた、世界中どこでも好きなところへ行って、好きなことを思いっきり書くという仕事を受けてくれませんかという申し出があったのです。『プレイボーイ』誌とは、七七年に「プレイボーイ・インタビュー」を受けてから付き合いがはじまって、何度か単発の短い文章を寄稿するような関係がつづいていました。そういう付き合いのなかで、こういう願ってもない申し出がきたわけです。

当時の月刊『プレイボーイ』は、もちろんプレイメイトと呼ばれるゴージャスな女性たちのヌード写真も売りでしたが、本格的なルポやインタビューも載せた硬派な部分もある雑誌でした。グラビア誌でしたから、この仕事は、カメラマンといっしょに旅をして、ビジュアルな構成のページを作るという仕立てになっていました。カメラマンに選ばれたのは須田慎太郎氏で、写真週刊誌『フォーカス』で鋭いスクープ写真を飛ばしていた俊鋭ですが、彼はもともと本格派のカメラマンでした。

企画段階で僕が頭の中に思い描いていたのは、ギリシャ、トルコの遺跡をとにかく徹底的に見てまわるというものでした。

この企画は、最初から雑誌連載を終えたらすぐに単行本にまとめる予定で始められました。本は写真と文章が半々のビジュアルな作りにする予定だったので、須田慎太郎氏は七千枚もの写真を撮った。ところが、内容的には旅が完結しないうちに連載が終了してしまい、単行本にする作業も途中で休止したままになってしまいました。

そういうことになった直接の原因は、これで一段落すると思っていたロッキード裁判関係の仕事が、一段落するどころか、田中側の反撃がつづいたことによって、それからますます忙しくなり（結局は八六年までつづいた）、この連載を本に仕上げるための時間が十分にとれなくなったことでした。

もうひとつの休止した理由は、書くほどに書くべき内容がとめどなくふくれあがっていき、収拾がつかなくなったためです。この旅で行った先の地はいたるところ、歴史が詰まっていて、文化の古層が幾重にも累積しているため、それをちょっとひもときはじめると、容易なことではまとまりがつかなくなってしまったからでした。

それを最終的には本にできたのは、編集を担当してくれた緑慎也氏がＤＴＰ（デスクトップパブリッシング）の技術を駆使してくれたからです。実はカメラマンの須田氏はこの本がなかなかできないことに業を煮やして、富士フイルムフォトサロンで「エーゲ　永遠回帰の海」というタイトルで写真展を開いたのです。そのときのプログラムに僕が書いた長めの文章があって、そこに旅のエッセンスは盛りこまれていました。緑氏がその一節一節をたっぷりの写真と融合させて再構成してくれたおかげで、全体が見渡せて、とめどもなく深みにはまっていくのを避けることができたのです。あとはその延長線上で文章を書き足していけばよかった。

■聖山アトスに入国を果たす

僕とカメラマンの須田慎太郎氏がどんな旅をしたかというと、アテネからはじまった旅は、その大略を記せば、コリントス、イタケー島、ピレウス港、ミコノス島、デロス島、サントリーニ島、クレタ島、ロードス島、コス島、パトモス島、サモス島、クサダシ港、ミレトス、ディディマ、ボドルム、アンタルヤ、シデ、ペルゲ、コンヤ、アフィヨン、ヒエラポリス、エフェソス、イズミル、ペルガモン、トロイ、イスタンブール、テサロニケ、アトス半島と、きわめて複雑な経路をたどりつつ、エーゲ海をほぼ一周するものでした。

この旅の当初からの目的は、「聖山アトス」へ向かうことでした。聖山アトスとは、ギリシャ北部のアトス半島にある修道院共和国のことです。それは何かということを、『思索紀行』に書いているのでその部分を引用します。

「ここは俗に修道院共和国と呼ばれている。この半島には、二〇の修道院があり、その修道院の共同体がこの半島全体を保有し管理している。ここはギリシア政府の国家権力も及ばぬ完全自治区なのである。千年以上も前に、東ローマ帝国の皇帝が勅許状によってこの半島を修道院に与えて以来、ここはギリシア正教の聖地として、歴代の世俗権力がその特別の地位を認めたまま今日にいたっている。

正教を奉ずる各国から修道士たちがやってきて、それぞれに巨大な修道院を作った。ギリシア系以外にロシア系、ブルガリア系、セルビア系などいろいろの修道院がある。いずれも巨大で、一見西洋中世のお城のように見える。かつては、一つの修道院に数百人から数千人の修道士がいたというが、いまはどこも、たかだか数十名である。

千年余にわたって世俗権力が入らなかったため、ここは、ビザンチン（東ローマ帝国）時代の宗教文化がそのままに保存されている生ける博物館となっている。ビザンチン様式のイコンや壁画がここほど豊かに残っているところは、世界のどこにもない。修道院の教会堂は壁も天井も壁画とイコンで埋めつくされている。食堂や集会室など、修道院内部のいろいろな部屋もまた壁画でおおわれており、その中には美術史上の傑作にかぞえられるものが少なくない」

アトスに行くには、ギリシャのテサロニケからバスで四時間半をかけてウラノポリスに向かう。このウラノポリスからアトスに行く船は、一日に二本しか出ない。やっとここまでたどりついたかという感慨と、明日はほんとうにアトスに入れるのだろうかという不安で、なかなか寝つけなかったことを覚えています。

聖山アトスについてもう少し説明している部分を、『エーゲ　永遠回帰の海』から引いておきます。

《ここはギリシア人にとっても、一種の外国なのである。治外法権地域といってもいい。ギリシア人なら誰でも自由に入れるというところではない。ギリシア人といえども、アトス当局から独自の入国許可、滞在許可を得た上で、独自の税関検査も受けなければならない。

アトス独特のきまりが沢山ある。

入ることが絶対に禁じられているのが女性。いかなる女性もここに一歩でも足を踏み入れることができない。

動物も雌の入国は禁じられている。ここにはかなりのロバがいるが、すべて雄ロバである。一つだけ例外がある。雌ネコである。ネコ好きの修道士が多いため、ネコに関してはいつのまにか禁忌がゆるんでしまったのだという。

外国人、特に異教徒の外国人には、入国はなかなか面倒である。まず自国の大使館から、この人物はアトスに入国するにふさわしい人物であるという推薦状をもらい、それをもってギリシアの外務省に出頭し、アトス共和国への入国許可状をもらう。

この許可状があれば、アトスへの入国まではできるが、許されるのは入国だけである。次にアトスに入ってから、アトス当局に出頭して、入国滞在許可証をもらわなければならない。》

■黙示録の驚くべき世界

無事に入国すると、アトス当局の滞在許可証を手に入れなければならないのですが、書類審査だけでそれは発行され、ギリシャ語のほかに、英独仏三カ国語で書かれた、滞在にあたっての注意書きが渡されました。

それによると、アトスは単なる好奇心による訪問者を受け入れない。敬虔な聖地巡礼者だけが受け入れられる。すべての行動が聖なるものへの崇敬に満ちていなければならないと、ありました。心がまえのほかに、訪問者に対する具体的な禁忌が幾つもありました。たとえば、雌の動物を持ちこむこと。歌を唄ったり、踊ったりすること。水に潜ること。肉食。相手の許可なしに修道士の写真を撮ることなどです。

許可は三泊四日。この中央政庁が出す滞在許可証を持つ者は、どこの修道院を訪ねても受け入れてもらえる。ただし、修道院の扉は日の出とともに開き、日没とともに閉じられる。だから、泊まろうと思う修道院に、日没前に着かなければ、食物なしで野宿するほかなくなります。

修道院めぐりをしたとき、僕は修道士から神の教えを聞かされたり、いろいろ説教じみた指導があるのではないかと思っていました。しかし、そういうことは一切なく、修道士たちは、来訪者たちに本質的に無関心でした。一夜の宿の面倒は親切にみてくれる。それだけでした。

修道院はどれもほぼ同じ構造をしていました。巨大な長方形をなすように建物がつらなり、真ん中に大きな中庭がある。そこにカトリコンと呼ばれる教会堂がある。カトリコンは、前庭部分の外壁と内壁が壁画、天井画でびっしり埋められているのが普通でした。それに加えて、数々のイコンがあり、アトス山は全山ビザンチン美術の世界最大の宝庫なのです。残念ながら、そのほとんどすべては撮影禁止です。

唯一の例外はカトリコンの外壁の壁画です。ここは撮影を許してくれるところがかなりあるし、フラッシュなしで自然光で撮れます。撮影をしているうちに気づいたんですが、僕が見た限りでは、それがすべて黙示録の図だったのです。

「ヨハネの黙示録」には、「六つの翼があり、その翼のまわりも内側も目で満たされている生き物」とか、「七つの角と七つの目のある子羊」とか、奇怪な形象が次々と登場してきます。活字で読んでいるときは想像力が追いつかず、その奇怪なイメージを充分に把握することができませんでした。しかしそれが、一つ一つ壁画で目の前に図解されてみると、奇怪とは思ってはいましたが、これほど奇怪であったのかと、あらためて驚かされました。

修道院の信仰生活の中心であるカトリコンの外壁に、そうした奇怪なイメージをつらねて黙示録を描くということは、それ自体が修道院における黙示録信仰の重要性を物語っています。もし、世界の終末も、最後の審判も、死者の復活もないならば、「私たちは飲み食いしようではないか。明日もわからぬ命なのだから」と、聖書にもある。修道院の禁欲生活など意味がないことになってしまう。修道院に終末論は不可欠なのです。修道士にとって修道院の外の世界は、いまだに「大淫婦の支配する大いなるバビロン」なのであって、訪問者は「大いなるバビロン」からやってきた旅人にすぎないから、修道士は本質的に関心を持たないのです。

客観的に評価すれば、アトスは衰微しつつあり、「大いなるバビロン」の悪徳はこれまでにも増して栄えつつあります。しかし、黙示録的世界観からすれば、まさにそのことが、終末の接近の証明になります。終末はバビロンの栄華の極にやってくるからです。

悪徳が極限まで栄えた後に、再臨のキリストが、「わたしはアルファでありオメガである。最初の者であり、最後の者である。初めであり、終わりである」といって、姿をあらわすはずなのです。

■アルテミス神像の魔力

この八千キロを走破した旅の中では、多くのものに出会いましたが、ひとつだけここで紹介しておきます（これについて正確にいうと再会ですが）。

人には衝撃的な出会いというものがあります。出会った瞬間にいっさいの言葉を失い、茫然と立ちつくしてしまうような出会いのことです。雷に打たれ、背筋に電流が走ったかのような思いがする瞬間です。

一九七二年（つまり再会する十年前）、僕がこの地方をさしたる目的もなく放浪しているときに（【第六章】参照）、そうした衝撃的な出会いをしました。それは一つの彫刻で、トルコ・エフェソスのアルテミス神像でした。

エフェソスは古代世界で最も大きな町のひとつでした。エルサレムから小アジアを経てヨーロッパに向けての伝道旅行に出た聖パウロが、エフェソスにたどりついたとき、「これより大きな町があるだろうか」と、その巨大さに驚倒したということが新約聖書に書かれています。

僕もなんの予備知識もなくエフェソスの遺跡を見にいって、その広大さに度肝を抜かれました。エフェソスはまったくの廃墟なので、歩いて数キロ先にあるセルチュクの町に行かないと、宿泊もできないし食事にもありつけません。ガイドブックを見ると、セルチュクには博物館があって、エフェソスの遺跡の出土品が置いてあるという。道筋だったので寄ってみると、小さな博物館の玄関を入った真正面にアルテミス神像が置かれていました。

夕暮れの柔らかい光の中に、これまで見たこともない奇怪な女神像が浮かび上がったのです。

あまりにも奇怪な形象に、僕はしばしあっけにとられて、ただポカンと眺めていました。何よりも目をひいたのは、その胸全体をギッシリとおおっている乳房状のものでした。「これはいったい何なのだ」と、頭の中でさまざまの疑問符が渦をまきました。

セルチュクの博物館にあるアルテミス神像。

　乳房の下には、つま先近くまで、怪しげな獣の像が三匹ずつ六段にわたって浮き彫りにされていました。一番上はライオンで、一番下は牛のようでした。その中間のものは怪獣にしか見えない。後で調べてみると、確かにそれはスフィンクス、キメラ、グリフィンなど、神話伝説の中の怪獣でした。同じ怪獣のレリーフは、頭の両脇にも配されていて、胸には首飾りがあり、そこには十二星宮がレリーフされていました。

　これは奇怪な像なのですが、恐ろしいほどの吸引力がありました。なにか強力な磁力線のようなものが放射されているような気持ちにさせ、とにかく視線をとらえて離さないのです。魔性の力というのは、こういう力のことをいうにちがいあるまいと思いました。

　翌日、僕はセルチュクを発ったのですが、発ってすぐに、発ったことを後悔しました。町を出る前に、もう一度あのアルテミス神像を見ておくべきだったと思ったからです。その次の日も、次の次の日も、後悔はつづき、もう一度見たい、と強烈に想いました。

　それから十年、アルテミスの魔力はいささかも衰えず、ついに再会を果たしたというわけです。

■〝死者の都市〟と世界最美のスフィンクス

『エーゲ　永遠回帰の海』では、こんな話を挟みながら、ほかにも、シチリア島のセリヌンテの神殿群にたたずんでいるときに天啓のようにして歴史への考察が不意に湧き起こったこと、フィリピではブルータスとオクタヴィアヌスがローマ帝国の支配権を賭けて激突した戦いを想ったこと、またこの町はパウロがヨーロッパにはじめてキリスト教を伝えた土地であったことにも触れています。

　ちなみに、パウロ以前のキリスト教は、パレスチナから小アジアにかけて散在していたユダヤ人コミュニティに少しずつ広まりはじめたユダヤ教の異端の一分派ともいうべき存在でしかありませんでした。ユダヤ教があくまでユダヤ人の間の民族宗教にとどまったのに対し、キリスト教はヨーロッパに渡り、ギリシャ文化と結合したことによって（ユダヤ教の聖典である旧約聖書はヘブライ語だが、新約聖書はギリシャ語で書かれた）、世界宗教への道を開いたのです。キリスト教にとって、パレスチナの土着宗教から世界宗教への輝かしい第一歩が踏み出されたのは、このフィリピにおいてだったのです。

　ついでにいうと、キリスト教はパレスチナから、小アジア（ギリシャ文明と古代東方文明の混交世界）を経て、ヨーロッパへと伝播していく過程で、後期ギリシャ文明をたっぷりと吸収しています。特に東方密儀宗教の影響を受けた新プラトン主義神秘哲学の影響は大きくて、それが教説面でのキリスト教を成立させたという側面があるのです。

　たとえば、新約聖書で最も難解にして最も哲学的、最も神秘的部分といわれる「ヨハネによる福音書」の冒頭部分については本書【第五章】の冒頭でも触れました。

ほかにも、古代都市の遺跡のネクロポリスを沢山見てまわった。ネクロポリスとは〝死者の都市〟、つまり墓地のことです。古代都市においては、通例、街を囲む城壁のすぐ外側にネクロポリスが置かれました。墓地といっても、日本のそれとはかなりおもむきが違うものです。サルコファガスと呼ばれる巨大な石棺がまるで家のように立ちならび、なるほどこれは死者の都市といわれるにふさわしい景観をもっています。

日本ではこのサルコファガスの紹介が遅れていますが、この石棺には美しいレリーフがほどこされています。高位高官の人や金持ちのサルコファガスになると、一流の彫刻家が手のこんだレリーフをほどこしていて、その美術的価値が高く、いいものは博物館におさめられています。

そのうち最も有名なものをあげれば、イスタンブール考古学博物館に展示されている「アレクサンダー大王のサルコファガス」になるでしょう。アレクサンダー大王がギリシャ軍の先頭に立ってペルシャ征服に挑んでいる様を描いたもので、思わず息を呑むほど見事な石棺です。

もうひとつ紹介すると、紀元前四世紀に作られたリキアのサルコファガスです。このレ

イスタンブール考古学博物館にある世界で最も美しいスフィンクスのレリーフ。

リーフには二匹のスフィンクスが描かれています。エジプトのスフィンクスは、人の頭を持つライオンで雄です。しかし、ギリシャのスフィンクスは雌で、美少女の頭を持つ翼あるライオンです。乳房もまた美少女のそれで、うっとりするほどエロティックです。これは数あるギリシャのスフィンクスのなかでも、最も美しいものといわれています。

カメラマンの須田慎太郎氏は、ファインダーをのぞきながら、「チキショー、このオッパイいいなァ。このオッパイいいなァ」とつぶやいて何度も何度もシャッターを切っていました。実際それは、石と知りつつも手をのばしてさわってみたい気持ちにさせるほどエロティックでした。

これらはすべて写真におさめられていますが、それらの写真をふんだんに盛り込んで、フルカラーで作ったのが『エーゲ　永遠回帰の海』なのです。これは僕が書いた百冊以上の本の中でも、内容的に三本の指に入る本だと思うし、数十年たっても古びることがなく読まれつづけると思っていたのですが、なぜか思ったほどは売れませんでした。

理由のひとつは、内容の知的水準が高すぎたことにあるのかもしれませんが、もうひとつの理由は、この本が書店で、旅行案内書のところに置かれたり、写真集のところに置かれたりして、妙な扱いを受けたからでしょう。内容的には、思想哲学・古代史・宗教・考古学・美術史にかかわる本です。ぜひ一読をおすすめします。

■大日本帝国の時代を知らなければ、未来は見えてこない

一九九八年二月号から二〇〇五年八月号まで足掛け八年、計七十回にわたって『文藝春秋』に連載したのが「私の東大論」です。

この連載から二つの本が生まれたのですが、それは『東大生はバカになったか』（文藝春秋）と『天皇と東大（上・下）』（同前）で、ここでは後者の本について話します。

単行本として出した『天皇と東大』は、上巻が七百八十四ページ、下巻が七百七十六ページ、合わせて千五百六十ページという僕の著作の中では最も浩瀚《こうかん》な書籍となりました。後に文庫本となったときも、各冊五百ページを優に超える四分冊ですから、総計で二千ページを超えています。

単行本のときは副題として「大日本帝国の生と死」とつけましたが、文春文庫の四分冊では、それぞれ副題が、「Ⅰ大日本帝国の誕生」、「Ⅱ激突する右翼と左翼」、「Ⅲ特攻と玉砕」、「Ⅳ大日本帝国の死と再生」になっています。これらの副題からもわかるように、その内容は「東大論」というよりは、日本の近現代史そのものです。明治以降、日本という近代国家がどのようにして作られ、それがどのようにして現代日本（戦後日本）につながることになったかを、「東大というのぞき窓」を通して見たわけです。

東大は、明治新政府が日本を近代国家として一刻も早くたちいくようにするために、西洋文明の摂取と人材育成のために作った大学でしたから、創成期は、この学校の歴史がそのまま近代日本の歴史に重なります。そして近代後期（明治時代後半）から現代前期（一九四五年まで）にかけての時代は、日本が「大日本帝国」を名乗っていた時代で、この間、東大は「帝国大学」（明治三十年からは「東京帝国大学」）を名乗り、帝国日本の人材育成の中心的な役割を担っていました。

戦前期にあっては、日本の高級官僚は、行政官も外交官も東大法学部がほとんど一手に供給していました（他大学の卒業生は取るに足らない数でした）。したがって、ある時代の日本の失敗も成功も、その前後の時期に東大が供給してきた人材による国家運営の失敗であり成功だったといえるのです。

日本はあの「帝国の時代」に国の運営を過ち、一時大破局をとげて、ついには大日本帝国を消滅させてしまった。あのとき起きた日本国運営の過ちは、そもそも何に起因するものだったのだろうか。

この長大な連載を書きあげることで、近代国家成立の前史から「帝国の時代」の終わりまで、つまり前期現代史と後期現代史のつなぎ目のところ（終戦前夜）までを一目で見渡せるようになりました。それによって、ようやく、その「どうして」と「なぜ」が見えてきたような気がします。

僕は、いちおう人よりは歴史に通じているつもりだったのですが、これを書きながら、どれほど自分が近現代史を知らなかったかを思い知らされました。『天皇と東大』は、したがって、僕以上に歴史を知らなすぎる世代に対して、もう少し現代日本の成り立ちを知っておいてもらいたいというメッセージをこめて書いた本でもあるのです。

一言でいえば、現代日本は、大日本帝国の死の上に築かれた国家です。大日本帝国と現代日本の間は、とっくの昔に切れているようで、じつはまだ無数の糸でつながっています。大日本帝国の相当部分が現代日本の肉体の中に養分として再吸収されて、再び構成成分となっているし、分解もせずにそのまま残っていたりもします。あるいはよみがえって今なお生きている部分すらあります。歴史はそう簡単には切れないのです。

大日本帝国はなぜ、どのようにして死んだのか。世界指折りだった大帝国がなぜあそこで消滅してしまったのか。その消滅を決定づけた時間帯がどこにあったのか。そこがわからないと、日本の未来もまた見えてきません。

■東大は歴史の大転換の中心舞台

では、なぜ、書籍のタイトルが、「私の東大論」から『天皇と東大』になったのか。

日本の近現代史における最大の役者は、なんといっても天皇でした。その時代時代の生身の天皇がそれだけ大きな役割を果たしてきたということではありません。天皇という観念、あるいは制度としての天皇が中心的な役割を果たしてきたということなのです。

細かい説明は本にゆずるとして、天皇は昭和戦前期からウルトラナショナリストたちの国粋主義的シンボルとなってしまいました。それはその当時、アジア全域に武力国家として膨張し版図を広げようとしていた帝国日本の政治シンボルでもありました。同時にそれに国粋主義的現人神《あらひとがみ》神話が結びつくことで、天皇は政治と軍事と宗教が一体化した強力無比な神聖シンボルとなっていきました。

この神聖シンボルが日本国の最高価値としてあがめられ、「国体」という観念が日本を魔術的に支配しました。こうした価値の大転換期に、その後の日本の大破局はすべて準備された。そして、そのような大転換（国体の魔術支配）が起きた主たる舞台は東大だったのです。

その少し前の時期、左側からの天皇制国家攻撃が一世を風靡し、革命の時代の到来が叫ばれましたが、その主たる舞台も東大でした。それに対する反動として、右翼ナショナリストからの左翼攻撃がはじまり、右翼学生運動の中からテロリストが生まれ、そこから時代を動かす大ドラマが展開していきました。その舞台になったのも東大でした。

したがって、この時代の動きをおさえるのにいちばんいい場所は東大だったのです。タイトルを『天皇と東大』にした最大の理由はここにあります。

あの時代の日本の歴史の大転換を中心的に動かしたのは、天皇という存在であり、天皇イデオロギー（あるいは反天皇イデオロギー）であり、天皇イデオロギスト（あるいは反天皇イデオロギスト）でした。そしてそのような天皇観の相克がもっとも激しく起きた中心舞台が東大だったのです。

そもそも僕は、あの昭和の激動期に右翼が果たした役割があれほど大きかったのに、それが論理的にも心情的にもきちんと描かれた本がなかったことにずっと不満をもっていたんです。天皇（イデオロギー）と、右翼ウルトラナショナリズムを理解することなしには、あの時代の日本の大転換がわかるはずがありません。

丸山眞男（一九一四～一九九六年、政治学者）も観念的にはそう考えていたのでしょうが、あの名著といわれる『現代政治の思想と行動』を「超国家主義の論理と心理」という章からはじめています。しかし僕は、あのくだりに著しく不満を持っていました。あのようなもっともらしい抽象的な言説をならべたてただけでは、あの時代の日本を乗っ取った「超国家主義（ウルトラナショナリズム）の論理と心理」が、リアリティのあるものとしては、なにひとつ見えてきません。

日本国民が総右翼化したあの時代を、現代の日本人はどうしても理解できなかったわけです。僕にしてもはじめは、「血盟団」（井上日召の指導によって結成された右翼団体）とか「天皇機関説」（美濃部達吉の学説で、天皇は国家の一機関にすぎないとする明治憲法の解釈）なんて、言葉しか知らなかった。ほんとうのところそれがどういうことだったのか、「頭のヒダ、心のヒダに分け入って」書こうとしたのがこの本なんですね。

日本の歴史というのは、基本的に左翼史観です。しかし、この左右は、一九三一、二（昭和七、八）年のあたりで交錯し逆転するんです。たとえば共産党員が起こした熱海事件、右翼が起こした血盟団事件や五・一五事件は一九三二年のことです。血盟団事件で逮捕された四元義隆も、熱海事件で逮捕された共産党幹部と、獄中で一緒でした。僕はかつて『日本共産党の研究』という本を書きましたから、『天皇と東大』を書いたことによって、歴史を見る左右の「のぞき窓」がそろったことになります。

■天皇機関説に百ページを費やす

『天皇と東大』は結果的に、明治以降の長大な右翼史となったわけですが、そもそも書きはじめたときには、「構想」のようなものはなかったんです（笑）。第三章で「初代学長・加藤弘之の変節」を書いたころに、だんだんこの方向性が見えてきた。

加藤弘之（一八三六～一九一六年）という学長は、いってみれば、明治という国家の骨組を作ったファウンディング・ファーザーの一人といってもいいでしょう。洋学の立場から天皇に西洋文明を講釈した人物でもありました。

明治天皇はわずか十六歳で即位し、その当時の日本人がみなそうであったように、西欧文明国家のありさまなど何も知らなかった。国家のあり方がよくわからなかったのは、天皇だけではありません。当時の国家指導者たちがおしなべてそうでした。そこで、明治新政府ができるとすぐに政体律令取調御用掛を置いて、新国家のあり方の研究にとりかかるのですが、その役に任ぜられたのが加藤でした。

いま歴史をふり返れば、立憲君主制への一筋道しかなかったように見えるかもしれませんが、明治のはじめにおいては、そもそもどういう政体がありうるのかさえ皆わかっていなかったんですね。政体のありうる形を示して、立憲君主制こそいちばん合理的であると主張し、そこに官民ともに導いていくのは、加藤弘之をはじめとする啓蒙思想家たちでした。

加藤は啓蒙思想家の雄であり、その啓蒙思想をもって、明治天皇を教育し、日本の教育システムのレールを敷き、満々たる自信をもって、明治八（一八七五）年に『国体新論』

を発表しました。それはタイトル通り、日本の国体についての新しい見解で、これまでの国学者流の国体論に対する真っ向からの批判でした（ちなみに、「国体」の語で何を意味したかは、時代によって、発言者によってかなり異なる。明治時代のはじめは、ファナティカルな天皇崇拝主義の影はきわめてうすく、国体の語は、国のあり方くらいの意味合いで用いられることのほうがむしろ普通だった）。

簡単に紹介すると、文明が開けていない国では、国土は全部君主の私有物で、国民はすべて君主の僕《しもべ》であるかのように考える人が多いが、これほど誤った考えはないという。そういう国では、

「臣僕はひたすら君命これ聴きて、一心これに奉事するをその当然のつとめなりと思い、かつこれらの姿をもってその国体の正しきゆえんとなす。あに野《や》鄙《ひ》陋劣《ろうれつ》の風俗といわざるべけんや。こころみに思うべし。君主も人なり。人民も人なり。けっして異類のものにあらず。（中略）かかる野鄙陋劣なる国体の国に生れたる人民こそ、実に不幸の最上というべし」

この本を書いたころまでは加藤も立派でした。しかし、その後、海江田信義（一八三二～一九〇六年）に強硬に抗議されて「変節」するんですね。

この海江田という人物は、ほんもののテロリストです。元は薩摩藩士で明治政府の枢密顧問官なんかもやっていますが、生麦事件でイギリス人のリチャードソンを斬り殺した人物です。この「真正テロリスト」に「刺し殺されまじき」勢いで談判されて、加藤は変節してしまうんです。

この加藤弘之を書くために、天皇機関説のことを調べはじめたら、書いていくうちに、これはやはり天皇機関説そのものを書かなくてはと思いはじめた。それで結局は百ページぐらいをそれに費やすことになります。

天皇と東大の関係は非常に密接で、一時は天皇が卒業式にやってきて、優等生に特別賞を手ずから与えていました。東大をのぞき窓として歴史を見返していけば、天皇は避けて通れません。天皇制変質の契機になった天皇機関説にしても、その中心的な舞台は東大でした。ここで日本は大きく右傾化していくわけです。これはまさに戦前の日本の大きな転機になる事件だったんですね。

『天皇と東大』はたいへんな長編なので多種多様な人物が出てきますが、たとえば、皇国史観を唱えた平泉澄《きよし》（一八九五〜一九八四年）は、東大文学部国史学科の教授です。ひとことでいうと、皇国日本最大のイデオローグとして最も大きな影響力をもった人物でした。

どの方面に対しての影響力かというと、軍部はもちろん、宮中、近衛文麿首相、東条英機首相などの政治中枢に対してです。あの戦争時代にこれほど多方面にわたる影響力をもって東奔西走した東京帝大教授はほかにいませんでした。

なぜ国史学の一教授がそれほどの影響力を持つにいたったかというと、その歴史学が天皇中心の歴史学であり、その説くところが、時代にぴったり合っていたからです。

たとえば、開戦二年目の一九四三（昭和十八）年九月に刊行された『天兵に敵なし』（至文堂）は、次のように書き出されています。

「去る十二月八日、国民の待望してやまなかつた宣戦の大詔は遂に下り、天兵は直《ただち》に海を越えて四方に飛び、まつろはざるものを粉砕した。幾千年を忠義の至誠に貫く強き伝統に鍛へられた皇軍の前に僅に利を以て結び富によつて傲る者の、一たまりもなく潰えたことは、もとより当然といはなければならぬ」

彼の信念は、日本は天皇の国、つまり神の国だから、天皇の親兵である日本軍は天の兵隊（天兵）であり、向かうところ敵なしで当然連戦連勝というものでした。このような信念の持主で文筆にも長じていた平泉の教育活動、言論活動は、軍部から高い評価を受けて、軍内部のさまざまのセクションから多くの講演依頼を受けるようになったほどでした。

二・二六事件で皇道派の将校が決起した当日、秩父宮は配属されていた弘前連隊を離れて汽車に乗り、上京するんです。青年将校たちは秩父宮を天皇に担ごうとしていたという話があります。

ほかにも、日露戦争でバイカル湖まで進軍しろと叫んだ東大七博士の戸《と》水《みず》寛人《ひろんど》、天皇主権説を唱えた穂積八束、上杉慎吉（穂積の弟子）など、いまとなっては信じられないほど極端な主張をする東大の教授が次から次へとあらわれてきたんです。

■再びの日本の分岐点は？

考えてみれば、この連載をはじめたころは、橋本龍太郎首相の時代（一九九六年一月〜九八年七月）、それから小渕恵三、森喜朗とつづきます。橋本の失政にはじまった、ひどい時期ですよね（笑）。もう一度国が滅びるんじゃないかという気分は強かったですね。しかし、実際のところ経済の数字をみれば、日本が近いうちに滅ぶだろう、というのは悲観的でもなんでもないわけで、いまだって、明日破綻したっておかしくないわけです。

だって、あの当時で借金は七百兆円を超えていたんですよ。現在は増えつづけて、約千百兆円です。日本の経済はまさにクビの皮一枚でつながっています。

仕事机脇のベッドで仮眠を取る筆者。

第一の敗戦と同様に、経済の失政についての責任追及はなされていません。第一の敗戦にたとえていうなら、敗戦後も軍部の政治支配がつづいているのと同じことでしょう。バカがコントロールに失敗して、さらにそのバカの支配がつづいている。いわば、陸軍の統制派が権力の内部交代をやりました、というのと同じことがいまでもつづいているんです。

いま生きている時代を慨嘆してもしかたがないけれど、どんな時代にどんな転機があって、こうなってきたのか、ということを考える上で大日本帝国が生まれて敗戦を迎える五十六年間を読み直すことは不可欠だと思います。

いま日本人が忘れているのは、もしも日本があの戦争をああいう形ではじめず、第一次大戦と同じように、戦勝国の側に身を寄せていたらどうなっていただろう、と考えてみることです。アメリカどころじゃない、アジアの広大な領域にまたがるとてつもない国になっていたでしょう。しかし、陸軍だの右翼だのの大バカ集団が支配するとんでもないたわけた国になっていたかもしれない。事実、日本は敗戦国の側に立ったために、大国になるどころか、亡国の淵をさまよったわけだけれども、結局、このほうがよかったのかもしれないですね。

再び分岐点があるとしたら、それは今なのかもしれない。あるいは後で歴史を振り返ると、すでに分岐点を過ぎてもはや戻れないところに来ているかもしれません。それは、これから何が起きるかによって、後からわかることなのでしょう。

【第十二章】 がん罹患、武満徹、死ぬこと

■僕は全身「生活習慣病」

生活習慣病で東大病院の永井良三先生にみてもらいはじめたのが、ちょうど二〇〇〇年のことで、『文藝春秋』で先生との対談「ぼくは全身『生活習慣病』」を載せたのが二〇〇七年十月号でした。

東大病院で最初に診察を受けたのは一九九六年十一月で、担当医は別の先生でしたが、九七年のカルテによると、血圧が上は二一〇で下が一三〇、痛風の症状も出ていたのにワインを毎日五百ミリリットル飲むという、滅茶苦茶な生活をしていたんですね（笑）。

ついでに、僕の病歴を簡単に述べておきますと、九七年六月、原因不明の激痛に襲われ、東大病院に緊急入院しています。ＭＲＩで脳梗塞と脳出血の痕跡が見つかりました。二〇〇一年頃は、わずかな段差で転倒することが続きました。〇二年十月、便の血液反応が陽性と出て、大腸内視鏡で直径二センチメートルのポリープが見つかり除去しています。検査の結果は良性でした。〇六年二月に糖尿病が顕在化してヘモグロビンＡ１ｃは六・五と、標準値（当時）の六・一を上回っています。〇七年八月に再び大腸ポリープが見つかり、頸動脈に軽度の動脈硬化が見つかっています。

そして、二〇〇八年、心臓の冠動脈に梗塞部が発見され、バルーン（小さい風船）を入れてそれを拡張するとともに、ステント（ステンレスのパイプ）を入れて、血流を確保する手術を行いました。

九七年六月に緊急入院した時点で、検査をすればするほど異常が見つかって、僕の体は〝生活習慣病のデパート〟みたいな状況でした。重篤というわけではないけれど、病気一歩手前という異常が山ほどありました。

■膀胱がんの宣告を受ける

僕が、「ああ、これは立派ながんです」といきなり宣告されたのは、二〇〇七年十二月四日のことでした。

目の前のモニターに海底のような膀胱の内部の風景が一瞬パンフォーカスで映ったのです。次の瞬間、カメラがグングン寄っていくと、まるでイソギンチャクのような、巨大な海藻の根のようなものが、そこにゆれ動いていました。

「これががんなんですか？」

「そう、これががんだよ」

膀胱がんなのだという。
宣告したのは、東大病院泌尿器科の北村唯一教授。天皇（当時）が前立腺がんの疑いで入院して手術を受けたときの主治医です。

東大病院に入院してから十年たった二〇〇七年、それまでは致命的なイベントに出会わずにすんできたのですが、今回は本当にヤバイのかもしれないなと思いました。

そもそもなぜ検査を受けたかというと、その前日の午前三時頃、事務所で徹夜の仕事をしながらトイレに立ったら、突然大量の血尿が出たからです。それはくすんだレンガ色でなにか異様でした。その異様さに思わずギクリとし、何か体内に異状が起きたにちがいないと思ったのです。すぐに永井先生に相談したところ、北村教授を紹介してくれたわけです。

がんはここにもある、あそこにもある、と北村教授が内視鏡の画像を次々に示しました。

「こういうのは単発じゃなくて、多発性というんだよ。多発性膀胱がんだ」

多発性と聞いて、はじめて不安な気持ちがよぎりました。

膀胱がんは、日本では毎年二万人がかかり、八千人が死にます。特にアメリカでは、毎年一万人が死亡し、前立腺がんと合わせると成人男子のがん死の約半数を占めるところから、近年最も注目を浴びています。

「でも、これは初期なんでしょう？」

とたずねた。そのときは、こんなに自覚症状が何もないのだから、初期にちがいないと無邪気に信じこんでいました。

「いや、これは初期じゃないね。中期をすぎています」

と北村教授は無情にいい放ちました。

結局、その日のうちに、手術予定日が決められ、実際に入院して内視鏡で手術を受けたのが、十二月二十七日。そして、手術後の治療として、膀胱がんの手術後の標準療法になっている「ＢＣＧ」療法を週一回のペースで受けました。スレスレのところで、膀胱全摘というような事態におちいることは避けられましたが、もう「がん細胞はなくなりました」という根治レベルに達したわけではありませんでした。

■がんとの出会いに、ご用心、ご用心

このときのがん発覚から、手術の経過から事後までをことこまかに書いたのが、『がん　生と死の謎に挑む』（文春文庫）です。

この本は二部構成になっていて、『文藝春秋』に四回にわけて連載した「僕はがんを手術した」が第二章におさめられています。その四回とは、①宣告、②主治医との対話、③膀胱にメスが入ったとき、④がんという敵の正体、です。

最後にこんなことを書いています。

《僕の場合は、膀胱壁から突出していた腫瘍三つは電気メスで削り取った。その際、腫瘍部以外の膀胱壁八カ所から細胞をかじり取り、それを病理検査にまわした。

　その結果は、一週間以上経ってから伝えられたが、腫瘍部以外のところからがん細胞は認められなかったということだ。

　しかし、がんの場合、それでメデタシ、メデタシというわけにはいかない。目に見える腫瘍は処置しても、このグラフ（注・「胃ガンの自然史の半定量的モデル」の図表）でいう最初期、初期のステージにあたる、「見えないがん」がどこにどれだけあるかは誰にもわからないのだ。僕だけではない。今生きている大半の人が、このような「見えないがん」をかかえているはずなのである。日本人の半分がいずれがんになり、三分の一ががんで死ぬということは、そういうことを意味しているのだ。がんがすでにプロモーションの段階に入って増殖をつづけていても、目に見えるところまでいくまでに十五年ないし、二十五年の目に「見えないがん」の時代を経なければならないのだ。

僕の場合は、手術後のトリートメントを一応すませ、あとは数カ月に一回の検診を受けつつ膀胱の場合ほとんど確実に起るといわれる再発を待ち伏せるという生活を今後何年間かつづけることになる。

しかし、統計的にほとんど確実にいえることは、僕が致命的な再発に出会う確率より、いま自分は何ともないと思っている読者の方々のほうが、「自分のがん」と悲劇的に出会う確率のほうが多分ずっと高いだろうということである。

ご用心、ご用心。》

■僕とがんとの関わり

がんと僕との初めての関わりは、八〇年代の終わり頃になりますが、僕の義父が悪性リンパ腫と診断されて、築地の国立がんセンターに入院したときのことになります。僕は直接の身内ではなかったのですが、一緒に来てくれというので家族についていった。それががんの専門医と会った初めてのことでした。

専門用語が次々と出てきて、よくわからない説明が延々とつづいた。そのときは、患者本人への「がん告知」も一般的ではありませんでした。いまならすぐに、「それはがんなんですか？　がんじゃないんですか？」とストレートな答えを求める質問をしたはずですが、僕も説明を受ける中心人物ではないということで、あまりシャシャリ出ることもなく、要領を得ない説明を聞くだけで終わりました。

それから十年あまりたった九〇年代の終わり頃、今度は、僕が最初に結婚して子どもまで作った人ががんになりました。それは離婚してからかなりたってからのことで、僕はすでに再婚していたのですが、彼女はほかに相談する人間もいなかったらしく、僕に相談してきました。

この頃になると、がん告知は一般的になりつつあって、彼女も告知を受けてひどいパニック状態になっていました。

話によると、風邪をひいてしばらく寝こんだあと、妙な咳がいつまでもつづくので、近くの医院に行った。すると風邪が長びいただけで心配ないといわれたのですが、そのうち血痰まで出るようになったので、もう一度その医院を訪ねた。Ｘ線とＣＴを撮ると、ヘンなカゲが出ている。肺がんの疑いがあるから、近くの埼玉県立がんセンターでちゃんと診てもらうようにとのことでした。

がんセンターにおもむくと、何日もかけて検査がなされ、肺がんを宣告された。しかも、進行性でかなり悪い。精密検査の結果、がんはすでに脳に転移していて、脳腫瘍が十個以上もできており、末期がんの状態で、余命は一年あるかないかだといわれた。

肺がんは四期にわかれるが、四期は脳に転移がある場合で、手術は不可能。脳を放射線、肺を化学療法で治療するが、それで一年生存率は二八パーセント、五年生存率は六パーセントしか期待できないということでした。

医者は、放射線をすぐはじめるとともに、六パーセントに賭けて化学療法を受けることをすすめました。しかし、彼女は、このあまりにも衝撃的な事実をすぐには受け入れることができず、医者と激突してしまったのでした。

僕は医者とケンカしても百害あって一利なしの立場だったから、マアマアと取りなすだけでしたが、それを見てつくづく感じたことは、医者・患者関係をこれほど悪いものにしてはいけないということでした。

ちょうどこのしばらく前から、世の中では、近藤誠氏の『患者よ、がんと闘うな』（文春文庫）という本が評判を呼んでいました。彼女が医者に不信感を持った背景には、多分にこの本の影響があったように思われます。この本はそれまでのがん医療の通念を打ち破り、それまで常識とされてきた、「検診による早期発見」「切れるがんは切るべしとする手術優先」「手術できなければ抗がん剤投与」などの考え方を片端から否定して、既成のがん治療医はほとんどバカだらけといわんばかりの本でした。

この本にはもっともな部分も多分にあることはあったのですが、下手にこの本の影響を受けると、彼女のようにがんと闘うよりも、医者と闘うほうに熱中してしまい、それでがんと闘っているつもりになるという錯覚を起こしがちでした。

彼女がとりわけ影響を受けたのは、この本の抗がん剤をほとんど全否定するような立場（実際には、近藤医師はある種のがんには有効だといっている）でした。彼女は近藤医師の意見が正しいと思うから、化学療法（抗がん剤治療）だけは絶対に拒否すると頑強に主張したのでした。

がんは自分の死を覚悟し、無理な延命を求めなければ、ほとんど終末期まで意識の清明さを保って、ものを書くなどの精神的労働ができるはずだからそちらを望むといいました。そこまでの覚悟ができてからの彼女は落ち着きを取り戻し、医者と争って無駄にエネルギーを費やすよりも、残り時間を利用して、いまのうちに何かできることをしておきたいと思うようになったようでした。

それから数カ月かけて、息子への遺書のような本を一気に書きあげて講談社から出版しました。それは残り少ない生命エネルギーを一気に燃焼させたような驚くほどの集中力で仕上げた本でした。彼女はそれまで十冊くらい本を出している人で、それは主として翻訳書で、それなりに筆力がある人ではあったが、それにしてもがんをものともせず、数カ月で一冊の本を書きおろしてしまったことは、なかなかすごいことだと思いました。

がんの宣告からその死まで、ほぼ一年間の彼女の悪戦苦闘をハタから見て、これは他人ごとではないと思いました。僕だって、いつ何どき、がんを宣告されて、余命をかぎられてしまうかもしれない。そうなったとき、残り時間をどう使うか、いまのうちから真剣に考えておく必要があると思いました。

それとともに、彼女の最期の一年余を見ていて、自分の場合は、自若としていたいと思いました。そして基本的には、彼女のように、無理な延命治療は求めず、意識の清明さをより長く維持できる道を選択して、やり残した仕事をできるだけ完成させたいと思いました。

実際は、その思いが本物かどうか試される機会が、それから七年後にやってきたことになります。

■ニュースキャスター筑紫哲也さんの死

ここで、筑紫哲也さんの死について話しておきます。

まず、ニュースキャスターとして知られる筑紫さんは、僕とは本当に長い長い付き合いの仕事仲間でした。筑紫さんが朝日新聞社で、『朝日ジャーナル』のデスクをしていたころに付き合いができて、田中角栄の金脈追及の後半戦からよく一緒に仕事をしました。ロッキード事件で角栄が逮捕され、裁判がはじまってからは、筑紫さんが編集長となった『朝日ジャーナル』で裁判の傍聴記をずっと連載させてもらいました。文藝春秋が「ロッキード裁判批判」をはじめると、それに対する大反論「ロッキード裁判批判を斬る」を延々と連載させてもくれました。

筑紫さんがテレビに転じてからは（はじめはテレビ朝日の「日曜夕刊！こちらデスク」。後にＴＢＳの「ＮＥＷＳ23」）、度々番組に出してもらって、番組のキャスターとゲストという形で付き合いがつづいたのです。

彼が肺がんになり、それを番組で告白し、しばらくテレビの仕事をやめて治療に専念す

『ロッキード裁判傍聴記』出版記念パーティでの筑紫氏と筆者（1985年3月）。

ることを宣言したそのころ、僕はちょうど東大の情報学環という部局にいて、日本のジャーナリズムの歴史をオーラルヒストリーとして残そうというプロジェクトをはじめたところでした。筑紫さんに自分史を語ってもらう企画を立ち上げ、彼には快諾してもらったので、東大の研究室でヒアリングを何回かやりました。しかし、筑紫さんの病状が一回ごとに悪化し、ついに話を聞くことがかなわなくなったのです。

実は、東大のヒアリングの後、もう一回大掛かりなヒアリングを『文藝春秋』誌上で「がん対談」という形でやろうとして、その実現一歩手前までいっていたのです。亡くなるちょっと前の二〇〇八年八月のことでした。筑紫さんが最後の療養場所にしていた鹿児島の特殊な放射線治療を行う病院に、僕と『文藝春秋』の編集長、編集部員、速記者などがみんなでおしかけて、現地でロングインタビューをしようという計画ができあがっていました。

約束をとりつけたころは、電話で話しても元気そうでした。いよいよ明日出発という前の晩、念のためにと思って、確認の電話を僕が入れたのです。筑紫さんは「あー、いいよ、いいよ」といってくれたのですが、ちょっと話しているうちに激しく咳き込みはじめて、「いやー、なんか風邪をこじらせたみたいで……」といって、話をするのも苦しそうになってきました。

それは風邪ではなくて、肺がんの末期症状が出だしたところだったのでしょう。あまり咳き込み方が激しいので、これは明日はとてもムリだなと思って、とっさの判断で、「筑紫さん、ちょっと休んだほうがいいよ。とりあえず明日の予定はなかったことにしましょう」といって電話を切りました。結局、それが筑紫さんと話す最後になってしまいました。

その三カ月後に筑紫さんは亡くなってしまったのです。まさか、その電話が最後になろうとは夢にも思いませんでした。しかし、がんという病気は、最後の最後は本当にまさかと思うほど進行が速くなるものであることを後に知りました。

■ノーベル賞が確実視された戸塚洋二さんの死

物理学者の戸塚洋二さんは、生きていれば確実にノーベル賞を取っていたと世界中が認める人です。戸塚さんは、岐阜県飛驒市の神岡鉱山の中に作られたスーパーカミオカンデという巨大な素粒子観測装置を使って、ニュートリノに質量があることを世界ではじめて証明したことで知られます。二〇〇二年には、師匠にあたる小柴昌俊さんがノーベル物理学賞を受賞し、戸塚さんもニュートリノの質量発見の功で近いうちに受賞するはずだと見られていました。

僕は長年、戸塚さんを取材してきました。〇三年に、戸塚さんは高エネルギー加速器研究機構長に就任し、日本の素粒子物理実験を引っ張るリーダーとして活躍していたのですが、二期目の機構長内定を辞退して、突如、退職してしまいました。高エネ研の研究者に、「なんで突然退職なさったんですか？」ときいても、「知らない」「わからない」という答えしかありませんでした。しかし、亡くなった後に聞くと、戸塚さんに近い研究者たちはみな、がんとの闘病のために退職したことを知っていたのです。戸塚さん自身は、身近な人にはがんのことを隠していませんでした。

戸塚さんは二〇〇〇年に最初の大腸がんの手術をしています。それが四年後、再発で左肺に二カ所の転移が見つかります。このときはすぐに手術で切除しましたが、その翌年、再々発で右肺に多発性の転移がみつかったときには、もう手術はできませんでした。医者から抗がん剤治療をすぐにはじめるようにすすめられますが、研究機構長としてたいへん忙しかったので、治療の開始を半年延期しました。〇六年三月に機構を辞めて、翌月から抗がん剤治療をはじめ、〇七年八月からブログをはじめています。

そのブログはたいへん詳細なもので、自分のがんのＣＴ写真をスキャンしてデジタル化し、その大きさを計測して、がんの成長曲線を描いて、予後を推定したり、そこに抗がん剤の服用期間を書き入れたりしてその効果を計るなどしました。この人は骨の髄まで科学者だったんだなと思わせる詳細な記録でした。それは『がんと闘った科学者の記録』（戸塚洋二著、立花隆編、文春文庫）に収められています。

戸塚さんからメールをもらったのは、僕が『文藝春秋』（二〇〇八年四月号）に「僕はがんを手術した」の一回目を出して間もなくのことでした。そこには、自分もがんであることと、ブログを書いていることが記されていました。

二通目のメールは、僕の連載手記第二回の感想として、「お亡くなりになった元奥様関係のところで涙を流しました。元奥様の気持が最後に澄んでいくところが（私の個人的な理解かもしれませんが）、実によく理解できます」とありました。

メールのやり取りを何度かした後、戸塚さんにお会いしてインタビューをしました。それから間もなく戸塚さんは亡くなったのです。

戸塚さん、筑紫さんのお二人がつづけて亡くなったときは、いささか動転しました。お二人とも、その最後のステージが驚くほど急速に悪化して、本当にあっという間に亡くなってしまわれたからです。お二人の最後の急展開を目の当たりにして、がんという病気の恐ろしさ、手ごわさを改めて思い知らされました。

■死ぬまでちゃんと生きること

『がん　生と死の謎に挑む』第二章の僕自身のがん体験記は、読み物としてはそれなりの面白さはありますが、がんに対する見方は浅い側面があります。圧倒的に質が高いのは第一章の部分です。これは、二〇〇九年十一月二十三日にＮＨＫで放送されたＮＨＫスペシャル「立花隆　思索ドキュメント　がん　生と死の謎に挑む」をもとに、書き足しにつぐ書き足しで出来上がりました。

この番組はとてつもない情報量を持った番組でした。この番組以前も以後も、沢山のがん番組が作られてきたのですが、そのすべてが、がんについての各論でしかありませんでした。しかし、この番組は、がんの総論です。がんとはそもそもいかなる病気なのか、ということに多面的に正攻法で取り組んだはじめての番組だったのです。

そもそもは、僕が二〇〇七年にがんにかかったことを知ったNHKの岡田朋敏ディレクターが企画したものでした。僕と岡田ディレクターは、その二年前に、NHKスペシャル「立花隆　最前線報告　サイボーグ技術が人類を変える」（〇五年十一月五日放送）という大型番組を一緒に作っていたので、お互いに既知の仲でした。

僕の取材だけでアメリカに三回、ヨーロッパに二回、ほかにクルーだけの取材がアメリカ二回、ヨーロッパ一回、それに国内取材もあちこちに十五回以上と、大変な手間をかけたものでした。取材対象者は、いずれもこの世界の第一人者として定評のある先生方ばかりでした。そもそもがんとはいかなる病気なのかという、がんの本質の掘りさげ方において、行きつくところまで行きついたといえるだけの水準に仕上がったのです。

第一章は、この番組のメーキング・オブです。この番組がどのような意図のもとに作られ、どのような取材過程、どのような制作過程を経て作られていったかを、かなり詳しく描きました。また、この番組を作りながら、僕が何を考えたか、何を感じながら取材をすすめていったかなどが描かれています。

この番組は放送直後から大変な評判を呼び、何度も再放送されただけでなく、あの番組についてもっと詳しく話をしてほしいという要望が沢山ありました。それを受けて、僕は全国各地で何度かにわたって話をしたのですが、東京都町田市の「まちだ市民大学」での「がんとどう向き合うか」（一〇年四月二十九日）という講演で話したことをベースにして第一章を書きました。

この本を出してからもうすぐ十年になりますが、がんを取り巻く事情は、急速に大きく変わりました。この本の中でも紹介したがんゲノム計画が、全世界のがん研究者の共同プロジェクトとして進行しているし、そこで得られた知見にもとづいて、がんはその患者特有の遺伝子変異をふまえた個別化医療の方向にどんどん向かっています。

また、がんの本質的理解の仕方として、それまでは必ずしも主流ではなかったがん幹細胞説が正しいと認められ、各種のがんで幹細胞が次々に発見され、幹細胞説にもとづく新しい治療法の導入が進んでいます。そういう意味では、がんを細胞増殖と遺伝子の病気ととらえたこの本の見解の通りに現実が進んだともいえるでしょう。

番組の最後で僕が話したことを本の中に再録してありますので、それを引用しておきます。

《「この取材をしてきて、私が確信していることが二つあります。

一つは、私が生きている間に人類ががんを医学的に克服するということはほとんどないだろうということです。

で、もう一つは、だからというか、自分がそう遠くない時期に非常に確実に死ぬだろうけれども、そのことが分かったといって、そうジタバタしなくて済むんじゃないかということなんです。

がんというものはしぶとすぎるほどしぶとい病気なんです。

というか、生命そのものがはらんでいる『一つの避けられない運命』という側面を持っているということなんですね。

そうであるなら、全てのがん患者はどこかでがんという病気と人生の残り時間の過ごし方について折り合いをつけねばなりません。

僕の場合、残り時間の過ごし方はいたずらにがんばって人生のＱＯＬを下げることではないだろうと思うんです。

徳永先生（注・鳥取県の野の花診療所の徳永進医師）のところで学んだことは人間は皆死ぬ力を持っているということです。

死ぬ力というといい過ぎかもしれません。

死ぬまで生きる力といった方が良いかもしれません。

単純な事実ですが、人間みな死ぬまで生きるんです。

ジタバタしてもしなくても、死ぬまでみんなちゃんと生きられます。

その単純な事実を発見して、死ぬまでちゃんと生きることこそ、がんを克服するということではないでしょうか」》

■天才作曲家・武満徹の世界

僕の最後の大作といえば、二〇一六年に出した『武満徹・音楽創造への旅』（文藝春秋）です。この本は、そもそもは『文學界』に一九九二年六月号から九八年五月号まで、五年十一カ月にわたって連載された「武満徹・音楽創造への旅」をまとめたものです。

連載の最終回の末尾に、「この連載は加筆修正の上、近いうちに文藝春秋より単行本として出版する予定です」と記したのですが、実際には「近いうち」どころか、十八年間も出版されないままに放置されていました。

僕は放置していたその理由を、本の「おわりに　～長い長い中断の後に」でこう書いています。

《武満さんの九六年の死はあまりに唐突だった。身体の調子がよくないことは知っていたが、まさかあそこであんな形で、突然亡くなってしまうとは夢にも思わなかった。第四十二章に書いたように、その報せを受けたとき、私は人前にいたにもかかわらず、思わず「エーッ」と大声をあげてしまった。あのとき私はすっかり気が動転してしまった。そしてなにもかもやる気がなくなってしまったのである。

一言でいえば、私の精神と神経がコラプス（崩壊）状態を引きおこし、仕事の継続を拒否したのだ。それくらい私はあの連載に自分を賭けていた。私は武満さんも武満さんの音楽も大好きだった。その気持が武満さんにも伝わってか、武満さんは私が何か質問すると、何でも答えてくれるという関係を築くことができた。あの連載は、はじめる前

武満氏に取材する筆者（1992 年 4 月）。

に、三十時間の事前インタビューを行っている。はじまってからも毎回それに補充インタビューを重ねるという形ですすめられたから、通算したら百時間を超えるインタビューがベースになっているという話は既に冒頭に書いた。よそのインタビューでは全く出てこない話が次から次に出てきた背景にあるのはそういうことなのだ。それだけの深い思い入れをもってつづけていたあの仕事が武満さんの死によってすべてが潰えてしまうということは到底容認できることではなかった。》

連載後十八年のときを経て完成した『武

満徹・音楽創造への旅』は、大きく二章に分かれています。

まず第一章で僕がやったことは、武満徹がどのようにして出来上がったのかを時系列で追うことでした。つまり、武満徹がエスタブリッシュされた作曲家と見なされるようになるまでのメイキング・オブ・タケミツです。どのあたりから武満がエスタブリッシュされたかというと、人によって考え方が多少ちがうかもしれませんが、僕は、六六年の「アーク」と六七年の「ノヴェンバー・ステップス」あたりだろうと考えています。

武満はこの二つの作品によって、国際的に当代一流の作曲家と目されるようになり、世界各国のさまざまの団体から作曲を委嘱されるようになります。

■武満への世界的な評価

武満徹が死んだとき、この作曲家が日本ではまるで正当に評価されていないことに僕は淋しい思いをしました。

たとえば、NHKの夜七時のニュースで、武満の死が報じられた際、ニュースの本記部分は、「NHKの連続テレビドラマ〝夢千代日記〟の作曲者であった武満徹さんがお亡くなりになりました。武満さんは一昨年のNHK放送文化賞の受賞者でもあります」というだけでした。そのあと指揮者の岩城宏之さんがインタビューで、武満はストラヴィンスキー（イーゴリ・ストラヴィンスキー。一八八二〜一九七一年）やメシアン（オリヴィエ・メシアン。一九〇八〜一九九二年）とならぶような世界的な大作曲家だという談話は寄せていましたが。

翌朝の新聞記事も、ＮＨＫよりはましでしたが、記事の中身は薄いものでした。武満の音楽を世界の音楽の中にきちんと位置づけた記事は皆無に等しかった。

ところが、海外の報道はちがったのです。ニューヨーク・タイムズなどは、死亡記事の欄を一面まるまるつぶすという破格の扱いで、文化人でこれほど大きな扱いを受けた人は、ノーベル賞受賞者以外にはいないという話でした。

僕は武満の亡くなった次の日から、ＮＨＫの特別追悼番組に協力することになったのですが、その材料集めのために、世界中の著名な音楽家たちに追悼のメッセージを依頼すると、みな二つ返事で引き受けてくれて、次の日からメッセージが続々とＮＨＫに届きました。それを読むと、武満がどれほど高い評価を同時代の音楽家たちから受けていたかがよくわかりました。

さわりの部分を紹介しておきます。たとえば、カナダの世界的な指揮者シャルル・デュトワ。
「武満は西洋と東洋の文化のかけ橋となった最初の、そしてもしかしたら唯一の作曲家です。彼は日本人ですが、彼の音楽は常に西洋でも受け入れられてきました。彼は自分の音楽の中で、常に東洋にも西洋にも相通じるものを追求してきました。（中略）武満の音楽は民族的な音楽ではなく、普遍的な美しさがあります。それがために、この二、三十年、世界の聴衆を魅了してきたわけです。彼の音楽は、二十世紀を代表する音楽として、今後も人々の記憶に残るでしょう」

　フルートの第一人者、オーレル・ニコレはこう述べていました。

「武満はこの二十五年間、私が最も尊敬し、最も愛し、その作品を最も多く演奏してきた作曲家でした。彼の死を知ったとき、私はショックで気が動転してしまいました。武満の作品は、ブーレーズ、ベリオ、シュトックハウゼンなどとならんで、すでに二十世紀音楽の古典になっています。武満の音楽には、すぐにそれが彼の作品とわかる何かがあります。偉大な作曲家の作品というのは、みんなそうです。モーツァルト、バッハ、ドビュッシー、武満、ベリオ、ブーレーズ、みんな最初の数小節を聞いただけですぐに聞きわけることができます。作曲家の中には、〝入れ替え可能な〟作曲家が星の数ほどいますが、そういう作曲家と、これらの偉大な作曲家は全く別な存在です。武満の音楽は、二十世紀を代表する音楽として後世に残り、今後も演奏されつづけると確信しています」

今をときめくイギリスの指揮者、サイモン・ラトルはこう述べました。

「偉大な作曲家というのは、いつの時代でも少ないものですが、いま我々は、超弩級の作曲家を失ってしまったのです。彼は私にとっても私の家族にとっても人生の一部でした。今でも、それを失ってしまったということが信じられません。彼は、現代の最も偉大なオーケストラ作曲者でした。彼はよく『ぼくは一度もオーケストラのことをちゃんと勉強したことがないんだ』といってましたが、自分の洗練された耳と繊細な感性だけを頼りに、誰も創造したことがない、魔法のような音を作りだしました。武満のオーケストラの音は、圧倒的な、現世のものとは思えないほどの美しさをもった音でした。それは本当に武満の天賦の才によるとしかいいようがないものでした。

彼の曲は、聴衆だけでなく、世界中の音楽家、作曲家に大きなインパクトを与えました。それは彼がオーケストラの新しい可能性を教えてくれたからです。ドビュッシーもオーケストラの新しい可能性を見出した作曲家でしたが、ドビュッシーが地上のオーケストラをちょっと空中に持ち上げてみせた作曲家だとしたら、武満はそれを宇宙空間にまで持ち上げてしまった作曲家といってもいいでしょう。彼はオーケストラを用いて、全く新しい詩を書く方法を見つけた人なのです。ああいう音楽の書き方ができる人は武満以前にはいませんでした。あそこまで甘美な音楽を書いた人はいませんでした。彼はこれからずっと、現代の最も偉大な人物の一人として記憶されることになるでしょう。ドビュッシーとラヴェルとメシアンの音楽が終わり、武満の音楽が始まる地点こそ、西洋と東洋が真に出会う地点であり、二つの偉大な伝統が統合される地点なのです」

　武満が世界からこれほどの評価をうけている作曲家であることを、日本人のほとんどが知りません。僕が武満について書きつづけたのは、そのギャップを埋めるためでもあったのです。

■武満の進化と現代音楽

　そもそも僕が武満の音楽に出会ったのは、一九六〇年九月に開かれた東京現代音楽祭でのことでした。このとき、武満作品としては、「弦楽のためのレクイエム」が演奏されたのですが、実をいうとあまり鮮明な記憶がありません。

　この音楽祭で何より僕の記憶に残ったのは、高橋悠治の圧倒的なピアノ演奏でした。それから高橋を追いかけることになって、一九六一年四月に草月ホールで高橋悠治のリサイタルが開かれました。そこで出会ったのが武満の「ピアノ・ディスタンス」でした。

　わずか五分足らずのシンプルなこの曲は、僕の中に入ってきて、僕のどこかを確かに変えました。僕はそのとき、ニセモノだらけの前衛芸術の中で、まぎれもない本物に出会ったと感じました。このときの出会いをもって、僕は武満徹という作曲家が作り出す音に絶えざる関心を持つことになったんですね。

　僕は武満の作った音を受け取るという立場から、彼の長い創作活動に彼の知らぬところで密かにコミットしてきた数多い聴衆の中の一人です。それだけ長いこと武満にコミットしつづけられたのは、彼の作り出す音楽が、不思議なほど常に刺激的でありつづけてきたからだと思います。彼の作り出す音は、初めての出会いのときと同様に、僕の内面に深く入り込んで、僕に振動を与え、僕に変化を与えつづけたのです。

　武満の音楽は、いわゆるクラシック音楽、つまり古典派やロマン派の音楽にもっぱら慣れ親しんだ耳には、決して聞きやすい音楽ではありません。武満の曲はそういう耳が聞いたことがないような音を、古典的楽曲の形式からはまったく外れたシーケンスでならべ、聞く者を挑発します。そして聞く者の聴覚は安全な空間の外に追い出されるのです。知覚は「美」から解き放たれて、それまで閉じていた思考回路が開かれ、激しく思考することを強いてくるのです。

僕は武満のような人を同時代人に持ち、音を通してレゾナンス（共鳴）を交わすことで、一つの時代感覚を共有しつづけてこられたということを、かねがね幸せに思っていました。だから、『文學界』編集部から、武満徹を長時間インタビューしてくれないかという依頼を受けたとき、自分にとって、絶えざる刺激を与えつづけてくれた人と会って話してみたいという、多分に個人的動機にかられて僕は喜んで引き受けたのです。

第一章で書いたのは、さきほど話したように、武満がエスタブリッシュされるまでです。戦時中に勤労動員されたときに密かに聞いたフランスのシャンソン『パルレ・モア・ダムール（私に愛を語って）』が武満を音楽の道に向かわせたこと、石原裕次郎の『狂った果実』の映画音楽を書いたこと、瀧口修造（一九〇三～一九七九年、日本を代表する美術評論家）の「実験工房」に参加したこと、結核と貧困の時代、谷川俊太郎（一九三一～、詩人）との交友、来日したストラヴィンスキーに「弦楽のためのレクイエム」を激賞されたこと、ＮＨＫの大物プロデューサー・ディレクターとなる吉田直哉と番組音楽を作ったときの格闘、ジャズと武満の切っても切れない関係、ジャズの大御所デューク・エリントンから受けた影響、ジャズ演奏家ジョージ・ラッセルの「リディア概念」からの多大な影響、ジョン・ケージ（一九一二〜一九九二年、米国の音楽家）との衝撃的な出会い、マオイズムに傾倒した高橋悠治との別離、小澤征爾による「ノヴェンバー・ステップス」の感動的なニューヨークでの初演……などなど。

　武満の音楽の進化の過程を、微にいり細をうがって書いてあります。これを読めば、武満の成り立ちがわかるだけでなく、現代音楽とはどういうものか、また音楽とはどういうものなのかがわかります。実に広大なパースペクティブをもつ論考になっていると思います。

　武満の言葉はひとつひとつが、きわめて多くの示唆に富むものなんですが、音と音楽に関する根本認識について語った部分を引いておきます。

「ぼくは、音楽がその基礎を置くべき音の根源はサインウェーブ（電子音楽の正弦波音）ではなくて、具体的な音だと思うんです。この世に無数にある具体的な音です。ぼくはよくそれを音の河と表現しますが、無数の具体音で充満された音の河が、昼夜をおかず滔々と流れている。音の河を構成する具体音は、どのひとつを取っても、固有の命を持ち、固有の質を持っている。そういう生きた音、音の生命性を電子音楽は全く考慮に入れていないわけです。生きた音は、どのひとつを取っても、サインウェーブに還元できない。還元したら、還元したとたんにウソになる。音楽は、そういう生命力を持った音で作られなければならないと思うんです。音の河の中から、聞くべき音をつかみ出してくることが作曲するということだと思うんです」

武満の音楽の特質の一つに、音をできるだけ自然の状態に戻してやろうという考えがあります。音を徹底的に人間が管理し構成してゆくことによって、一つの人工的な世界を構築していくというのが、西洋音楽の基本的な考えであるのに対して、武満は、音を縛るのをやめ、最もオリジナルな原初の状態に戻して自由に生かしてやることが音楽することであるという考えなんですね。

本の第二章では、スタイルをガラリと変えて、連載中に収容しきれなかった武満の言葉を、テーマ別にして断片的に紹介しました。

実際にはひとつひとつがもっとずっと長いものですが、その内容の骨子だけを紹介すると、たとえば、

〈夢〉武満は、夢をモチーフにしたり、夢からヒントを得て作曲した曲がいくつもあります。

〈探偵小説〉武満は、一時、探偵小説家になりたいと思っていた。

〈ブラームス〉武満は晩年になって、ブラームスのよさに急にめざめた。

〈小室等〉武満は井上陽水・石川セリ夫妻と仲が良かったが、最も親しい友人は小室だった。武満はビートルズも歌謡曲もロックも異常なくらい何でも覚えていたという。

〈地平線のドーリア〉武満が自分の作品の中で一番気に入っていた。

〈モーツァルトの四〇番〉この曲はいつも素晴らしいと思っていて、知らぬうちに自分の曲に影響を受けていた。

〈美術と音楽〉いい絵を見ると、色彩のハーモニーのようなものが自分の中で響きとして感じられる。


遺された武満の発言記録を、生の素材に近いままで出すことにしたんですね。無理に全体の脈絡はつけずに、いろんな話題を順不同でならべました。言葉は短かったり長かったりしますが、いずれも深い思索をともなったものになっています。

■まあ、死ぬときは死ぬさ

さて、僕のがんの経過ですが、発見して手術してから、すでに十年以上がたちます。いまは、内視鏡を尿道から入れて膀胱内壁を観察するという検査を、半年に一回くらいの頻度で受けています。すでに現役のがん患者という気分はかなりなくなっています。

ついこの間のことですけど、女医さんが検査をしてくれたんです。尿道に器具を挿入するんですが、女医さんで大丈夫かなあとちょっと不安に思ったんだよね。そしたら、その不安は的中して、器具が尿道にグサリと突き刺さったんですよ。もう、ギャーッという感じでたまらなく痛かった。やはりですね、男性器を持つ者と持たざる者とでは、尿道がカーブする微妙な感覚がわかるわからないということがあると思うんです。もう女医さんは勘弁してほしいと懇願しました（笑）。

それはいいとして、がんよりも、がん手術の翌年にした心臓の血管内にステント（補強筒）を入れる手術のほうが怖かったですね。

心臓を動かしている冠動脈二カ所に梗塞が見つかったんです。一つは九〇パーセント梗塞、もう一つは七五パーセント梗塞です。手術は意識覚醒状態で行われるのですが、麻酔中でも聴覚は全部生きていて、手術中の医療スタッフ間のコミュニケーションが全部耳に入ってきました。ステントの挿入前に、バルーン（小さい風船）で血管の狭窄部位を拡げる。圧縮空気の気圧が数気圧から徐々に高められて、ついには二十気圧まで行きました。

「ダンプカーのタイヤだってせいぜい十気圧程度しか入れないのに、血管が破裂してしまうのではないか」と恐ろしくなりました。

手術後、「バルーンが破裂する可能性はなかったんですか」と医者に聞きました。そしたら「ある」と（笑）。ただし、もし破裂して大出血しても、すぐ開胸手術に切り替えるから、大丈夫だという話でした。

このときの恐怖にくらべれば、がんなんてちっとも恐ろしくないと思うようになったのも事実です。

怖いといえば、心臓のほうがずっと怖いのです。心筋梗塞の発作が起きる事態にそなえて、いつもニトログリセリンの錠剤を持ち歩いているのですが、もし発作が起きたら、激痛が来るらしいし、ニトロを飲めば必ず助かるというものでもない。膀胱がんの再発よりも、こちらのほうがずっと怖いわけです。

しかし、人間たいていのことにすぐ慣れてしまうし、慣れてしまえば、たいていのことが怖くなくなります。僕はいろんな成人病があるので、毎日様々の薬剤を服用していますが、根が楽観的な気性なので、がんも心臓も、その他モロモロも日常的にはほとんど気にしていません。まあ、死ぬときは死ぬさ、と思っている程度なのです。

そんな「死」が怖くなくなってきた二〇一五年、七十五歳のときに出した本が『死はこわくない』（文藝春秋）です。この本は、その前の数年の間に、さまざまの角度から、人の死について論じた文章を集めたものでもあるのですが、本体部分は七十五歳のときに書いたものです。

僕の両親は九十五歳まで生きていて、人間の寿命を専門とする学者によれば、その人の寿命にいちばん関係を持つファクターは両親の生きた年齢ということだそうです。僕はもう少し生きのびるらしいが、僕自身としては、もうそれほど生きのびるための努力をしようとは思っていません。自然に死ねる日がくれば、死ぬまでと思っています。

■日本人の死生観

僕は長い間、人の死とは何かというテーマを追いかけてきました。一九八〇年代後半から九〇年代前半にかけて取り組んだ、脳死問題に関する一連の言論活動でも、死の定義について徹底的に考え抜きました。

当時、死の定義を拡大して、脳死者からの臓器移植を普及させようとする立場に対して、僕は異議を申し立てたり、記事を書いたりしていました。その頃、移植医療を推進したい側の人たちの集会に呼ばれて議論したことがあります。そのとき、彼らのリーダーから突然、「あなたの死生観はどうなってるんですか」と聞かれたのです。それは僕がまったく予期していなかった質問で、虚をつかれて口をつぐんでしまった。後になって、「あなたの死生観はどうなんだ」というのは、正しい問いの立て方だと思い返しました。結局、その問いにきちんとした答えを持っていないと、あらゆる問題に対して答えようがないのです。

自殺、安楽死、脳死など、生と死に関する問題は一つの問題群として捉えるべきで、それはその人の死生観と切り分けられない問題なのです。どの問題を考えるにしても、結局、自己決定権がある場合は、その人の自己決定に従うしかないだろうし、神あるいは運命に決定権があるような場合には、それに従うしかないだろうと思います。

人の死生観に大きな影響を与えるのは宗教です。僕の両親はキリスト教徒だったので、一般の日本人の習俗を知らずに育ちました。家には仏壇も神棚もなく、むしろ両親はそういう日本の伝統的な習俗に反対していました。

「死後の世界は存在する」という見方は、日本人一般にとっては馴染みやすいところがあります。お盆になると死者が帰ってきて、仏壇のロウソクの炎をゆらすと教えられて育ってきた人にとっては、この世とあの世がつながっているという考えは自然に受け入れられるものでしょう。日本人の心の世界は、広い意味で、死者の世界との交わりを含めて成立しているように思います。

どの宗教的なグループに属するかによって、死生観は異なります。日本人の場合は、自分がはっきりと仏教徒であるとか、神道の氏子であるとかと認識している人は少なくて、ぼんやりとどこかのグループに属している状態ですよね。

仏教でも神道でも、宗派によって死生観はかなり違いがあります。僕は二度目に結婚した人の家の宗教が神道で、葬式が神道で行われるのを経験しているんですが、仏教のゴテゴテとした感じがなくて、自然宗教的スッキリ感にすごく好感を持ちました。キリスト教はほかの宗教をすべて邪教と考える独善性がいやで、大学時代に離れました。いまは哲学的&科学的世界観にもとづく無宗教派といったところでしょうか。

死後の世界が存在するかどうかというのは、僕にとっては解決済みの議論です。死後の世界が存在するかどうかは、個々人の情念の世界の問題であって、論理的に考えて正しい答えを出そうとするような世界の問題ではありません。

前にもヴィトゲンシュタインの『論理哲学論考』の言葉を紹介しましたね。「語りえないものの前では沈黙しなければならない」。

死後の世界はまさに語り得ぬものです。それは語りたい対象であるのは確かですが、沈黙しなければなりません。

■樹木葬あたりがいいかな

二〇一四年のことになりますが、NHKスペシャル「立花隆　思索ドキュメント　臨死体験　死ぬとき心はどうなるのか」（九月十四日放送）で、僕は案内役をつとめました。視聴率は一一パーセントを獲得し、大きな反響がありました。

インターネットでは賛否両論が書きこまれました。「考えさせられた」というコメントが大半を占めていますが、中には激しく番組批判を展開しているサイトもありました。臨死体験を死後の世界の存在証明であるかのように扱い、死後の世界との交流を売り物にしている新興宗教の人々には不愉快だったのでしょう。

僕は臨死体験に関しては、かなりの時間を割いて仕事にしてきました。まず、NHKと作った「臨死体験　人は死ぬ時何を見るのか」（一九九一年放送、視聴率一六・四パーセント）、そしてその後に書いた『臨死体験（上・下）』（文春文庫）です。二〇一四年に放送された二度目の番組は、前回以上に、臨死体験が起こる仕組みの解明に鋭く迫りました。それが可能になったのは、二十三年前よりも脳科学がはるかに進歩したからです。

なにしろ二回目の番組は、脳科学の最新の知見を踏まえて、臨死体験は死後の世界体験ではなく、死の直後に衰弱した脳が見る「夢」に近い現象であることを科学的に明らかにしたものだったのです。

意外だったのは、感謝の気持ちを僕に直接伝えてくれる人がかなりいたことです。高齢の女性が多かったのですが、路上で呼び止められて「ありがとうございました」とよく声をかけられました。それまで何本も大型番組を作ってきたのですが、あのときのように放送後に街で会う視聴者からお礼を言われた経験は記憶にないですね。

おそらくそれは、番組のエンディングで僕が述べた「死ぬのが怖くなくなった」というメッセージに共感したのだろうと思います。

テレビの怪しげな番組に出まくって、霊の世界がどうしたこうしたと語る江原啓之なる現代の霊媒のごとき男がいますが、ああいう非理性的な怪しげな世界にのめりこまないと、「死ぬのが怖くない」世界に入れないのかというと、決してそうではありません。ごく自然に当たり前のことを当たり前に、理性的に考えるだけで、死ぬのは怖くなくなるということをあの番組で示せたと思っています。

番組の最後に述べたのは、次のようなことでした。

「この取材を終えて、私が強く感じていることは、約二十年前の『臨死体験』という番組を作ったときにも感じたことですが、死ぬということがそれほど怖くなくなるということです。しかも、前よりも強くそう思います。

ギリシャの哲学者にエピクロスという人がいるんですが、彼は人生の最大の目的とは、アタラクシア＝心の平安を得ることだと言いました。人間の心の平安を乱す最大の要因は、自分の死についての想念です。しかし、今は心の平安を持って自分の死を考えられるようになりました。

結局、死ぬというのは夢の世界に入っていくのに近い体験なのだから、いい夢を見ようという気持ちで人間は死んでいくことができるんじゃないか。そういう気持ちになりました」

いい夢を見るために気をつけたいことが一つあります。いよいよ死ぬとなったとき、ベッドは温かすぎたり、寒すぎたりしないようにすることです。暑すぎたり寒すぎたりすると、臨死体験の内容がハッピーじゃないものになってしまうからです。死に際の床を、なるべく居心地良くしておくのが肝腎です。

死んだ後については、葬式にも墓にもまったく関心がありません。どちらも無いならないで構いません。

昔、伊藤栄樹《しげき》という、現役検事時代にダグラス・グラマン事件などよく知られた事件の数々を手がけた有名な検事総長が『人は死ねばゴミになる』という本を書きましたが、その通りだと思います。もっといいのは「コンポスト葬」です。遺体をほかの材料と混ぜ、発酵させるなどしてコンポスト（堆肥）にして畑に撒くのです。そうすれば、微生物に分解されるかして、自然の物質循環の大きな環の中に入っていきます。

海に遺灰を撒く散骨もありますが、僕は泳げないから海より陸のほうがいい。コンポスト葬も法的に難点があるので、妥協点としては樹木葬（墓をつくらず遺骨を埋葬し樹木を墓標とする自然葬）あたりがいいかなと思っています。生命の大いなる環の中に入っていく感じがいいじゃないですか。

■最後に書きたい本

死んでしまう話を早々に書いてしまいましたが、実は、僕には未発表本リストというものがあります。それは『二十歳の君へ』（文藝春秋）にも載せたものですが、それから九年が経ったので、そこに挙げた九冊のうち、完成したものが三冊あります。

本になったのは『がん　生と死の謎に挑む』（文春文庫）、『自分史の書き方』（講談社）、『武満徹・音楽創造への旅』（文藝春秋）です。

残りのうちで、とくに気がかりなのは、『立原道造《最期の旅　盛岡から長崎へ》』、『形而上学』の二冊です。

立原道造は東京帝国大学の建築科を出た詩人で、二十四歳の若さで急逝した人です。僕は高校一年のときに、国語の教科書で立原の詩集『萱草《わすれぐさ》に寄す』にであって、電撃的なショックを受けたことがあります。彼の詩も好きなんですが、「盛岡ノート」と「長崎ノート」は彼の最高傑作だと思っているんです。立原のことを講演会で何度かしゃべっています。彼について書いてみたいという気持ちはずっとありますね。

最後の『形而上学』ですが、形而上学というのは、metaphysics といいますが、本来は physics（物理学）の上に立つべきものです。しかし、日本で metaphysics をやる人は、physics をほとんど知らない人ばかりだったのです。だから僕は、現代の physics の最先端の知見に立って metaphysics があるべきだと以前から思っていたので、これを最後の本にするつもりでいます。

書き終わる前に寿命が尽きてしまうかもしれません。結局、人間というのは、いろんな仕事をやりかけのままに死ぬのだろうし、僕もおそらくはそういう運命を辿るんでしょう。でも、『形而上学』のはじめの二十行くらいはすでに書いてあるんですよ（笑）。

（了）

1996年、筆者はフランスのブルゴーニュに友人と共同で小さなシャトーを購入した。裏庭には1ヘクタールのブドウ畑もあり、ワイン醸造槽でワインも作る。10年間ほど夏はここで過ごしたが、シャトーは手放した。

立花隆・年譜

1940（昭和15）年		5月28日、長崎県長崎市に生まれる。本名、橘隆志。
1942（昭和17）年	2歳	北京に移住。
1946（昭和21）年	6歳	引き揚げ後、茨城県石塚町那珂西に住む。水戸市に移る。
1957（昭和32）年	17歳	千葉県柏市に移る。茨城県立水戸第一高校から都立上野高校に転入。
1959（昭和34）年	19歳	都立上野高校卒業。東京大学文科Ⅱ類合格。
1960（昭和35）年	20歳	イギリスで開かれた国際青年核軍縮会議出席のためカンパを集めてヨーロッパへ。4月から10月まで、各国を回る。
1961（昭和36）年	21歳	鬱龍文と橘隆志の筆名で、『駒場文学』に小説を寄稿。
1964（昭和39）年	24歳	東京大学文学部仏文科卒業、文藝春秋新社入社。『週刊文春』に配属される。
1966（昭和41）年	26歳	文藝春秋を退社。
1967（昭和42）年	27歳	東京大学文学部哲学科に学士入学。
1968（昭和43）年	28歳	『文藝春秋』臨時増刊号に、「素手でのし上った男たち」を立花隆の筆名で発表。
1969（昭和44）年	29歳	『素手でのし上った男たち』（番町書房）刊行。
1971（昭和46）年	31歳	新宿・ゴールデン街でバー「ガルガンチュア立花」を約半年間経営する。『思考の技術』（日経新書）刊行。

1972（昭和47）年	32歳	「ガルガンチュア立花」の経営権を売却、イスラエルに旅立つ。ヨーロッパ、中近東を放浪し、テルアビブ事件に遭遇。『週刊文春』に実行犯・岡本公三との一問一答を掲載する。
1973（昭和48）年	33歳	『日本経済　自壊の構造』（日本実業出版社）を菊入龍介の筆名で刊行。
1974（昭和49）年	34歳	中近東からインドにかけて3カ月に及ぶ大旅行。10月9日発売の『文藝春秋』で「田中角栄研究―その金脈と人脈」を発表。12月9日、内閣総辞職。『現代』で連載「血と抗争―中核・革マルの『仁義なき戦い』」全3回が始まる。
1975（昭和50）年	35歳	『文藝春秋』で連載「日本共産党の研究」全21回が始まる。『中核VS革マル（上下）』（講談社）刊行。
1976（昭和51）年	36歳	7月、田中角栄逮捕。『〈遊び〉の研究』（共著・三一書房）、『田中角栄研究　全記録（上下）』（講談社）、『文明の逆説』（講談社）刊行。
1977（昭和52）年	37歳	1月、田中裁判初公判。『朝日ジャーナル』で連載「ロッキード裁判傍聴記」全68回が始まる。
1978（昭和53）年	38歳	『日本共産党の研究（上下）』（講談社）、『ジャーナリズムを考える旅』（文藝春秋）刊行。
1979（昭和54）年	39歳	『日本共産党の研究』により講談社ノンフィクション賞受賞。『アメリカ性革命報告』（文藝春秋）刊行。
1980（昭和55）年	40歳	『農協』（朝日新聞社）刊行。

1981（昭和56）年	41歳	『中央公論』で連載「宇宙からの帰還」全7回が始まる。『ロッキード裁判傍聴記　1』（朝日新聞社）刊行。
1982（昭和57）年	42歳	『週刊朝日』で連載「《田中新金脈》追及」全10回が始まる。
1983（昭和58）年	43歳	「徹底した取材と卓抜な分析力により、幅広いニュージャーナリズムを確立した文筆活動」により、菊池寛賞受賞。『宇宙からの帰還』（中央公論社）、『ロッキード裁判傍聴記　2、3』（朝日新聞社）刊行。
1984（昭和59）年	44歳	『週刊朝日』で連載「再開・立花隆の田中新金脈追及」全10回、『朝日ジャーナル』で連載「ロッキード裁判批判を斬る」全62回が始まる。『「知」のソフトウェア』（講談社現代新書）、『アメリカ人の雑学おもしろ小百科』（翻訳・講談社）刊行。
1985（昭和60）年	45歳	『中央公論』で連載「脳死」全10回が始まる。『ロッキード裁判傍聴記　4』（朝日新聞社）、『田中角栄　新金脈研究』（朝日文庫）、『青春漂流』（講談社・スコラ）、『論駁—ロッキード裁判批判を斬る　Ⅰ』（朝日新聞社）刊行。
1986（昭和61）年	46歳	『アニマ』で連載「サルに学ぶヒト」全36回が始まる。『論駁—ロッキード裁判批判を斬る　Ⅱ、Ⅲ』（朝日新聞社）、『脳死』（中央公論社）刊行。
1987（昭和62）年	47歳	『ロボットが街を歩く日』（共著・三田出版会）刊行。
1988（昭和63）年	48歳	『同時代を撃つ　PART1』（講談社）、『脳死再論』（中央公論社）刊行。

1989（平成元年）	49歳	『同時代を撃つ　ＰＡＲＴ２』（講談社）刊行。
1990（平成2）年	50歳	『同時代を撃つ　ＰＡＲＴ３』（講談社）、『精神と物質』（利根川進との共著・文藝春秋）刊行。
1991（平成3）年	51歳	『精神と物質』により新潮学芸賞受賞。ＮＨＫスペシャル「臨死体験　人は死ぬ時何を見るのか」に出演。『文藝春秋』で連載「臨死体験」全29回が始まる。『サイエンス・ナウ』（朝日新聞社）、『サル学の現在』（平凡社）、『ランダムな世界を究める』（共著・三田出版会）刊行。
1992（平成4）年	52歳	ネコビルが竣工。『文學界』で「武満徹・音楽創造への旅」全66回が始まる。『宇宙よ』（共著・文藝春秋）、『脳死臨調批判』（中央公論社）刊行。
1993（平成5）年	53歳	12月16日、田中角栄死去。『電脳進化論』（朝日新聞社）、『バーバラ・ハリスの「臨死体験」』（翻訳・講談社）、『巨悪vs言論』（文藝春秋）、『マザーネイチャーズ・トーク』（新潮社）刊行。
1994（平成6）年	54歳	『ＣＲＥＡ』で連載「証言・臨死体験」全20回が始まる。『立花隆対話篇　生、死、神秘体験』（書籍情報社）、『アポロ13号　奇跡の生還』（翻訳・新潮社）、『臨死体験（上下）』（文藝春秋）刊行。
1995（平成7）年	55歳	東京大学先端科学技術研究センター客員教授に就任。『立花隆・対話篇　宇宙を語る』（書籍情報社）、『ぼくはこんな本を読んできた』（文藝春秋）刊行。
1996（平成8）年	56歳	2月、武満徹死去。ＮＨＫ・ＥＴＶ特集「立花隆戦争を語る—香月泰男

		のシベリア」に出演。4月、東大教養学部に「応用倫理学」講座を開設。『インターネット探検』（講談社）、『脳を究める』（朝日新聞社）、『証言・臨死体験』（文藝春秋）、『二十歳のころ（第1集）』（立花隆＋東大教養学部立花隆ゼミ）、『立花隆のすべて』（『文藝春秋』11月臨時増刊号）刊行。
1997（平成9）年	57歳	『立花隆の同時代ノート』（講談社）、『二十歳のころ（第2〜4集）』（立花隆＋東大教養学部立花隆ゼミ）、『無限の相のもとに』（埴谷雄高との共著・平凡社）、『インターネットはグローバル・ブレイン』（講談社）刊行。
1998（平成10）年	58歳	第1回司馬遼太郎賞受賞。『文藝春秋』で連載「私の東大論」全70回が始まる。『立花隆のすべて』（文藝春秋）、『立花隆・100億年の旅』（朝日新聞社）、『環境ホルモン入門』（立花隆＋東大教養学部立花隆ゼミ・新潮社）刊行。
1999（平成11）年	59歳	『100億年の旅　2　宇宙・地球・生命・脳』（朝日新聞社）、『サイエンス・ミレニアム』（中央公論新社）刊行。
2000（平成12）年	60歳	『脳を鍛える』（新潮社）、『人体再生』（中央公論新社）、『100億年の旅　3　脳とビッグバン』（朝日新聞社）、『21世紀　知の挑戦』（文藝春秋）、『新世紀デジタル講義』（立花隆＋東大教養学部立花隆ゼミ・新潮社）刊行。

2001（平成13）年	61歳	『立花隆、「旧石器発掘ねつ造」事件を追う』（朝日新聞社）、『ぼくが読んだ面白い本・ダメな本　そしてぼくの大量読書術・驚異の速読術』（文藝春秋）、『東大生はバカになったか』（文藝春秋）刊行。
2002（平成14）年	62歳	『解読「地獄の黙示録」』（文藝春秋）、『「田中真紀子」研究』（文藝春秋）刊行。
2003（平成15）年	63歳	『図説　世界の歴史⑩新たなる世界秩序を求めて』（監修・創元社）刊行。
2004（平成16）年	64歳	『「言論の自由」vs.「●●●」』（文藝春秋）、『イラク戦争・日本の運命・小泉の運命』（講談社）、『シベリア鎮魂歌―香月泰男の世界』（文藝春秋）、『思索紀行』（書籍情報社）刊行。
2005（平成17）年	65歳	ＮＨＫスペシャル「立花隆　最前線報告　サイボーグ技術が人類を変える」に出演。『エーゲ　永遠回帰の海』（書籍情報社）、『天皇と東大（上下）』（文藝春秋）刊行。
2006（平成18）年	66歳	『滅びゆく国家』（日経ＢＰ社）、『読む力・聴く力』（河合隼雄、谷川俊太郎との共著・岩波書店）刊行。
2007（平成19）年	67歳	『ぼくの血となり肉となった五〇〇冊　そして血にも肉にもならなかった一〇〇冊』（文藝春秋）、『南原繁の言葉』（東京大学出版会）、『爆発する光科学の世界』（自然科学研究機構監修・クバプロ）刊行。
2008（平成20）年	68歳	『宇宙の核融合・地上の核融合』（自然科学研究機構監修・クバプロ）、『見えてきた！　宇宙の謎。生命の謎。脳の謎。』（自然科学研究機構監

2009（平成21）年	69歳	修・クバプロ）、『生物の生存戦略』（自然科学研究機構監修・クバプロ）刊行。 NHKスペシャル「立花隆 思索ドキュメント がん 生と死の謎に挑む」に出演。『小林・益川理論の証明』（朝日新聞出版）、『がんと闘った科学者の記録』（戸塚洋二著、立花隆編・文藝春秋）、『解き明かされる脳の不思議』（自然科学研究機構監修・クバプロ）、『宇宙究極の謎』（自然科学研究機構監修・クバプロ）、『ぼくらの頭脳の鍛え方』（佐藤優との共著・文春新書）、『未来をつくる君たちへ』（関川夏央、松本健一との共著・日本放送出版協会）刊行。
2010（平成22）年	70歳	NHKスペシャル「〝生命〟の未来を変えた男～山中伸弥・iPS細胞革命～」に出演。『白川静読本』（五木寛之、松岡正剛、宮城谷昌光ほかとの共著・平凡社）、『がん 生と死の謎に挑む』（立花隆、NHKスペシャル取材班・文藝春秋）刊行。
2011（平成23）年	71歳	『二十歳の君へ 16のインタビューと立花隆の特別講義』（東京大学立花隆ゼミ＋立花隆・文藝春秋）、『生命の未来を変えた男 山中伸弥・iPS細胞革命』（山中伸弥、国谷裕子との鼎談・文藝春秋）、『私と宗教』（髙村薫、小林よしのり、小川洋子、荒木経惟ほかとの共著・平凡社新書）刊行。
2012（平成24）年	72歳	『「こころ」とのつきあい方 13歳からの大学授業』（共著・水曜社）、『学

		問ノススメ。学校では教えてくれない達人の知恵』（共著・徳間書店）、『歴史と現在　明治学院大学国際学部付属研究所公開セミナー4』（共著・河出書房新社）、『地球外生命　9の論点』（佐藤勝彦、長沼毅ほかとの共著・ブルーバックス）刊行。
2013（平成25）年	73歳	『立花隆の書棚』（中央公論新社）、『体験から歴史へ――〈昭和〉の教訓を未来への指針に』（保阪正康、半藤一利、田城明との共著・講談社）、『自分史の書き方』（講談社）、『読書脳　ぼくの深読み300冊の記録』（文藝春秋）刊行。
2014（平成26）年	74歳	NHKスペシャル「立花隆　思索ドキュメント　臨死体験　死ぬとき心はどうなるのか」に出演。『「正しく思考する技術」を磨く　立花隆の「宇宙教室」』（岩田陽子との共著・日本実業出版社）、『四次元時計は狂わない　21世紀　文明の逆説』（文春新書）刊行。
2015（平成27）年	75歳	NHK・ETV特集「立花隆　次世代へのメッセージ～わが原点の広島・長崎から～」に出演。『死はこわくない』（文藝春秋）刊行。
2016（平成28）年	76歳	『武満徹・音楽創造への旅』（文藝春秋）、『「戦争」を語る』（文藝春秋）刊行。
2018（平成30）年	78歳	『知的ヒントの見つけ方』（文春新書）刊行。

立花　隆（たちばな たかし）
1940年長崎県生まれ。64年東京大学文学部仏文科卒業後、文藝春秋新社入社。66年退社し、翌年東京大学文学部哲学科に学士入学。在学中から文筆活動を始める。74年『文藝春秋』に発表した「田中角栄研究――その金脈と人脈」は時の総理大臣を退陣に追い込み、社会に大きな衝撃を与えた。著書に『中核VS革マル』『日本共産党の研究』『宇宙からの帰還』『脳死』『サル学の現在』『臨死体験』『シベリア鎮魂歌――香月泰男の世界』『天皇と東大』『がん　生と死の謎に挑む』『死はこわくない』『武満徹・音楽創造への旅』など多数。

文春新書

1247

知《ち》の旅《たび》は終《お》わらない
僕《ぼく》が3万冊《まんさつ》を読《よ》み100冊《さつ》を書《か》いて考《かんが》えてきたこと

2020年1月20日　第1刷発行
2020年3月10日　第4刷発行

著　者　立　花　　隆
発行者　大　松　芳　男
発行所　株式会社　文　藝　春　秋

〒102-8008　東京都千代田区紀尾井町3-23
電話（03）3265-1211（代表）

印刷所　理　想　社
付物印刷　大　日　本　印　刷
製本所　大　口　製　本

定価はカバーに表示してあります。
万一、落丁・乱丁の場合は小社製作部宛お送り下さい。
送料小社負担でお取替え致します。

ISBN978-4-16-661247-5